# ALL GOOD PEOPLE HERE

Ashley Flowers

# 這裡全是好人

艾希莉・佛蘿沃斯 著

陳柚均 譯

【目錄】

獻給我所有的犯罪事件迷

# 一、克麗絲，一九九四年

在印第安那州的瓦卡魯薩（Wakarusa），鎮民傳播流言蜚語的速度比蜘蛛吐網結絲還快。每當他們之中有人做了不該做的事時，瓦卡魯薩八卦圈裡的人們就會漫無目地胡謅閒聊，如艾比・施穆克斯（Abby Schmuckers）在廉價商店被抓到偷竊口紅時，或當貝克爾家的孩子退出四健會*時，又或是喬納・施奈德（Jonah Schneider）在教堂裡打鼾睡著時，這些趣聞小事被徹底且仔細地咀嚼，以至於後來人們重述故事時，真相早已畸形得無法辨識，扭曲成了虛構故事。正因為瓦卡魯薩的鎮民是時常上教堂、奉公守法，甚至敬畏唯一真神的一群人，他們開口總是悅耳美言，以裝飾虛構故事本身的鋒利邊緣：**願主保佑她，不過呢……我會持續為他們祈禱，但不知道你否曾聽說了……？主啊，請憐憫他們的靈魂。**

---

* 4-H volunteer club，四健會為美國農業部管理的非營利性青年組織，其使命是「讓青年發揮最大潛能」，官方標誌為四葉苜蓿，每片葉子上都有代表四健（4-H）的白色「H」字母，分別指健全的頭腦、健全的心胸、健全的雙手，以及健全的身體。

甚至，遠在這一切發生之前，克麗絲．雅各布斯（Krissy Jacobs）就早已瞭解瓦卡魯薩這個八卦工廠的威力，所以她才會如此迫切地避開它的利牙。她每個星期日都會上教堂，給女兒穿上粉紅色的衣裝，給兒子穿上藍色的衣服，為自己穿上合宜的鞋子，並確保丈夫打上恰當的領帶。這並非是因為她認定這一切有多麼重要；全是因為，她如果下錯一步棋，就會落得全盤皆輸。不論是她的家庭、他們的農場以及房子，這一切都並非是她想要的人生，差得可遠了，卻遠遠超過她過往所擁有的一切，她只得牢牢地抓在手中。

就在一切從指縫間消逝的那一天，克麗絲早上五點在鬧鐘的響聲中起床，如同她作為一位農場主太太的其他早晨一樣。她悄悄地溜下床以免吵醒比利，儘管設了鬧鐘是為了叫醒他。接著，她走出昏暗的臥室，一路從老舊的木製樓梯下樓，來到了廚房。

還未踏上樓梯的最後一階，她就看見了牆面上寫的那些文字，她難以喘氣呼吸。血紅色的文字又大又潦草，寫有三句可怕的訊息：**去你們一家人……那個婊子離開了……這就是你活該得到的下場**。

克麗絲的心臟砰砰地敲擊著，直到肋骨發痛。儘管古怪且不恰當，她的第一個念頭竟是這些字句看起來如此……**侵擾唐突**，在她老舊卻清新純樸的白色牆面上，在分崩離析卻仍舊美麗的廚房之中。那些下流且暴力的話語，和古樸的印第安納州瓦卡魯薩小鎮格格不入，因為這裡到處都是善良且虔誠的人。克麗絲確知，當鎮民都知道這件事時，那些話語將會玷污她家中每位成員的餘生。

她站在最後一個臺階上，渾身發抖。雖然太陽還未升起，她腦子裡只有一片迷霧，但這個字句顯然代表不祥之兆的降臨。**那個婊子離開了**，克麗絲又將這句話讀了一遍，而這一次她的恐慌卻沾染了羞愧感。發生了這種極其可怕的差錯，但她所能想到的竟是**鄰居們會怎麼說？**

# 二、瑪戈特，二〇一九年

瑪戈特把車停在路克叔叔家門外的路邊，關掉了引擎，身體後傾靠在座椅上。她看向副駕駛座的車窗外，抬頭凝視這個七〇年代牧場風格的低矮平房，身體因恐懼而感到刺痛。她上一次在瓦卡魯薩過夜，這個她長大的小鎮，都已經是二十年前的事了，她當時十一歲。

瑪戈特的家鄉一開始被稱為賽勒姆（Salem），但為了避免與另一個印地安納州的賽勒姆混淆，已於一八五〇年代更改了名稱。這個詞源早已被歷史所遺忘，但在傳統學識中，美洲原住民語的「Wakarusa」可翻譯為「深至膝蓋的泥漿」。不論是舊有或新的名稱，瑪戈特都認為字面上的恰當性令人難以置信。一個讓人想起許多無辜女孩的謀殺事件，另一個卻暗指著要離開此地有多麼困難。不過，對瑪戈特來說，這裡的泥漿更像是流沙。你越是抵抗不從，在流沙之中就會陷得越深。多年來，她一直以為自己早已成功逃脫了，但現在卻又回到原地。

但是，此刻讓瑪戈特心跳加速的，不只是這個小鎮，還有她今晚將會見到哪個樣貌的叔叔，是真實的那一個，還是狀態不佳的那一個。

她深吸了一口氣，然後一手抓起放在後座的包包，沿著小路走去。在她叔叔家的前門平臺上，有顆裝設於鐵絲支架中的燈泡，閃爍的黃光照亮了整個空間。一聽見飛蛾急速拍翅的聲音，瑪戈特就回憶起些那些在此度過的童年夏季，那些漫長而炎熱的日子，還有走在玉米田裡被割傷的膝蓋和小腿。她高舉著拳頭敲了敲門。

片刻之後，瑪戈特聽到門栓發出**撲通**一聲，然後發出咯吱咯吱的聲響，緩慢且勉強地打開了。她臉上原有的笑容顯得猶豫畏縮了起來。

「路克叔叔？」

透過門口那條黑暗的縫隙，她仔細看著自從上次見到叔叔後這段時間的變化。這幾個月來，他臉上的皺紋似乎加深了，他的深色頭髮異常地凌亂。然而，有件事不曾改變，那就是他脖子上那條紅色印花方巾，那是她二十五年前送給他的聖誕節禮物，至今他仍時常戴著。

他的目光掠過她的臉龐。「蕾貝卡？」

瑪戈特吞了吞口水。儘管，她與叔叔已故的妻子外表上有些相似之處，兩人都有棕色短髮及中等身材，但瑪戈特早已習慣路克以另一個女人的名字稱呼她了。儘管如此，每次聽見都讓她感到心痛。「我是瑪戈特，你記得嗎？是你的侄女，亞當的女兒呀？」說到這裡，她因緊張而覺得胃部痙攣。雖說是**亞當的女兒**，但這說法無法表達的是，對她而言，路克比她的親生父親更像爸爸。**侄女**也不足以表達一件事：除了已故的妻子，她正是他最喜愛的人，而她最喜愛的人也是他。然而，最好從小處開始著手，緩慢地喚起他的記憶，接著一切就會隨之而來了。

「瑪戈特。」叔叔叫出她的名字，就像是第一次試著讀出這些音節一樣。

「那是我的名字沒錯，但你通常會叫我孩子。」瑪戈特讓自己維持明亮且平穩的聲音。

路克先是眨了眨眼，又眨了一次，最後一次，他的雙眼突然變得清澈了起來，好像有人突然用手拂去一張舊有的蜘蛛網。「孩子！」他將門打開，張開雙臂。「我的天呀，你來了！怎麼那麼久才來呢？」

當她衝進他張開的臂彎時，她同時用力擠出了笑容，但她的喉嚨發緊。她永遠不會習慣這種終將永遠失去他的恐懼。

他們放開彼此時，他說：「孩子，剛才的事真是抱歉。年紀大了就時常忘記事情。」他淡淡地說，就像是遺忘了自己的家人，有如將鑰匙放錯位置般無傷大雅，但他眼底閃現一絲尷尬的陰影。

她揮了揮一隻手。「沒關係。」

「嗯，你最近過得怎麼樣呢？喔，來吧，我幫你拿那些手提袋。」

瑪戈特才正要拒絕，但路克早已將她那些手提袋一把抱在懷裡了。他不過才五十歲，記憶就開始衰退，但他看起來一如既往地堅強。當他轉過身時，她偷偷掃視一眼這個小房子，她覺得反胃不安。自從他的妻子蕾貝卡去年死於乳癌以來，這是她第一次進來屋裡。她為了自己沒有早一點來訪而感到內疚。客廳地板上四散的報紙高高堆成了斜塔，茶几上堆滿了骯髒的盤子與玻璃杯，即使她站在前門的位置，她也能看到嵌入式書櫃及老舊電視上蒙上了一層厚重的灰塵。右側的廚房就更加糟糕了。水槽及周圍的流理臺上堆滿了一疊又一疊搖搖欲墜的盤子，杯子上疊放著湯碗，上頭沾有早已成了硬塊的食物殘渣。最令人感到不安的，是座機電話旁邊擺滿了成堆的藥瓶。那裡肯定有十幾個藥瓶，有些是空瓶，有些倒落於桌面上。其中一個大藥瓶裡裝滿了各式各樣的藥物，有混放在一起的白色圓形藥丸，和其他淡綠色長型藥丸。瑪戈特並不清楚，這其中有多少是因為病情診斷的結果，哪些又是因為他成了鰥夫後才服用。

「天啊，孩子，你的東西還不少呢，」路克說，他的手臂上掛滿了手提袋。「好像你要搬進來一樣。」

瑪戈特盯著他看，想確認他是不是在開玩笑，畢竟她**真的**要搬進來了，但他眼裡只有開玩笑的眼神，而不像是明白真相。她輕輕地笑了起來。「你知道我總是如此。」然後，見他沒有任何動作，她便對著走廊盡頭的那道門示意點頭。「我可以睡書房吧？」

他點了點頭，頓時像是認清了些什麼。「當然、當然呀。」

她叔叔和嬸嬸的書房少有真正派上用場的時候，因為他們都在南灣（South Bend）工作，路克是一位會計師，蕾貝卡在一家藝術博物館兼職。在他們婚姻起初的十五年中，那房間裡盡是一片活潑明亮的黃色，角落永遠擺放著一張空蕩蕩的嬰兒床。後來，蕾貝卡四十歲時，她放棄了希望，將那些牆面全漆成了灰色。他們買了一張辦公桌和一張摺疊沙發床，據瑪戈特所知，只有她叔叔會使用這個房間，有時他喜歡在睡前玩電腦裡的紙牌遊戲。

如今看到這個房間時，瑪戈特的胸口隱隱作痛。顯然地，她的叔叔在神智清醒時就開始為她的造訪準備房間，儘管多數差事似乎都只做了一半就放棄了。摺疊沙發床被拉了出來，一條尺寸合適的床單塞進了三個床角。旁邊的地板上放著兩個赤裸的枕心。她不得不四處翻箱倒櫃尋找毯子和枕套。

「這太完美了。謝謝你，路克叔叔。」她說話時吞吞吐吐。「好吧，我一路直接從公司開車來，快要餓死了。你吃飯了嗎？」

瑪戈特仔細打量了叔叔冰箱裡的東西，主要是調味料，而多數都過期了。她在瓦卡魯薩唯一的披薩店外帶了一份披薩，他們坐在廚房的餐桌，玻璃杯裡裝著自來水，他們的切片披薩放在紙巾上而非盤子上，因為早就沒有乾淨的盤子了。透過他們過往幾個月的通話，瑪戈特瞭解到，最理想的對話狀態就是她作為主導對話的人，所以她得一邊吃東西時找空檔說話，與此同時也感到心痛不已，想起過往和叔叔共處時能聊上好幾個小時，那就像是不久之前的事。

「再次感謝你讓我住在這裡。」瑪戈特說，偷偷看了一眼路克的表情。她真正想要開口說的話是：**你知道我為什麼來嗎？你還記得自己的病情診斷結果嗎？你是怎麼應對這一切的？**但是，每當她提及他的病情，路克的語氣就開始變得生硬。瑪戈特明白他隱藏在背後的情緒，才年僅五十歲，她的叔叔就開始逐漸失去記憶力，這讓他感到恐懼不已。於是，她得要拐彎抹角地談論這件事。當她主動提議要搬進來時，她和他說自己需要改變生活節奏，也想搬去離他近一點的地方，編造了「創造不一樣的工作彈性」的理由，而這正是一個實踐的好機會。

「當然囉，」路克說，雙眼盯著自己的披薩看。「你知道我家隨時都歡迎你來。」

「還有，記住，我很樂意幫忙，所以你如果需要任何……」

路克微笑了，但笑容相當緊繃。「謝了，孩子。」

瑪戈特正開口要說些什麼，但他已經轉移了話題。「嘿，亞當最近如何？你媽媽好嗎？」

瑪戈特忍不住嘆了一口氣。他們不過是從一個棘手話題轉移至另一個，但不論是哪一個，她都不知道該如何應對。六個月前，她一定會毫不猶豫地將真相告訴她叔叔，不論是關於他哥哥的事或其他事情。然而，就他的病情來看，他似乎很脆弱，而根據她所做的研究，她知道脆弱會導致情緒波動及情緒爆發。到目前為止，這件事只在通話時發生過幾次，但光是想到路克會逐漸迷失自我，她就感到恐懼。「他現在——」

「還是一個拒絕接受幫助的卑鄙酒鬼嗎？」

瑪戈特驚訝地大笑了起來。

「拜託，我或許有可能失去記憶，但我絕對不會忘記這件事的。」他說，而她笑得更厲害了。

她父親喜愛威士忌的程度，遠遠超過他唯一的弟弟以及唯一的女兒，她並不覺得這件事有那麼好笑，但這正是她所想念的那個路克叔叔。在一個充滿假象的小鎮，他就是一向會說真話的那個人。那個讓瑪戈特無需費力就能感到被理解的人。那個和她有相同幽默感的人，她曾有一次狂笑不止，汽水都從她鼻子裡噴了出來。此外，對瑪戈特而言，缺乏父親或母親的愛，也並非什麼新鮮事。她童年的家一直充滿了爭執，不時有玻璃杯砸在牆上的破碎聲音。這正是她和路克如此親密的原因。每天放學後，她都會步行去她叔叔家，而不是回自己的家。週末的時候，她會在那裡過夜。她**本來**可以搬去與他及蕾貝卡同住的，他們曾多次提議，但她媽媽擔心別人會說閒話。

幾個星期前，當瑪戈特告訴媽媽她要搬回瓦卡魯薩時，她媽媽也有類似的反應。「大家問你為什麼要回來時，你要怎麼回答？」她媽媽這麼說。

「你這是什麼意思？我會告訴他們真相，我和路克住一起才能幫他忙。」

「那不關任何人的事，瑪戈特。總之，你爸爸說情況沒那麼糟。路克這弟弟**年紀比他還輕**。」

「見鬼了，爸爸又知道了？他們兩人最後一次交談是什麼時候？二〇一〇年嗎？」

「如果你真的這麼擔心的話，怎麼不乾脆雇用一位看護之類的呢？你不會想回去那個發生可怕事件的悲傷小鎮吧。」

瑪戈特將手機從耳邊拿了下來，用難以置信的眼神看了一眼螢幕。「雇用看護？我哪來的錢啊？」

「天呀，瑪戈特。有時候你說話真粗魯。」當她再次開口時，聲音聽起來有點喘，彷彿對這一切不屑一顧。「你有一份不錯的工作，我相信你能想出辦法的。」

這時，瑪戈特對路克說：「媽媽還是一如既往，滿腦子幻想。」

路克冷哼一聲。「貝瑟妮這次又在幻想什麼？」

「我不過是在一家報社撰寫文章，她似乎就認定我是百萬富翁了。」

「等等，你真的不是百萬富翁嗎？」

她咧嘴一笑。

「對了，報社的工作怎麼樣了？」

瑪戈特低頭往地上看。「喔，還可以。」她討厭對叔叔有所隱瞞，但她無法接受讓他為自己無法控制之事感到內疚。她無法告訴他，她已長達六個月不在工作狀態內了，因為她一直掛心著在瓦卡魯薩的他，無法專注在印第安納波利斯（Indianapolis）報社的工作。她無法告訴他，她的編輯有多麼不願意讓瑪戈特轉換成遠端工作。「真的，」這次她更加欣喜地補充說明。「一切都很好。」

可當她抬頭時，叔叔正用奇怪的眼神看著她。他的目光從手裡的披薩轉移至瑪戈特臉上，眉頭出現一條深深的皺紋。「蕾貝卡？」

瑪戈特吞了吞口水。「路克叔叔，是我，你的侄女瑪戈特。」

他眨了眨眼，隨即神色又變得明亮有神，臉上綻放出笑容。「孩子！我很高興你來這裡。」

「是啊。」她點了點頭「我也是。」

那天晚上，路克上床睡覺後，瑪戈特洗了碗，直到廚房水槽空出了一側為止，接著她坐在廚房餐桌旁開始列清單。她需要為自己打一把路克家的鑰匙，並為他重整所有的藥物。她得打掃廚房和客廳，儲備一些衛生紙及紙巾，他似乎都快要用完了。她曾在某篇文章裡讀到，在物件上貼上標籤，例如廚房櫥櫃裡的東西，有助於他在記憶力減退時找尋家中物品，她想比照辦理。此外，由於搬家來瓦卡魯薩花了她不少時間，她的工作進度已落後約莫一個星期，需要產出一些不是廢話的像樣文章。她在清單中增加了**完成你的工作**的項目。接著，她在最下方寫下一則提醒給自己，要打電話給她找到的那位轉租者，接下她在印第安納波利斯的公寓。上次對話時，他的語氣如此優柔寡斷，令她感到不安，但她急需他入住並支付他的第一筆房租，否則，她還得負擔她已搬離的住屋處，欠下整整一個月的租金。光是看著清單，就讓瑪戈特感到疲倦不堪，但她明天還有很多時間。

不過，到了第二天，鎮上為了才剛發生的事件鬧得沸沸揚揚，消息如同暴風般席捲瓦卡魯薩，根本什麼事都做不了。

第二天早晨，瑪戈特第一次注意到事情有些不對勁時，她人在藥房。幾分鐘前，她離開路克身旁，他喝了咖啡，正在做她從印第安納波利斯帶來的填字遊戲本，她看見有文章說這有助於保持反應機敏。店門上的鈴聲宣告她的到來，所以即使進門後發現櫃檯後方沒人，她想藥劑師也應該很快就會出現。她站在櫃檯旁，手指心不在焉地撫摸著陳列架上的袋裝喉糖，後方傳來模糊不清的電視聲音。

「不好意思。」一分鐘後都無人出現她才叫喊。「哈囉。」她等著。儘管如此，仍然沒人出現。「**哈——囉？**」

終於，她聽見後方有些動靜，接著有個男人在走道上探出頭來。「喔！」他一邊說，一邊拿起胸前長鏈上的一副掛脖眼鏡，將眼鏡放於鼻梁上，瞇著眼，快步走了過去。「剛才真是抱歉。我太專心看新聞了，你知道的，發生這種事太可怕了，對吧？」瑪戈特還沒來得及回應之前，他猛然回頭，好像現在才看見她第一眼一樣。「我很少在這裡看見陌生面孔。」

瑪戈特微笑著。「我來幫我叔叔拿藥。」她將背包拉到前面，從內袋中取出兩個橘色的藥瓶。稍早時，她仔細檢查路克堆放的那些藥瓶，她鬆了一口氣，因為其中多數是同一種藥物，只不過是不同月份取的。她將全部整理成三種目前所需要的處方藥，一種似乎是降血脂藥物（statin），一種用於控制血壓，一種用於控制血糖，而其中有兩種是需要再開立的藥物。

「你叔叔是誰？」藥劑師問道。

瑪戈特將兩個藥瓶放在櫃檯上。「路克·戴維斯。」

男人額頭上的眉毛揚起。「你**就是**路克和蕾貝卡的侄女？那你一定是瑪戈特了。」

他的表情與其說是友善，不如說是好奇，但瑪戈特仍以微笑回應。「就是我。」

「親愛的，關於你嬸嬸的事，我感到非常遺憾。癌症來得太快了，我的天呀，我已經好久沒見到你的家人們了。好人呀，他們都是**好**人。他們過得好嗎？」

她收緊笑容，只露出些微緊繃。從她決定搬回去的那一刻起，就知道會發生這種事。一談及路克和蕾貝卡時，人們露出不確定的表情，但談及她父母時，就會出現奉承討好的表情。他們一家搬離前，她的父母一向是瓦卡魯薩的完美居民，會搬去辛辛那提，表面上是為了她父親令人興奮的新工作，實際上是為了讓他進勒戒中心，勒戒治療不僅不管用，反而讓他變得比過往更岔恨且刻薄。

「他們很好，」她對那位藥劑師說。「你可以幫我開這些藥方藥嗎？我以前有聽過這種降血脂的藥物，但這主要是治療心臟或降低膽固醇嗎？」

以兩份單純的處方藥而言，瑪戈特等這個男人等太久了，他回來時，看起來慌張且焦慮，拿釘書機將她的白色小藥袋釘好時，他心煩意亂地皺著眉頭。然後，她正要離開時，一個剛進門的女人從她身邊走過，手機緊貼在耳朵上。那個女人全神貫注地對話，似乎完全沒看見瑪戈特，但正當大門在她身後關上之前，瑪戈特聽到那女人說：「我知道，我早就跟你說了，雅各布斯夫婦是無辜的。」

瑪戈特猛地轉頭，隔著玻璃門看著那個女人，一邊皺著眉頭。也許是她聽錯了。或許，這個名字只不過浮現於瑪戈特的腦海中，畢竟過了這麼久，她終於回來了。來到瓦卡魯薩這地方，就不可能不想起雅各布斯家族。此外，那個女人的聲音聽起來如此急迫，但雅各布斯一家的故事已是二十年前的歷史。儘管如此，瑪戈特還是有一股衝動，她想要越過那一道門，回去問問那個女人在說些什麼，但一想到要讓自己捲入這小鎮的八卦謠言之中，這念頭立即阻止了她。她拿出手機查詢一下就好。

車上的谷歌搜索並未出現什麼新結果，她就將這件事拋在腦後。無論如何，她需要照料的事物已經太多了。

諸多打掃清潔的混亂事物，就花上她這一天的其餘時間了。她洗了碗、擦洗了流理臺，用一個大垃圾袋裝滿了汽水罐、用過的紙巾及食品的外包裝。那天下午，叔叔外出散步時，她走進他的臥室，用一隻手掩住口鼻。他的床單積累了人類身上的氣味，帶著汗水及尿液所散發的酸臭。她甚至懶得清洗寢具，直接拿去扔掉，接著去鄰近小鎮埃爾克哈特（Elkhart）的沃爾瑪（Walmart）買了一組全新寢具。

事實上，她如此心煩意亂，甚至都忘了稍早去藥局所發生的事，直到當晚她走進蕭蒂酒吧餐廳（Shorty's Bar & Grill）拿取她和路克的晚餐。總有一天，她得要讓叔叔戒掉披薩及漢堡這些食物，但她還沒去食品雜貨店，所以只得暫時買外帶食物。

餐廳裡人數眾多，每一桌都坐滿了人，大家緊靠著彼此並熱烈地交談。角落裡的電視正播放著新聞，但眾人的喧鬧聲早已蓋過螢幕上兩位新聞主播的對談。瑪戈特走近擠滿了顧客的酒吧，她試著吸引那位酒吧侍者的目光，但那個女人專注地看著她面前的男人，她的雙臂交叉、雙眼睜得大大的，聽他說話時不停地點頭，而男人手上拿著啤酒仍瘋狂地比手畫腳。「……我一直以來都是這麼想的！」瑪戈特聽見他這麼說。

她朝著酒吧侍者的方向揮了揮手。「不好意思。」

吧台後方的女人轉頭看她。「賴瑞，等一下繼續聊。」她對那個男人說，然後走了過去。「親愛的，你需要什麼？」她問了瑪戈特。她的舉止看起來像五十歲的年紀，但瑪戈特猜想她可能只有四十多歲，只是欠缺保養。她的皮膚像老舊的皮革，頭髮有如稻草般堅硬。

「你好，我要來拿一份外帶——」

「該死！」那位酒吧侍者突來的大聲叫嚷，讓瑪戈特突然嚇了一跳。「給**瑪戈特**的外賣訂單！你是瑪戈特．戴維斯呀。」瑪戈特發現，在她周圍有一整排腦袋立即轉向她。她費力將自己的退避畏縮轉換為一抹微笑。那位藥劑師傳播消息的速度太快了。她將名字告訴對方的那一刻，距離現在還不到七個小時。

「你好。」

「你們一家子好嗎？天啊，我好久沒見到亞當和貝瑟妮了！」侍者的臉色突然戲劇性地沉了下來。「我真想念他們。你可以轉達一下，琳達想向他們問好嗎？」

瑪戈特點點頭。「當然可以。好啊，當然。」

「我的天啊！」琳達驚呼一聲，接著又將聲音壓低了八度，「那就是你來到這裡的原因嗎？」

「嗯……」瑪戈特搖了搖頭。「為了什麼而來？」

「好吧，當然是那篇新聞報導呀。你是一位記者，不是嗎？」

「是的……」瑪戈特感到震驚不已，這個陌生人似乎對她瞭若指掌，但她仍無法理解她所說的話。「什麼新聞報導？發生什麼事了？」

琳達高高揚起了眉毛。「你是說你還不知道嗎？」她轉過身，似乎在尋找著什麼，最後她的目光鎖定了一瓶已開罐的黑櫻桃旁的電視遙控器。她一把抓起它，對著電視機。螢幕上，調整音量的方框越來越高。

「**……關於最近發生在印第安那州納帕尼的事件，**」一位男性新聞主播說道。小鎮的名字在瑪戈特的胸膛裡翻騰著，納帕尼距離瓦卡魯薩僅是一箭之遙。如果她現在上車出發，十五分鐘之內就能到達。「**今天一大早，**」新聞主播繼續說道，「**五歲的娜塔莉・克拉克的父母通報警方**

**她失蹤了。根據她的母親薩曼莎·克拉克表示，這個女孩消失於當地一個人數眾多的兒童遊戲區中。當時克拉克太太正在幫她最年幼的小孩餵奶，她抬頭查看娜塔莉及兒子的狀況時，娜塔莉已消失無蹤。」**

螢幕上快速地閃現失蹤女孩的照片，她有著滿溢的笑容與一頭亂蓬蓬的棕髮，突然間一切都變得再清楚不過了：藥劑師臉上焦急的表情、女人的那通電話，以及她提及的雅各布斯家族。瑪戈特終究沒有聽錯對方所說的話。現在，甚至在琳達轉身面向她之前，她就知道琳達開口要說些什麼了。

「同樣的事情再次發生了。殺害賈諾莉·雅各布斯（January Jacobs）的那個凶手回來了。」

# 三、克麗絲，一九九四年

克麗絲茫然不解地盯著羅比・奧尼爾（Robby O'Neil）的面孔。又小又黑的雙眼、紅潤的臉頰，以及光滑的嘴唇，他的五官在她的視線中游移而無法定焦。這個她認識了大半輩子的男人，突然之間變得如此陌生。然而，更令人困惑的事情是，羅比・奧尼爾為什麼會出現在他們家門外。

就在二十分鐘前，克麗絲下樓一看到牆面上的字樣時，她的尖叫聲就已驚醒了比利。一聽見聲音，他和傑斯都從樓梯跑了下來，但不見傑斯的雙胞胎姐姐賈諾莉。

克麗絲和比利瘋狂地在房子裡尋找他們六歲的女兒時，**那個婊子不見了**，她的腦海裡閃現了那些字句，當他們四處尋覓賈諾莉，卻遍尋不著時，他們打電話報警。因此敲他們大門的人，應該是**警方**，而不是他們高中時的老朋友。在這個充滿折磨的離奇早晨，早上五點三十分，羅比在這裡出現，將整個嚴峻考驗蒙上了一層奇異且超現實的光芒。從幼兒園一直到高中，克麗絲和羅比・奧尼爾都一直同校，在社會研究課程中，她看著他結結巴巴地進行新聞時事報告，也聽著好友瑪莎（Martha）滔滔不絕地談論他有多麼迷人。

在她身邊，傑斯將自己的臉龐埋入她睡袍的褶皺裡，而克麗絲將手放在他的背上。接著她又甩開了手。她還沒來得及想出要對羅比說些什麼，比利就從她身後走近了。「嘿，羅比，」他說，從門口探出身來要與他握手。「感謝你前來。」

就在那時，克麗絲的目光掃視著羅比的制服，她這才意識到他正代表著警方。當然，她大腦中暗黑的一面確知這一點，他已在瓦卡魯薩擔任警官多年了，但當她唯一的女兒失蹤且因此報警時，這似乎仍像是一場殘酷的惡作劇，她就只能得到這種援助：**那個連新聞時事報告都能搞砸的羅比・奧尼爾**。

「沒問題，」羅比帶著誇張的關切說道，像是認定自己被要求做的事根本是對方反應過度，但他作為老朋友，會將這當成一回事。

這一切讓克麗絲的面頰發燙。比利報警時，他告訴接線生他們家被強行闖入，而他們的女兒被帶走時，她就站在比利身旁。

「你怎麼不，呃，你怎麼不先進來呢？」比利說道。「克麗絲，」他又說了一句，給了她一個臉色。「你先退後一步讓羅比進門吧？」

克麗絲對丈夫產生一股怒火。為什麼他表現得該死地鎮定？他們的女兒，他們的**賈諾莉**都不見了，但他此時只想讓客人感到賓至如歸嗎？她內心深處明白，比利會這麼做並不是因為他冷靜沉著；他之所以這麼做，是因為他骨子裡就是個取悅討好的人。她明白，就和她一樣，比利的狀態和平靜正好相反。那天早上，當他衝下樓梯，看到牆上潦草的字時，他突然停了下來，像是撞上什麼隱形的障礙一樣。他的臉上充滿了震驚及恐懼。他帶著想要探究真相的眼神看著克麗絲。然後，後來打電話給警方時，他全身都顫抖著。

比利領著他們穿過入口通道來到廚房，羅比在後方跟著，克麗絲以及緊緊抓住她睡袍的傑斯則在後頭。

「所以，你們找不到賈諾莉嗎？」羅比說，他的聲音依舊如此輕快。這讓克麗絲怒火中燒。「她被**帶走了**，」她說。「有人闖進來了。」

羅比轉頭瞥了她一眼。他看起來很驚訝，卻也很困惑，就好像她所言並非她的真心話。畢竟，瓦卡魯薩從未發生什麼特別重大的事件。他的目光快速地掃視著傑斯。「那傑斯還好嗎？」

這個問題過於天真，卻讓克麗絲倒吸了一口氣。在他們痛苦地等待警方到來的分分秒秒，她不知道該拿傑斯怎麼辦。她曾想過要假裝什麼事都沒有發生，將他帶回床上睡覺，但這個念頭帶著恐懼刺滿她全身。女兒不見了，現在的克麗絲只害怕讓兒子離開視線。他身上散發出一股翻騰的能量，有如一個力場。他認為發生什麼事了？

克麗絲看著羅比的眼睛。「傑斯沒事。」

他們穿過門口進入廚房，克麗絲確切看見羅比目睹牆上字句的那一刻，接著就意識到自己低估情勢了。就像稍早時的比利，他的雙眼睜大，嘴巴也闔不上了。克麗絲低下頭，再也無法看著了。她早已明白，如果她留神看著會發現什麼。她瞥了傑斯一眼，看到他雙眼緊閉，臉龐有大半深埋在她的睡袍裡。

羅比清了清嗓子。「我想，應該讓我上司知道這件事，」他說著，從腰帶的皮套裡拿出無線電，然後走遠幾步進行對話，他的語調壓抑且急促。當他轉身時，他給了比利和克麗絲一個她一直等待著的嚴肅眼神。「我的主管巴克很快就會到了。」他用力地嚥了一下口水，喉結上下跳動著。「與此同時，你檢查過賈諾莉是否在房子裡嗎？」

克麗絲好想放聲尖叫。他覺得他們是笨蛋嗎？但在她還沒回答之前，比利說：「那正是我們做的第一件事。」

羅比點了點頭「好的、好的。嗯。那麼，我們再一起徹底檢查一次吧，好嗎？基於你目前的……」他猶豫了一下，找尋著合適的字詞。「狀態，你有可能會忽略掉一些事物。」

比利瞥了克麗絲一眼，但她並未對上他的眼神，並聳了聳肩。「好。」她知道賈諾莉不在屋內，並不是因為她和比利找不到人，又或者是她一直在玩著倔強而不放棄的捉迷藏，但此時羅比才是專家，她不打算和他作對。

傑斯仍然緊貼在克麗絲身旁，他們四人緩慢地穿越一樓，在每個房間短暫停留，好讓羅比可以打開櫃子、掀開棕櫚葉造型枕頭，好像他們六歲的女兒有辦法躲在其中某處一樣。他不斷詢問是否有東西遺失，比利和克麗絲不斷回答他沒有。當他們繞了一圈回到廚房，一旁即是通往二樓的樓梯時，羅比將雙手放在臀部，以下巴示意著樓梯的方向。「你不介意我……」

「當然，沒問題。」比利毫不猶豫地說道。

羅比在前面帶路，每一步都用力緊抓著樓梯扶手。比利跟在他後頭，克麗絲則跟隨著兩人，同時緊握著傑斯的手。羅比持續在二樓搜索，他打開每一扇門及櫃子，興致勃勃的樣子讓克麗絲不禁懷疑，他正在演出自己腦海中所想像那種勇猛的營救場景：他大力打開擺放家用織品的壁櫥，發現賈諾莉蜷縮成一團，在自己家裡感到恐懼且迷失，他是勇敢的英雄，她是毫髮無傷的受害者，只要喝一點雞湯、洗個熱水澡就足以恢復健康，而克麗絲及比利就是一對愚蠢且戲劇化的父母。她惱火到滿臉通紅。

但是，當他們到達傑斯及賈諾莉兩人隔著一條走廊的房間時，克麗絲的心開始猛烈地跳動，驅散她所有其他的情緒。她站在兩道門之間，卻無法正視任何一個房間。這兩個房間本該是她孩子們所在之處，如今卻已不再如此。

當羅比檢查完床底並掀開所有毛毯後，他們再次下樓。現在，唯一可以檢查的地方就是地下室了。

「這就是——」比利開始說道，指著通往地下室的門，聲音突然哽咽了起來。克麗絲猛然轉過頭看他。「這就是我們，嗯，認為可能被破壞闖入的地方。有一扇窗戶破了。你看吧。」

羅比點點頭，握住黃銅把手並讓門全然敞開。比利跟著他下去，克麗絲卻有所猶豫。帶著傑斯和他們一起在屋子裡兜轉是一回事，但一想到要讓他下樓的念頭，就讓她承受不了。讓他去地下室感覺太不安全了。她牽著傑斯的手走向廚房餐桌旁，將他安置在一張木椅上。她也不想將他留在這裡，但一想到羅比和比利兩人獨自待在地下室，她的心就怦怦直跳。她必須目睹他們看見了什麼。是的，在她和比利的搜尋過程中，她早已去過那裡了，但萬一她遺漏了什麼，該怎麼辦？

「傑斯，」她說，痛恨自己顫抖的聲音。她抓住了他的肩頭。「媽咪希望你坐在這裡，不要動一分鐘，好嗎？我要你閉上眼睛，從一數到一百時，我就會回來了。」

傑斯看著她，用他有時會出現的那種異常嚴肅的面孔，這種老成的表情讓他看起來不只有六歲。他緩緩地點了點頭。

「待在這裡。」

地下室天花板上裸露的燈泡亮著，以昏暗且閃爍的光芒照亮這個空間。克麗絲環顧四周，這裡堆滿了沒貼標籤的盒子，有聖誕節的裝飾品、孩子們長大後穿不下的衣物以及不玩的玩具，和農場的財務紀錄。這裡擺放了一個老舊的格紋沙發，四周散落各種不同的玩具：一個小跳床、一個用來拋環的塑膠柱桿，上面圈滿了五顏六色的粗大圓環。羅比正拿著傑斯的蝕刻神奇畫板（Etch A Sketch），漫不經心地用手轉動它，雙眼則盯著地板上的玻璃碎片。相同的水平位置上有三扇窗戶，距離樓梯底部最近的窗戶玻璃已被砸破。

沒有傑斯的溫暖身體緊貼著她，克麗絲感到寒冷，她將雙臂交叉放於胸前。在她腦海中有一小部分意識到了，現在的印第安那州是夏季，不可能真的如此寒冷。

「好吧。」羅比說。「看起來的確有人以這種方式闖入了。」他用腳尖碰了碰其中一片碎玻璃，克麗絲驚訝地瞪大了雙眼。即使是她，一位在家當家庭主婦的媽媽，也明白不應該碰觸犯罪現場的任何物件。她看了太多集《法律與秩序》（*Law & Order*）了，所以知道這一點。

「媽咪？」

在地下室的偌大空間中聽見如此微小且輕柔的聲音，克麗絲嚇了一大跳。她轉過身，一顆心像是懸在喉嚨裡，看見傑斯就站在樓梯中央，睜大雙眼俯視看著她。

「天啊！」克麗絲用掌心貼在自己的胸口上。儘管她愧於承認，但她心中充滿了對傑斯的忿恨，因為站在那裡的不是他的雙胞胎姐姐。「傑斯，你嚇到我了。怎麼了嗎？我都叫你待在原地了。」

眼看兒子圓圓的雙眼盈滿淚水，她的內疚感湧上心頭。「我很害怕，」他說，他的聲音如響亮的鈴聲。「我怕樓上的那些人。」

一聽見有孩子失蹤，羅比的上司巴克警長便立即通報了州警，正當比利、羅比與克麗絲回到廚房時，克麗絲的手緊握著傑斯的小手，他們的房子已徹底地變了樣。克麗絲四周都是穿著制服的男人，透過廚房的窗戶，她看見其中一個男人繞著整個房子的外圍，手中展開一卷厚厚的警用黃色布條。甚至空氣的氛圍也有所轉變，緊繃且喧鬧不安。

突然有兩個人站在她的面前，彷彿憑空出現一樣。那個男人留著像私校男學生的髮型，梳理得如此完美，整齊得像是以直尺對齊一般。他的扣領襯衫拉緊了他肌肉發達的上臂。他的眼球是一種令人厭惡的藍色。另一個則是一位中等身材的女人，細軟的棕色頭髮紮成了馬尾。男人的年紀可能是四十多歲，女人則小他十或十五歲。現場只有他們兩人沒有穿制服，儘管如此，或者正因為如此，克麗絲感覺到他們就是掌權負責的人。男人散發出一種如此強烈的權威氣息，好像那是他早晨時會擦的古龍水。

「我是警探麥斯・湯森（Max Townsend），」他自我介紹，先是伸出手與克麗絲握手，接著是比利。「這位是我的搭檔，朗達・萊克斯（Rhonda Lacks）警探。我們得知你們的女兒賈諾莉失蹤了。這件事是否正確呢？」

湯森警探說話時，帶著一種急切且公事公辦的語氣，克麗絲發現自己只得目瞪口呆地看著他。她身旁的比利清了清喉嚨。「是的，沒錯。」他說。

「對於你們一家人所經歷的事，我們深感遺憾，」這位警探繼續說道。「我們來自印第安納州警察局，我們將會帶走一些東西，可以嗎？我向您保證，我們將會竭盡全力把你們的女兒安全找回來。關於這些事務，我和萊克斯警探都有絕佳的實際經驗。」他停頓了一下，眼神堅定地看著她和比利。如果他的意圖是要安撫他們，這顯然不管用。「第一項要務，我們需要你們描述賈諾莉昨晚睡覺時所穿著的衣物。接著，我需要你們兩位帶我去她的房間，請你們檢視是否有任何東西遺失或有哪裡不對勁。這能幫助警方明白要尋找什麼物件。好嗎？檢視她房間時，我們會帶走她的一些東西，好提供我們的追蹤犬嗅聞，最好是一件她的舊衣服。」

他露出了莊嚴而鼓舞人心的微笑，克麗絲以一根手指碰觸自己的太陽穴。她想專注聆聽他要繼續說的字句，逐字逐句地瞭解每個字的意義，但字句在她身邊四處飄散，成了一種難以理解的模糊狀態。她感覺這一切都發生得太快、太突然了，像是正在演出一部不停快轉的電影。

「與此同時，」湯森警探繼續說道，「我認為我們應該將**弟弟**帶離這裡。這位是派翠西亞．瓊斯（Patricia Jones）警官。」他指著一位身穿制服的女性警官，也同樣神奇地憑空出現，是個什麼都大的高大女人：一雙大手、巨大的胸部，甚至還有很大的雙耳。「她會和弟弟一起搭我們其中一輛警車，好嗎？將他從這一切解救出來。」

克麗絲眨了眨眼睛。花了很長一段時間，她才意識到湯森警探口中所說的「**弟弟**」是指傑斯。「噢，」她說。「我比較希望他留在我身邊。對他來說，這一切……太令人困惑。他已經很害怕了，我不希望他又更加恐懼。」

湯森警探臉上善解人意的笑容忽隱忽現，轉換如此之快，克麗絲懷疑自己是否真的看見了。「我明白。但是我們現在需要你和**爸爸**做許多事，我需要你全神貫注地應對，好嗎？瓊斯警官自己也有三個小孩。你兒子會得到絕佳的照顧。」

大個子女人彎下腰，讓自己的臉靠近傑斯的臉龐。「你好，傑斯，」她說，而克麗絲想不通她怎麼會知道傑斯的名字。她有告訴他們嗎？「我的名字是派翠西亞。你想要喝檸檬茶嗎？而且我知道哪裡會有餅乾。」

傑斯接著點了點頭，大個子女人從克麗絲的手中接過他的小手，領著他離開了媽媽。當她看著兒子小小的身體向後退了一步時，克麗絲突然感到一股突如其來的強大恐懼，覺得自己將要分裂成兩半。

「現在呢，」湯森警探說。「我剛進門時，看到前門入口處有個漂亮的沙發區。萊克斯警探，」他的身體轉向他的搭檔。「你何不和雅各布斯夫婦一起過去那裡，我等一下過去和你們會合？下一步，我們四個人可以一起去賈諾莉的房間。」

湯森警探簡短地點點頭，克麗絲明白她和比利可以先離開了，當她轉身要找丈夫，想跟著他走出房間時，她注意到羅比仍站在他們身後。在這些警官們如旋風般來到之後，她完全忘記他的存在。萊克斯警探領著她和比利來到入口處的沙發區，克麗絲跟在後方時，她轉身回頭，正好看到湯森警探正怒視著他們的高中老友。

「而你，奧尼爾警官，我得要謝謝你吧？」他厲聲地說，他清晰明瞭的聲音響亮地傳遍整條走廊。「看來我得要感謝你，違反教科書中每一項維護犯罪現場的規定。所以你得向我說明你碰觸過房子裡哪些物件。」

幾分鐘後，克麗絲領著兩位警探和比利上樓。但當她走到女兒房間門口時，她卻停了下來，彷彿有一雙無形的手向後拉扯著她，不讓她跨過門檻。直到她聽見湯森警探堅定說出「你先請」時，她才強迫自己穿過那道門。

站在女兒的臥室裡，克麗絲看著警探們一一進門，完全沒有錯過他們臉上展現的批判神情。她環顧房間四處，想看看他們究竟做了什麼。她看著賈諾莉的沙發床，上頭鋪有淡紫色的床罩以及白色的薄紗天篷。這正是克麗絲小時候一直很想要的床，她從來不曾向父母索求，因為那幾乎是不可能的事。她的目光接著看向著衣櫥，裡面堆滿了紫色與粉紅色的芭蕾舞短裙，架上一整排的小緊身褲就像懸著的觸手般，小舞鞋擺放成一整排，黑色漆皮鞋旁邊放著粉紅色的芭蕾舞鞋。她瞥了一眼對面的牆壁，白色留言板懸掛於書櫃上方，板上縱橫交錯的粉紅絲帶以獎章、證書和賈諾莉近年的照片作為裝飾，多數是舞蹈表演前後所拍攝的照片。要推敲警探們看見了什麼，不是件難事：這是個擁有一切的女孩。

「儘量不要碰任何東西，」停在門口的湯森警探指示著。「但仔細看一下。是否有什麼東西讓你覺得不對勁或是消失了呢？」

克麗絲和比利在房間裡緩慢地走來走去，但克麗絲似乎不可能發現是否有以前不曾出現的東西。賈諾莉的緊身褲昨天整齊地捲了起來嗎？她洗衣籃裡的那件芭蕾舞短裙是不是掛起來了？梳妝臺上的相框一向是直立擺設的嗎？她瞥了一眼比利，他靜止地站在賈諾莉的梳妝臺前，將手放在梳妝臺的一角，彷彿無法支撐自己的重量一樣。他才二十五歲，但眼下有了黑眼圈，額頭上也提早出現了皺紋，克麗絲覺得他看起來像是老了十歲。

「我不知道，」片刻之後，比利疲倦地說。「我什麼都沒發現。」

克麗絲搖了搖頭。「沒有。我也沒有。」

兩名警探點了點頭，就好像他們得到了什麼提示般，開始慢慢繞著房間，四處走來走去。他們的搜查方式和羅比一點也不像，他們謹慎地不碰觸到任何東西，靈巧地懸空於床上方檢查被單，蹲下查看衣櫥深處。當兩人在留言板前方交會時，湯森警探貼近留言板，雙手背在身後，鼻子距離塞滿物件的表面只有幾英寸。

「以一個六歲孩子來說，獎牌的數量還真不少。」他說，回頭看了克麗絲一眼。

「她非常認真投入。大致從她會走路時就一直在上課了。」

他點點頭，將目光移回留言板上。

「真可愛，」萊克斯警探說道，指著賈諾莉的一張舊照片。照片中的她或許只有三歲，穿著睡衣，雙手高舉過頭，粗略地做了一個像芭蕾舞第五位置（fifth position）的姿勢。萊克斯警探將目光轉向另一張照片，克麗絲看不見，被警探的後背擋住了。「哇。湯森，你來看看這一張。」

湯森警探轉過身，克麗絲看著，他的目光落在他搭檔所指著的照片。他們兩人的目光短暫地交錯，在他們的神色之中，克麗絲發現了某種不對勁的感覺，某種近似於理解的東西。

湯森警探轉身面對她和比利。「不介意我們將這張照片帶走吧？我們需要幾張她近期的照片。」

「你們可以帶走你們所需的任何東西，」克麗絲說，她的口吻緊繃。她感覺到警探們的想法有所改變；只是她不明白那究竟是什麼。

「現在拿這張就夠了，但之後我們要請你多選擇一些照片。」他俯身，將照片從板子上取下來。然後他轉過身，高舉著照片向她和比利示意。

克麗絲的心沉入谷底，現在她完全明白這些警探是怎麼想的了。那張照片是在她最近一次的舞蹈表演會前所拍攝，賈諾莉擺好了姿勢。她身穿兩件式的海軍風服裝，白色裙子襯有海軍藍絲帶及銀色水鑽，一件相同風格的上衣，胸前中間繫著一個紅色蝴蝶結。她頭上戴著同款的帽子，以活潑的角度坐著。她栗色的頭髮燙得捲曲、噴上定型噴霧，因為假睫毛及藍色眼影，她的雙眼就像迪士尼公主般巨大。她擦上了鮮紅色的口紅。

克麗絲的臉頰發燙，她無法直視湯森的眼睛。

「你告訴我，這是最近的事嗎？」他問道，雖然他的聲音聽來輕柔，但克麗絲感覺得到言語中的嘲諷語氣，幾乎要流露出批判性的指責了。

「那場表演會是幾個月前的事了。她拍照時六歲，所以，是的。」

湯森警探目光銳利地掃視著照片。「六歲，是吧？」他咯咯地笑出聲，瞥了萊克斯警探一眼。「但這張照片會讓我猜測她已經十六歲了。」

無聲的指控如同一把彈簧刀刺穿了克麗絲：**糟糕的父母**。或許，更重要的是，大家都知道，母親總是得承受比父親更嚴正的指責：**壞媽媽**。她腦海裡閃現那些潦草寫於廚房牆面的鮮紅色文字，**這就是你活該得到的下場**，就在那一刻，克麗絲感覺到那些字句如此真實貼切。

# 四、瑪戈特，二〇一九年

一九九四年七月一個炎熱夏夜，發生了賈諾莉．雅各布斯的謀殺案，這起事件從此讓瑪戈特的家鄉聲名遠播。就各方面而言，這個故事轟動一時，就像野火般蔓延開來，俘獲了橫跨美國各區、不同社會經濟及政治鴻溝的病態迷戀。一夜之間，雅各布斯家族名聲大噪。賈諾莉成為美國的寵兒，而那難以捉摸的殺手成了全國的頭號通緝犯。但案件錯綜複雜，即使過了幾個月，都沒有任何追捕行動。最終，調查久懸未結，賈諾莉的謀殺案，成了國家未解的巨大謎題之一。

然而，對於世上其他人而言，這個小女孩，可能只代表著另一個警示故事或Podcast內容，但對瑪戈特來說，賈諾莉如此真實。他們年齡相仿，在同一條街上的房子長大。儘管早期的童年記憶已模糊褪色，但瑪戈特仍會想起在雅各布斯家後院的夏日時光，當路克和蕾貝卡工作之際，她和賈諾莉會假裝自己是馬兒，或在玉米田裡玩捉迷藏。在設立身體邊界之前的奇幻年紀，兩個女孩就一起存活於世上，她們的小身體總是重疊在一起：練習綁辮子時雙手穿過對方的髮束；濕熱的指尖全壓在一塊成了某種複雜形狀，吟唱著**這裡是教堂，這裡是尖塔……**他們的四肢交錯，不停地發出咯咯的笑聲。

賈諾莉在家中被擄走時，瑪戈特就在對街幾百英尺外的房子裡睡覺。後來，瑪戈特聽爸媽說她的朋友不會回來了，而路克向她解釋，說賈諾莉已經死了。但是，直到後來，在課間休息時，有個年紀較大的孩子告訴她賈諾莉**被謀殺了**，她才得知朋友死亡的真相。儘管她肯定很想念賈諾莉，但她最深刻的記憶卻是恐懼。瑪戈特開始想像著，一個沒有面孔的男人站在兩個房子之間，對著她朋友臥室的窗戶和她自己的臥室窗戶，玩著點到哪個就選誰的遊戲。夜裡，她躺在床上，緊緊地握著拳頭，用力到指甲都出血了。

而現在，各家新聞頻道不斷曝光娜塔莉・克拉克的照片，感覺那一切又再次上演了。嚴格一點來說，那個失蹤的女孩不是在瓦卡魯薩的孩子，但納帕尼就在幾英里之外，她也算得上是這裡的孩子了。

在蕭蒂餐廳聽聞這個消息後的隔天早上，瑪戈特坐在叔叔家廚房餐桌旁，她打開了筆記型電腦，手裡拿著一杯咖啡。她本應該利用這段時間來處理工作郵件，但她卻在尋找關於娜塔莉失蹤案的訊息。

當她點擊滑鼠要回到搜尋網頁面時，她聽到走廊盡頭傳來房門的吱吱聲。片刻之後，她的叔叔穿著運動褲及一件破舊T恤出現了，他的一頭黑髮亂糟糟的，雙眼腫脹發紅。瑪戈特輕輕地闔上她的筆記型電腦。

「早安。」她說。「你感覺如何？」

昨天晚上，瑪戈特從蕭蒂餐廳回來時，發現路克站在客廳渾身發抖。她一看到他，就立即將那袋外帶餐點扔在地上，衝了過去。

「怎麼了？」她說，一邊試探性地將手放在他的背部。他沒有退縮，於是她緩慢且流暢地在他背上畫圓圈。對她而言，這種觸碰相當陌生，戴維斯一家從來就不擅長表現特別親密的情感——但她讀了一些網路文章，其中提及了當患者病情發作時，這種觸摸有助於讓他沉靜下來。

路克的臉皺成一團，他像個孩子一樣看著瑪戈特，在她的掌心之下，他的身體顫抖著，眼淚不受控制地從他的臉頰流下。「她離開了，」他用沙啞的聲音說。「她離開了。」

「我知道，」瑪戈特說。「我很遺憾。」

但就在此時，她聽到電視裡傳來低沉的細語聲，看向電視時，她看到電視正在播新聞頻道。娜塔莉．克拉克也凝視著她，帶著眉開眼笑的燦爛笑容。突然之間，瑪戈特不知道她的叔叔哀悼的對象，究竟是死去的妻子，還是那個失蹤的女孩。

現在，站在走廊上的路克猛然抬起頭，彷彿被她的聲音嚇了一跳，但一看見她後，卻溫和地笑了笑。「孩子，早安。」

瑪戈特的胸口放鬆下來。她從未預料到，與你所愛的人一起生活是多麼困難，且這個人只會偶爾愛著你。「我煮了咖——」

但她的話都還沒說完，放在桌上的手機就震動了起來，她看了一眼，螢幕上顯示著她老闆的名字。「對不起，我必須接這通電話。」她站了起來，將電話貼在耳邊。「嘿，亞德里安娜，怎麼了嗎？

「你好，瑪戈特。你叔叔還好嗎？」

瑪戈特瞥了路克一眼，路克正打開櫥櫃，大概是想找個馬克杯。她走過去，打開右側的櫥櫃，然後又走回客廳。「嗯，對呀。還不錯，謝謝你。」

「太好了、太好了，」她的老闆說，但聽起來心不在焉。「聽著，瑪戈特。你看到娜塔莉・克拉克的案子了吧？」

「我正在研究。」以她當天早上在谷歌上進行的初步搜索而言，說**研究**這個詞有點牽強，但她想讓自己聽起來比實際狀況更精明些。她負責報社裡的犯罪報導，她的工作就是掌握相關報導的最新動態。她竟然得要從酒吧侍者口中得知娜塔莉的失蹤案，這個令人沮喪的事實提醒著她，自己沒有專注在工作上。

「喔，太好了。好吧，你就準備寫明天的報導了，好嗎？」

瑪戈特捏了捏自己的鼻梁。她今天本來要去食品雜貨店的，但基於過往幾個月老闆給予的自由空間，她知道自己需要補上一些進度。事實上，她和路克的早餐只剩下放太久的Cheerios早餐麥片和幾乎快變質的牛奶。「沒問題。」

「太好了。一些基本要素都要涵蓋其中，不論是警方的理論，及任何初步的證據。我查了一下，今天晚上有一場記者會，你人就在附近了。喔，得要加入一些地方色彩。如果你聯繫得到，就找他們的家人們談談吧，或是我們能找到可稱之為親密來往的家族摯友——」

「嘿，亞德里安娜，」瑪戈特以一聲輕笑打斷了她的話。「這些事我**以前**都做過了。」這是個輕描淡寫的說法。她已在報社工作了三年，進行相關犯罪報導也同樣有這麼長一段時間了。

「我知道，但是你得搞定這件事，好嗎？」

瑪戈特的心開始跳得更用力了。在她嬸嬸蕾貝卡去世幾個月後，她在報社的工作表現開始受到影響，隨著她逐漸意識到路克心情有多麼掙扎不安，她的悲傷就變得更加嚴重了。但就在幾星期前，當她準備好搬家並讓工作處於機械化的自動駕駛狀態時，亞德里安娜才開口說了些什麼。「好的。我明白。我會的。亞德里安娜，謝謝。」

瑪戈特以為這些話就足夠了，但她的老闆又繼續說道。「聽著，我得跟你說，艾德格前幾天有提到你。他說他注意到你的工作狀態衰退了，不論是你的實質產值或品質。」

瑪戈特將手機從耳邊拿遠，無聲地喊了一句**去你的！**

艾德格是報社的老闆，她只在公司三年前的聖誕晚會上見過他一次，他以冷酷無情而聞名，特別是當他認定會對報社獲利造成威脅時。

「……我和他說了你的情況，」瑪戈特將電話放回耳邊時，亞德里安娜正說道，「但他希望看見這件事有所改善。要迅速改善。」

瑪戈特深吸了一口氣。「我正在思考，是否要提出娜塔莉・克拉克及賈諾莉・雅各布斯兩案之間的一些相似之處，」她說。「提出兩者有關聯性的可能。」自從琳達向她宣告殺害賈諾莉的凶手回來的那一刻起，她就一直沉浸於這個念頭之中。瑪戈特不知道娜塔莉案件的種種細節，但擄走並殺害賈諾莉的凶手仍然逍遙法外。

電話另一頭停頓了一下，瑪戈特以為亞德里安娜正在切換角色，從主管轉換為編輯。「兩件事有相似之處嗎？」

「除了地理範圍及和年齡之外，我還不太確定。但我認為探索延伸的範圍不大。」

「好的……當然，連環犯罪總是比單次犯罪行為更引人注目。」瑪戈特聽出那是她主管自言自語的語調，那是她開始將真實事件轉換為千字故事時採用的聲音。「但是不要寫得太牽強。我們不需要另一篇波莉．利蒙的報導。」

瑪戈特畏縮地抽動了一下。三年前，波莉．利蒙（Polly Limon）是她在《印州線上》（*IndyNow*）報社的第一項指定任務。這個七歲女孩的故事，與其他的許多故事雷同：一個秋天的下午，她在俄亥俄州代頓市（Dayton）一個購物中心停車場消失了。失蹤調查一直持續進行，直到五天後，她被發現死在一條溝渠中，身上有遭性虐待的痕跡。瑪戈特那幾個星期都在報導這起案件，雖然她的文章從將未將波莉及賈諾莉的死亡串連在一起，但她在辦公室談論的一切都關乎這件事。多年來，她對於兒時好友的死亡，已經從悲傷和恐懼的根源，轉變成一種迷戀。慢慢地，她曾經視為好友的賈諾莉，已成了「那個賈諾莉．雅各布斯」。他們曾經一起玩樂的記憶，取而代之的是她被謀殺的事實。因此，當波莉．利蒙已被尋獲死亡，而警方開始尋找殺害她的凶手時，瑪戈特的思緒突然跳到對街那個女孩的案件了。

「波莉是在一條**溝渠**中裡被發現的，」當時，她不斷地對亞德里安娜這麼說。「就像賈諾莉一樣。」兩者死因不同，她是被勒死的，而不是被鈍器所傷而死，但她的頭部也同樣受傷了。雖然賈諾莉沒有遭受任何性虐待，但她失蹤的時間也沒有那麼長。警方從未將這兩起案件相提並論，卻也未能逮捕殺害波莉的凶手，因此瑪戈特的理論也從未被證實。不過，她知道她主管的意思。她不能沉迷在片面的故事支線，現在不行。

「好的，」她說。「今天早上我會調查一條線索，但我會在記者會前幾個小時前往納帕尼採訪。」

「好的，沒問題。」亞德里安娜遲疑了一下，片刻後又補充道：「對不起，瑪戈特。我知道你手邊要處理的事太多了。」

瑪戈特強忍著笑意說道：「沒關係，真的。今晚我會將報導用電子郵件寄給你。」

掛斷電話後，她閉上眼睛，緩慢地深吸了三口氣。

回到廚房時，路克正坐在桌旁，面前放著一杯咖啡以及他新的填字遊戲書。

她走進來時，他說道：「天呀，孩子，」一邊用鉛筆上橡皮擦的那一頭在紙上輕擦著。「你害我對這個遊戲沉迷不已呢。」他抬頭看著。「一切都還好嗎？」

她點了點頭「還好，就只是工作的事情。嘿……」她坐在他對面的椅子上，舒適地往後靠。「我可以問你一件事嗎？關於賈諾莉的案子，你能告訴我你還記得什麼嗎？」

當然，多年來他們早已談論這件事上百次了，但她仍然知道這是一個冒著風險的問題。當他的病情讓狀態變得如此反覆無常時，她不想勾起他不愉快的回憶，但如今在廚房的餐桌旁，叔叔看起來似乎眼神清澈，頭腦清醒。

「賈諾莉的案件嗎？」他皺著眉說道。「你很久沒有問這件事了。」

「我正在進行一個相關報導，」她解釋。隨著時間的積累，她發現他的長期記憶遠勝於日常的記憶力。如果他不記得娜塔莉．克拉克的名字，她也不想讓他感到難過或搞不清楚狀況。「這之間可能也沒有什麼關連，但我想要四處打聽一下。」

「你想瞭解什麼事？」

「你還記得當時關於比利和克麗絲的任何事嗎？」瑪戈特對賈諾莉一案的細節瞭若指掌，所以她並不需要他的說明。儘管她就在雅各布斯一家對面的房子長大，但對她來說，那段日子至今仍是個謎團。她對克麗絲、比利和傑斯充其量也只剩下模糊不明的記憶，賈諾莉被殺害，瑪戈特不再去他們家玩後，他們一家就幾乎完全消失了。

「好吧，正如你所知道的，」路克一邊聳聳肩、一邊說著，「我對他們並沒有那麼瞭解。我們也沒有為你和賈諾莉安排一同玩樂的時光之類的，但你總會跑去他們家的院子玩。我、克麗絲和比利在學校就讀同個年級，但是，你也明白這個地方是什麼樣子，高中裡總會有……派系。」

她嗤之以鼻。「我可以想像。」

「即使如此，每個人都認識克麗絲，因為她人緣很好，自由外放。她從來都不向我打招呼或寒暄。我想，比利比較沉默含蓄。當然，他是雅各布斯家族的一員，這就表示……你知道的。」

瑪戈特點了點頭。這一切，他以前就曾告訴過她，但即使他沒有說，她也明白他的意思。以雅各布斯家族的名聲，根本不需要住他們家對面都會聽聞到。瓦卡魯薩周邊所有土地幾乎都是他們家族所有，他們是這個小鎮的農業巨頭。每位農民都用雅各布斯家族生產的飼料餵養他們的牲畜。學校的「雅各布斯體育館」就是以比利家族中一位男姓的名字命名。他的人緣或許沒有特別好，但家裡特別富有。

「他們最後怎麼會結婚的？他們高中時期就交往了嗎？」

路克瞇起了眼睛。「可能是吧？他們應該是在畢業後的那個夏天交往的吧？我應該曾在派對或之類的場合上看見他們一起。不過呢，我想，漂亮的女孩跟有錢的男人，他們倆的組合也沒有打破這種模式。」

瑪戈特又問了他幾個問題，但他之前早已回答她很多問題了，大約過了十分鐘後，她意識到自己需要向前邁進了。多年來，她不斷地向路克詢問關於雅各布斯家族的情況，但她成年之後卻從未有過實際在瓦卡魯薩生活的經驗。現在，她得去採訪那些之前不曾交談過的人。

「你覺得比利會願意和我對話嗎？」瑪戈特明白，自己需要專注地報導娜塔莉．克拉克的案子，但採訪賈諾莉的父親將會是一個巨大的收穫。

畢竟，與克麗絲對談已不在選項之中；她在十年前結束了自己的生命。最初，也曾有人懷疑她的死因，難道是賈諾莉的凶手回來找她的母親嗎？但這件事很快就被警方平息了。這個案子也同樣落入俗套。多年來，克麗絲持續服用抗憂鬱藥物，這件事就發生在她自己家中，人們發現她時，她手中握著射中自己太陽穴的槍支。她還留下了一張紙條給傑斯，在她的屍體被發現後的幾天，紙條的內容就已被洩露給媒體了。就像該案件的諸多細節一樣，瑪戈特早已熟記於心：

**傑斯，我為一切感到抱歉。我要修正這件事**。與此同時，早在他十七歲那年，傑斯就從鎮上消失了，從此過著默默無聞的生活。這代表著，瑪戈特唯一有機會接觸的家庭成員只有比利。

「喔，」路克說，看起來有些驚訝。「嗯，比利現在真的不太和人們來往了。但我想他仍會上教堂，顯然，他也得去穀倉和商店。要他接受採訪可能不太容易。不過呢，」他聳了聳肩，「值得一試。」

瑪戈特點點頭。「嘿，我等一下得為了撰寫這篇文章去處理一些事。我出門一下好嗎？」

「孩子，你不需要照顧我。我沒事。」

她咬著臉頰內側。離開他身邊總讓她感到內疚，但亞德里安娜的話仍在她耳邊迴響。「你可以自己吃早餐吧？我會外帶午餐和晚餐回來，我想家裡剩下的食物不多了。」

路克笑了，但他眼中閃現些許的沮喪，瑪戈特看出來了，她讓他感到難堪不安了。「你還沒來之前，你覺得我是怎麼養活自己的呀？反正呢，我早上通常吃的不多。在我開始覺得自己快要昏過去之前，我會步行去……去食品雜貨店買一些早餐麥片。」

瑪戈特的目光在他臉上掃視了好一會兒。她有一種感覺，停頓意味著他忘記了那家店叫「奶奶家食品鋪」（Granny's Pantry），他光顧這家食品雜貨店長達五十年了，但除了那個小插曲之外，他似乎完全同意這件事。而且，她真的必須搞定這篇文章。「好的。抱歉，是的，聽起來很好。」

「那麼，你要去哪裡呢？」

「嗯，現在還沒有要出門，我得先完成一些工作。」正如亞德里安娜清楚明確指出的，娜塔莉．克拉克是這個故事的核心人物，因此瑪戈特需要先準備在納帕尼舉行的記者會及採訪，後續才能利用多餘的時間思考賈諾莉．雅各布斯的案件。「但處理完之後，我應該就會去蕭蒂餐廳。我想聽聽看其他人對賈諾莉的案件有什麼看法。看看是否有任何細節與另一個案件有相似之處。你覺得我能讓誰開口談談這件事嗎？」

一說到這裡，路克發出了一聲大笑。「這裡的人們，除了聊聊沒有更熱愛的事了。但是……多年前，這個小鎮就早將雅各布斯一家人釘死在十字架上了，他們當時的態度可能和現在不太一樣。所以呢，那些人當然樂於開口聊聊，但他們所說的一字一句你都不能相信。」

# 五、克麗絲，一九九四年

克麗絲覺得自己身處異地，而非在自己家中。裡面的光線明亮卻毫無生氣，相機閃光燈發出的聲音及短促的音調都令人感到陌生。就連那些物件似乎也不再屬於她了，她幾乎要開口徵求湯森警探的允許，才敢坐上她在客廳的沙發，那張沙發自她六年前搬來之前就一直在此。

「雅各布斯太太，謝謝你和我談話。」湯森警探在他們對面坐下時說道。

看完賈諾莉的房間後，湯森警探將克麗絲和比利分開，這樣他們就可以進行一對一訊問。比利還在樓上，和萊克斯警探一起待在賈諾莉的房間，而克麗絲和湯森警探則回到了入口處的客廳，她很樂於切換一個場域。剛才，身處女兒的臥室，被所有賈諾莉的物件包圍，她感到恐慌，幽閉恐懼症就快要發作了。此外，讓克麗絲如釋重負的是，湯森警探關上了客廳的落地玻璃門，就此隔絕外頭的一片混亂。四周的喧囂及大聲喊叫的指令讓她緊張地抽搐著。

「我們就從今天早上開始談吧，」警探繼續說道。「從你醒來的那一刻開始。你能帶著我們回顧一下嗎？」

克麗絲深吸了一口氣，自從她發現賈諾莉不見了之後，她就感覺到不斷湧現的腎上腺素，卻也有一股突如其來的疲倦襲來。這一天似乎斷斷續續地以幾個片段展開了。有時，感覺時間像是加快了，有時又像糖蜜一樣拖沓。「我們的鬧鐘在五點時響了，就像往常一樣。」她開始說，然後向他說明整個上午的過程，直到她和比利報了警，下樓之後看見牆上的文字，大聲喊叫比利下樓，傑斯衝進她的懷裡，並在房子裡找尋著賈諾莉。

湯森於膝上放著的小記事本上潦草地寫著字。他寫完後，便抬起頭來以銳利目光看著她。「那麼昨天呢？我們也來回顧一下吧。最好是能回想一下過去這二十四小時左右，是否曾發生了什麼奇怪的事情。」

「嗯……」克麗絲努力回想著他們昨天做了什麼。當她想不起來時，就試著回憶著任何偏離正軌的細節，像是她穿了什麼、天氣如何、孩子們早餐吃了什麼，但她的腦海裡卻充滿了女兒死去並被丟棄在某處的畫面。片刻之後，她將臉埋入自己手掌之中，手指按著眼窩。

「我知道這很困難，」湯森說，帶著哄勸的語氣。自從他發現賈諾莉穿著舞服的照片後就變得無禮，但現在他的態度軟化了，不過克麗絲懷疑這只是權宜之計，而不是出於真誠之心。「你的思緒每分鐘會以一百萬英里的速度運轉著，但請努力集中注意力。昨天是星期六，還記得你昨天做了什麼嗎？」

克麗絲吸了一口氣。「好。是的。昨天也不過是個普通的星期六。比利工作。早上，孩子們做家務。他們會去農場做一些簡單的小事，像是餵雞或收集雞蛋。有時比利會讓他們幫忙餵牛，諸如此類的事。下午，他們在屋子裡玩。我會下廚，接著我們共進晚餐。然後我們就看電視，再來是就寢時間。面對兩個年幼的孩子，這就要花費一些時間了。」

湯森瞇起他的雙眼。「好的……很好，但你可以再幫我再回顧一次嗎？這次更詳細地說明吧？失蹤前的二十四小時至關重要，像這樣的調查過程，你永遠不知道哪些看似不重要的細節有助於破案。」

「喔，」她說，感覺像是被責備一般。「好的，當然。」她深吸了一口氣，再次從頭開始，這次說明了更多細節。

「在你哄孩子們睡覺之後呢？」湯森問道。

克麗絲聳聳肩。「我洗了個澡就上床睡覺了。比利在樓下看電視。他上樓時我已經入睡了。」

「嗯……」他用筆尖在紙上輕敲著，低頭凝視著筆記，像是要試著解開一道特別困難的數學題。但當他再次開口時，他已準備要繼續進行了。「那賈諾莉呢？她是個怎樣的孩子？這聽起來或許無關緊要，但我想瞭解一下我們要找尋的這位女孩。」

「好，是的，我明白了，」克麗絲本能反應地說道。「賈諾莉她……」

但話還沒說完，她的聲音就卡在了喉嚨裡，要開口說出女兒名字時，終究還是讓她內心的情緒突然潰堤。過去幾個小時，不知何故，她一直像個正常人一樣運作，邁步時就提起一隻腳並在另一隻腳之前踏步，坐在他人請她坐下的地方，以完整且理性的句子說話。然而，她感覺自己就像一個牽線木偶，聽從他人的指揮。

她顫抖著吸了一口氣。她的臉因突如其來的情緒而顫抖著，彷彿她的五官開始扭曲並隨之融化。透過眼前淚水模糊的視線，克麗絲看到湯森警探上身向她靠近，手裡拿著一張面紙。這似乎是他始終在做的事情，創造並憑空拿出一些物件，就像一位二流的魔術師。她想知道，這是否是他在多年工作經驗中所精通的事，又或者是她的大腦某種程度上失神渙散，只是記錄時間中一些零散的印象。

「抱歉。」她說。「我剛才說了什麼？」

「你打算告訴我賈諾莉的事。關於她是個怎麼樣的孩子。」

「好的，沒錯。賈諾莉是……她很有自己的個性，喜歡成為眾人矚目的焦點，引起大眾關注。你看見她那些舞蹈的裝備了。她每個星期二和星期四都在上課，她喜歡向我們展現她學到的所有動作。」她聳了聳肩膀。「她就像以前的我。我也曾是一位舞者。」

話才剛說出口，她就希望能收回那一句話。當你女兒失蹤了，而你正在接受警方訊問時，說出這句話太不尋常了。湯森警探似乎也是這麼想的，因為就在他恢復中立的一號表情之前，他揚起了眉毛，看起來既驚訝又不屑。

克麗絲繼續迅速地說道。「賈諾莉與傑斯也非常親近。」她的聲音又再次帶著一絲虛偽，她希望湯森沒有聽出來。「他們是雙胞胎。」

他打量了她片刻，才接著開口說道，「雙胞胎，是吧？那就像是種特別的羈絆吧。」

克麗絲動了一下。他正仔細地盯著她看。「是的。」

「嗯，瓊斯警官今天會陪伴他。如果他說了什麼，她就一定會記錄下來。有時，兄弟姐妹們，即使是他們年幼的弟妹，知道的事情都會比父母還多，我們此刻發現的任何線索，都會是值得追尋的線索。」

克麗絲的胸廓感到一陣緊繃。她討厭讓傑斯捲入這一切，但她知道這是無法避免的事。「當然。」

「說到線索，」他說。「在你的生活之中，是否有你會認定為敵人的對象？有任何人會對你的女兒或家人懷恨在心的嗎？」

克麗絲幾乎要以嘲笑回應了。「敵人？不，這裡是瓦卡魯薩。這裡所有鎮民都非常……密切。」

「所以，你想得到誰會在牆面上寫下那些話嗎？」

克麗絲想到時心裡一驚，**那些話**。不知何故，在他們整個談話的過程中，她根本都忘記了這回事。關於那些字句，你所能做出合乎邏輯的唯一假設，就是那些話確實是由某個「敵人」所寫下。克麗絲深吸了一口氣，這是她讓警探回到正軌的機會。其他一切都只會分散人們對這句話的注意力。

「無法具體地想到誰，」她說。「但顯然是某個瘋子所寫下的，對吧？那種反社會人格的人？我的意思是，這並非你在鎮上日常會聽見的話語。」她絞盡腦汁地想著每種可能的解釋。「萬一是出於嫉妒之情呢？比利的家人，好吧，你也不是這附近的人，所以不明白吧，他們一直以來就像是皇室成員般。高中時，我們曾經稱呼比利為瓦卡魯薩之王。我不知道，如果有人出於嫉妒而想讓我們付出代價呢？在這個城鎮，雅各家族一向如此……被人高高仰望著。比利的祖父捐了一大筆的錢給小鎮。學校體育館以他的名字命名。他買下了周圍大部分的土地，他過世時，將一切留給了比利的父親。」

「我瞭解了，」湯森說。「現在比利的父親還擁有這些土地嗎？」

「喔。不，比利的父母在他七歲時就因車禍去世了。從此他就和祖母一起生活，直到她幾年前去世為止，而他繼承了一切。」

他點了點頭，草草寫下一些字。

「如果是這樣的話，」克麗絲繼續說個不停，「他們可能想要某種形式的贖金吧。」

警探端詳著她的面孔，然後說：「我們一定會仔細調查清楚的。我們有人守在電話旁，但目前沒有人試著要進行聯繫。到目前為止，我們還沒有發現任何有人提出要求的跡象。但正如我所說，我們會密切關注。你還有其他看法嗎？」

克麗絲低頭看著自己的大腿，發現她的雙手緊緊交握在一起。「我……好吧，那會和跳舞有關嗎？我的意思是，我們帶賈諾莉參與許多比賽。我知道她只有六歲，但這些都是貨真價實的比賽。有來自全國各州的評委及參賽者，現場會有七十五位以上，甚至一百多位觀眾。不過，賈諾莉太優秀了，你也看見了，她拿了那麼多獎牌。」

警探向前傾身。「所以你的意思是，你認為這可能關乎比賽中的競爭？有人嫉妒你女兒的成就嗎？

「好吧，或者……如果觀眾之中有不應該在場卻出現的人呢？在那些男人之中……」但她沒能完整說完整句話。在這件事以及那張賈諾莉身穿海軍風主題裝扮的照片之間，克麗絲覺得自己是世上最糟糕的媽媽。**這就是你活該得到的下場**。

「啊，」湯森說。「我明白了。你認為表演會引起一些不必要的關注嗎？」

克麗絲聳了聳肩，無法直視他的眼睛，大滴大滴的淚水開始滴落在她的睡褲上。「我不知道，但那些話還可以怎麼解釋呢？那些話……你不會在瓦卡魯薩聽見有人說那種話。」

「你剛才講過了。」如魔術師的湯森突然憑空生出另一張面紙。「雅各布斯夫人，感謝你仔細周全地說明這件事。我向你保證，我們會仔細調查每一個可能的線索。」他用手掌輕輕拍了拍他的膝蓋。「現在呢，你丈夫和萊克斯警探也應該差不多了，我想現在該讓你們兩位離開這裡了。你想換一套衣服嗎？接著，我和她會開車帶你們到局裡，我們會進行指紋採集和其他後勤作業。瓊斯警官會帶著你的兒子和我們在那裡會合。希望切換一個環境能讓你們擺脫悲傷的感受。」

南灣附近的州警察局中，有一位克麗絲和比利不曾見過的新警官帶著他們完成了指紋採集的流程，接著為他們準備了咖啡，叫他們坐在走廊上相當不舒適的金屬長椅上，直到有人護送他們至下個地點為止。他們坐下時，長著大耳朵與大胸部的瓊斯警官在前門出現，傑斯的小手被她牽著的手給吞沒了。一見到兒子，克麗絲就緊張得喘不過氣來。她想要把他藏在身後，將他整個人包起並藏起來。但她只被允許快速地擁抱一下，因為他又得要「去玩著色畫或再去吃一些餅乾」

而快速地被帶走。

沒過多久，克麗絲再次與湯森警探單獨共存於一個空間，跟他隔著一張搖搖晃晃的金屬桌子對坐。他們中間放著一台嗡嗡作響的錄音機。

「我想花幾分鐘，」他說，「問問關於你和比利的事。」

「我和比利？」她又重複了一遍。「那和案件調查有什麼關係？」

「好吧，正如你所提及的，無論是誰在牆上寫下字句，動機都可能是出於某種個人恩怨。」

「喔。對的。當然。」

他給了她一個微笑，她開始厭惡那種職業笑容了。「那麼你們倆是怎麼認識的？」

她猛然移動了一側肩膀。「就和這裡的人們相識的方式一樣。我們從小就認識了。」

「我明白……不過，你們是怎麼開始交往的？」

就在此時，克麗絲閉上了眼睛，然後她就回到了一九八七年的夏天。

——

那個夏天，就從一場派對開始。高中畢業後的一星期，克麗絲的朋友戴夫想到了一個點子，就是在學校足球場上舉辦一個派對。或者，那也不全然算得上是派對，不過就是和朋友們喝啤酒，加上一些戴夫向他們承諾的「驚喜」。

那天晚上，比利的到來讓克麗絲又驚又喜。不過，當天稍早時，當他去她打工的穀倉買飼料時，她便開口邀請他了，但他們一同就讀高中的四年裡，她不曾見過他出門玩樂。

「哎喲、哎喲，」當他的身影在克麗絲眼前出現時，她在漆黑的足球場的另一頭喊道。「這不就是比利．雅各布斯嘛。」

在她身旁的其他人也轉頭張望。

「嘿，」比利靠近那群人身旁時說道。他是個大塊頭，大概有六英尺高，因為在自家農場幹活而有發達的肌肉，但當他站在那裡，雙手深深地插在Levi's褲子的口袋時，克麗絲覺得他看起來矮小且猶豫不決，幾乎就像個孩子。

「我真不敢相信你出現了，」她說，睜大雙眼並咧嘴笑著。「我簡直不敢相信，我是引誘比利．雅各布斯的海妖，讓他和我們這種人一起鬼混。」

比利低下頭，看起來有些害羞，強顏歡笑。

「噢，克麗絲，」瑪莎說。「你看，你害人家臉紅了。」

「瑪莎，」克麗絲開玩笑地說道。「要讓我們的客人覺得賓至如歸呀。」她轉身背對比利。「給你。」她一手拿著自己的Natural Light啤酒，另一隻手從六瓶裝的塑膠環中取出一瓶啤酒並遞給比利，將手臂搭在他肩上。「大家，」她說，面對著那圍成一大圈的人。「你們大家都認識比利．雅各布斯。比利．雅各布斯，這位是瑪莎，」她拿著啤酒對著瑪莎做了個手勢，「小祖、諾亞、凱勒布，當然，還有戴夫這個混蛋。」克麗絲知道，比利早已熟知她的朋友們了，他們從小就認識了，但儘管如此，對他們而言，他不過比一個陌生人親密一些。

「抱歉，」比利說，雙眼之間微微皺起眉頭。「小祖？」

「喔，我們都稱呼凱蒂為「小祖」（Zoo），因為她的姓氏是祖克（Zook）。」

「喔，但諾亞真的叫諾亞嗎？」

克麗絲笑了。「我們覺得合適就這麼叫了。這只是一個暱稱，比利，不要想太多。話說回來，那你呢？我們該怎麼叫你呢？」

在她身旁，戴夫瞇起了雙眼，假裝自己正仔細地研究比利的臉。「我認為雅各布斯就是雅各布斯，你不覺得嗎，**克麗**？」他的雙眼轉移到她身上。「對了，幹得好。你可以讓這位該死的瓦卡魯薩國王破壞北湖高中的足球場。」

戴夫伸手要撥亂克麗絲的頭髮，她一邊尖叫著一邊躲開他的手，放下了摟著比利脖子的手臂。「破壞足球場？」她說，給了戴夫一個眼神。

他咧嘴一笑。「驚喜吧。」

克麗絲翻了個白眼。「太聰明了。」但她是以調侃的口吻說著。她怎麼會在乎這個狗屁學校呢？

「所以呢，」凱勒布說著，彎下腰要拿出塑膠袋裡的東西。「我帶噴漆來了。」

「不行啦，」戴夫說。「噴漆太爛了，要洗掉太容易了。」他把手伸進他腳邊另一個購物袋，拿出一個工業尺寸的塑膠瓶。「除草劑。如此一來，他們基本上就得重新種植一整片綠地了。」

瑪莎用一隻手摀住嘴巴。「天呀，戴夫，這他媽的太棒了。」

克麗絲注意到她身旁的比利將手伸進了口袋。

「你們打算寫些什麼？」瑪莎問道。

戴夫挑了挑他的眉毛。「我們沒有要寫字。我們要作畫。」

「畫陰莖和睪丸。」凱勒布熱心地說。

所有人都笑了，克麗絲看著也開始笑了起來的比利。她有一股衝動，想伸手握住他的手，告訴他一切都會沒事的。

「戴夫，」凱勒布說。「你想先來嗎？」

「然後剝奪你們所有人的樂趣嗎？」戴夫咧嘴一笑，將那瓶除草劑遞給了凱勒布，但他突然動也不動，接著轉身。他看著比利，說道：「雅各布斯，你覺得如何呢，有榮幸地請你動手嗎？」

「喔。」比利笑了起來，顯然想要掩飾自己的不自在。「不用了，沒關係。不過還是謝了。」

戴夫猛地把頭往後一仰。「你確定嗎？不要有壓力。你如果不想這樣做，就不要這樣做。但能對著這個地方比中指，這是你最後一次好機會了。」

比利又不自在地咯咯笑了起來，邊搖頭說。「我不覺得自己沒你們那麼討厭學校。」

「是嗎？」戴夫說。他的語氣如此沉穩且過分好奇，聽來幾乎算得上體貼周到。「這個帶走你所有獨特之處、加以扭曲，並讓你看起來根本一團糟的地方嗎？」他搖搖頭，苦澀地笑了笑。

「天啊，我的老師們在我高二時都認定我是個魔鬼崇拜者，只因為我聽超脫樂團（Nirvana）的音樂。大家現在**仍然**叫瑪莎蕩婦，只因為她兩年前與羅比．奧尼爾發生過性關係——」

「戴夫！」瑪莎厲聲說道。

戴夫看了她一眼。「什麼？他媽的是真的呀。我不認為你是一個蕩婦。你可以做任何自己想做的任何事。我想要說的是，從我們出生的那一天開始，這個小鎮就在我們身上貼了標籤。當約瑟夫．品特（Joseph Pinter）發現克麗絲和她媽媽住在拖車公園時，就叫她「白人垃圾」，你還記得嗎？而雅庫比安先生就站在那裡，什麼也沒說，他身為一位老師，只冷眼看著事情發生，只因為約瑟夫．品特家外頭有白色柵欄，而克麗絲家沒有。」

克麗絲感覺到比利的目光落在她的臉上，她抬起頭看向他。他眨了幾次眼睛，然後向戴夫伸出一隻手。「當然，」他說，「為什麼不呢？」

比利才剛畫完左側睪丸的輪廓，其餘的人都坐在地上看著，這時克麗絲聽見警車發出的兩聲警鈴聲。

「喔，該死。」小祖說，他們突然之間全爬了起來。瑪莎發出一聲尖叫，隨即又變為咯咯的傻笑聲，感染了這一整群人。此時已喝得神智不清的凱勒布想要起身卻又向後倒了下去，發出咕噥一聲。

「你們快離開這裡。」戴夫說，不知為何，他的聲音聽來既像是笑聲，又像是警告。

克麗絲掃視著草地，遍尋剛才被她一腳踢掉的Converse布鞋。

當她抓起鞋子，並把腳塞入其中一隻鞋時，「這裡，雅各布斯，」她聽見戴夫開口說，「快拿給我。」

她抬頭，看著戴夫向比利伸出手。在他們身旁的瑪莎、諾亞、凱勒布和小祖等人都連忙撿起自己落在地面上的東西。

比利皺起了眉頭。「你打算拿它做什麼？」

戴夫點了點頭示意他看到剛停好的警車。「他們根本還沒下車，我還有時間完成。」

比利張了張嘴卻又閉上了，而克麗絲突然明白，他認為有什麼事即將發生了。他想著的是戴夫要陷害他，或許她也參與其中，甚至是他們所有人，一心想要看著瓦卡魯薩國王誤入歧途，想看見當地報紙刊登出他那張臉，在「不得體且令人反感的惡作劇」中，被人們無疑地認定為罪魁禍首。

「喔，我明白了，」戴夫說，顯然也意識到同一件事了。「你以為我會讓你背黑鍋。」他一隻手拍拍比利的肩膀，輕輕地從他手中拉出那瓶除草劑。「雅各布斯，我或許是個混蛋，但絕不是那樣的混蛋。」

克麗絲拉了拉她另一隻鞋的後跟，然後趕忙跑過去，將手伸進了比利的手掌裡。「比利，」她說，拉著他跟在自己後頭。「來吧。我們走吧。」

當她伸手撫摸，他眨了眨眼，轉身面向她，緊緊地握住她的手。「我們走吧。」

克麗絲、比利和其他人在黑暗中奔跑，喝醉的他們腳步蹣跚。每隔一段時間，就會有一人發出笑聲，然後又感染了另一個人，直到他們都笑到站不住而彎腰為止。克麗絲和比利落後在這群人後方，但克麗絲沒有疾走追上，而是拉了拉他的手臂，將他拉往另一個方向。「這裡，」她低聲地說，比利在一片黑暗之中順從地跟著她。沒過多久，其他人的腳步聲就消失了。

他們獨處後，克麗絲和比利放慢了腳步。「我們在哪裡？」比利說。

「在狄克遜農場的邊緣。我們可以躲在玉米田裡。」

「現在才五月，玉米長得還不夠高。」

「我們如果躺下的話，就夠高了。」她輕聲笑了起來，然後補充說：「虧你是個農場經營者。」

她的手仍被他緊緊握在手中，她領著他走進玉米田，接著屈膝跪在小腿高的麥田裡，向後躺在其中一排玉米田裡。透過T恤，她感覺到地面透來的涼爽。比利笨拙地照做，當他躺下來時，他們之間除了一排玉米和幾英寸的空氣之外，什麼也沒有了。他們安靜地躺在那裡，大口喘著氣。

「那麼，」比利過了一會兒說。「你打算要離開嗎？」

克麗絲轉過頭看著他。「嗯？」

「今天稍早在穀倉時，你說你要離開這裡了。」

「喔。是呀。」那天下午，他走進門時，她正在收銀台後方擦著指甲油，兩人閒聊了一會兒，她提到自己暑假結束後的計畫。

「為什麼？」

「為什麼？」她笑了。「你想呢？因為我們住在**印第安那州的瓦卡魯薩**呀。」

「也是。」他的臉上閃過一絲微笑。「那麼……你要去哪兒？」

「去紐約，曼哈頓。我要成為一位火箭女郎（Rockette）。」光是想到這件事，她整個人就精神煥發了起來。

「什麼是火箭女郎？」

「什麼是火箭女郎？」她難以置信地說。「就是紐約最優秀的舞者。火箭女郎很有名，時常會上電視。你真的沒聽說過嗎？」

比利搖了搖頭。「但你絕對夠優秀了。我都還記得，八年級的才藝表演節目你舞跳得有多好。你真是太棒了。」

克麗絲驚訝地瞪大了雙眼，然後笑了起來。「比利，那都是**八年級**的事了。但他們可是一流的舞者呢。」即使如此，這句讚美卻讓她心裡感到溫暖。她簡直不敢相信，他竟然記得她那麼久以前跳的舞蹈。「我現在比八年級時更厲害了。我所賺的每一分錢都花在舞蹈課上了。而且我去的不是那種市中心破爛不堪、給兒童去的小型舞蹈工作室。我每個星期二和星期四晚上都會去南灣的一間舞蹈工作室。」

「我都不知道這件事。」

她點了點頭，「沒錯。」然後她將臉龐轉向星空。「現在我只需要存夠那趟車程的費用，就可以離開了。好吧，要足夠搭車、租公寓、吃飯什麼的就行了。」她的聲音漸漸消失，臉上的笑容也不見了。一想到要離開這個地方需要做的一切努力，總讓她感到難以承受。但她不想擔心這件事，不是現在。她翻身面朝比利，用手掌撐著腦袋一側。「總之呢，」她繼續說道，語調又開朗了起來。「我應該要問你是否會離開這裡才對，但我知道你不會。每個人都知道比利．雅各布斯將會繼承並經營家族農場。」她說最後一句話的口氣，就像在說**皇家王位**一樣。

比利笑了，笑容如此柔和，幾乎近於悲傷。「是的，沒錯，我不會離開。」

克麗絲的目光掃視著他的臉龐。「嘿。屹耳*。她有一股衝動，想伸出一隻手來撫平他眉宇間的皺紋，而她也動手了。「現在不要想那件事了。」

即使在昏暗的月光下，克麗絲也能看見他的臉頰因她的觸碰而泛紅。突然間，她知道他想吻她，他正在考慮是否該這樣做。但幾秒鐘過去了，他沒有行動。「好吧，」他說，「那我**應該**想著什麼事呢？」

「想著……」她移開兩人對望的視線，卻又將目光轉回來。她不太清楚自己是否想要吻他，但話說回來，讓他們倆不想著其他事，轉移注意力，又有什麼壞處呢？在月光下的田野中親吻這個男孩不會有什麼壞處吧？「想著這個吧。」她說，身體前傾，玉米的葉子拂過她的臉頰。接著，她將嘴唇輕壓在他的唇上。

當時，克麗絲並不知道那個吻會讓人生的一切導向何處。如果她知道的話，她永遠都不會這麼做。如果她知道，她就會朝著相反的方向快速奔離。

---

* 屹耳（Eeyore），《小熊維尼》小說中生性悲觀卻心地善良的驢子，時常愁眉苦臉、自怨自艾，又因為頸部不能挺直，看起來總是沒精打采的樣子。

她女兒失蹤當天，在警局中，她坐在湯森警探對面，那段記憶讓克麗絲感到不真實，好像當晚她與比利不過是某個場景中的角色，另外兩個全然不同的人。

「你介意我們休息一會兒嗎？」她說。「我要去洗手間。」

但事實上，她真的需要獨處一分鐘。這一整天，她感受到許多雙眼睛盯著她看所積累的重量，她只想要有一刻不被人們監視著，放鬆一下肩膀，好好呼吸。

湯森警探直盯著她看，時間漫長得令人不自在，最後說道：「請自便。」

克麗絲在洗手間裡從容不迫地慢慢來，往臉上潑冰冷的水，但這並未緩解四周牆面位移並向她逼近的那種感覺。因此，在走回原處的路上，當她看見有通向戶外的雙扇門時，她偷偷回頭看了一眼，便快步往那道門走去。

戶外七月的炎熱空氣，讓她得以擺脫警局中的酷寒，她大口大口地呼吸，像是快溺水了一樣。她靠在紅磚牆上，與此同時，她意識到自己並非孤單一人。轉角處傳來一陣竊竊私語，雖然只是低聲細話，但不論走到哪裡，克麗絲都能認得湯森警探嘶啞的聲音。

「……覺得她隱瞞著什麼事，」他說，克麗絲的胸口一緊。她出於本能地認定他說的是她。

「她很緊張，但還不止於此。那個家庭一定出了什麼問題，但我無法確定到底是怎麼了。」

「就我看來，他們這個基督教家庭看起來還不錯。」另一個聲音插話回應。是萊克斯警探。

湯森警探突然發出一聲大笑。「沒錯。但是每個人都會有些問題。剛才在他們家裡時，你應該要聽聽她說了些什麼。關於是誰帶走她女兒，她大約有一百種理論。」

「那又怎樣？」

「當人們一口氣同時拋出那麼多理論時，」克麗絲聽著湯森警探這麼說，「十之八九，是因為他們不想讓我們看見一些東西。就像落入俗套的扒手，一邊揮舞著一隻手，這樣目標就不會發現自己被搶劫了。」

# 六、瑪戈特，二〇一九年

當瑪戈特到了說明娜塔莉．克拉克失蹤的州警局記者會現場時，記者會早已開始了。她用力拉開門，悄悄溜了進去，加入站在後方攝影機及新聞團隊的人群。在前方，朗達．萊克斯警探正站在講台前，瑪戈特認出她是負責賈諾莉凶殺案的兩名警探之一。她與瑪戈特之間隔著一大群媒體，正是瑪戈特本來應當入座的那一區，人人手中都拿著記事本。她偷偷看了一眼手錶，低聲咒罵了一聲。她不僅僅是遲到而已，記者會早已進行了一半。

當她側身站在兩個攝影師之間時，試圖盡可能地減少干擾，奔跑穿越一整個停車場，她的心仍狂跳不止，外頭的熱氣讓她感到全身刺痛。她用手指拉扯T恤，偷偷往胸口吹了口氣，手肘卻撞在身旁的男人身上。他狠狠地瞪了她一眼，她以嘴形示意著**對不起**。

五小時前，瑪戈特從她在路克家的房間裡走了出來，準備前往蕭蒂餐廳。她剛剛花了一個半小時準備納帕尼的採訪，並擬出了兩個小時與瓦卡魯薩的鎮民對話。但是，走出自己房間時，她愣住了。氣氛有些不太對勁，一切都靜止不動，太安靜了。

她將背包放至地板，然後輕輕地走到路克的臥室，以免他在小睡卻驚擾到他，但他的門開著，一片漆黑，房裡的浴室空無一人。回到走廊上，她叫著他的名字，她的聲音在屋子裡迴盪著，毫無回應。「路克叔叔！」她又大叫了一次，仍然沒有任何回應。她走過空蕩蕩的客廳，來到了廚房，慢吞吞地轉了一圈，打開了食品儲藏室，此刻的她覺得自己愚蠢至極。

瑪戈特的心開始狂跳著，但她甚至不知道自己的恐懼是否合理。畢竟，路克是個成年人了，正如他那天早上的聲明，他已經獨自生活好幾個月了。儘管如此，連再見都不說就離家也不像他的作風。她大步走到車庫門口，把門打開，看到叔叔積滿灰塵的龐帝克（Pontiac）老車，她鬆了一口氣。這至少意味著他不可能走得太遠。她深吸了一口氣，試圖平復一下自己緊張的情緒。以她的推測，他只是出門散步了。但是，這兩天在瓦卡魯薩的日子也讓瑪戈特意識到事態惡化得多麼嚴重。如果他外出時發生了意外該怎麼辦？如果他忘記自己身在何處或自己是誰，四處遊蕩、感到困惑及恐懼，該怎麼辦才好？

她轉過身，穿過走廊，從背包裡拿出了手機。但當她打電話給他時，電話響了，卻轉接到語音信箱。她試了一遍又一遍，但另一頭卻只是響個不停。

「該死。」她嘶聲說，用手指揉著額頭。

她掛斷了電話，抓起背包裡的一把鑰匙，衝向前門。現在唯一能做的就是四處尋找他。

但是路克不在奶奶家食品鋪、藥房，又或是蕭蒂酒吧餐廳，她在這些地方四處詢問卻沒有人看見他。而當她看了看時間，發現自己已開車閒晃一小時了，她開始感到驚慌。他到底能走多遠？她是否需要上高速公路並擴大搜索範圍，難道他只是在一個她還沒尋找的某個地方？她開車時、在食品雜貨店外面的空地上，瑪戈特都不斷回想著叔叔時常流連之處，但她的大腦裡令人抓狂地一片空白。她用手掌猛力敲打著方向盤。她比世界上任何人都瞭解路克，但在這個國家最小的城鎮之一，她卻遍尋不著他的下落。

在她身旁的副駕駛座上，她的手機響起了來電鈴聲。瑪戈特猛吸一口氣，轉身一把抓起手機，看見是瓦卡魯薩的電話區碼，她的心怦怦直跳。或許是路克向別人借了手機。但當她接電話時，她卻認不得電話另一頭的聲音。

「你好，」一個男人說。「請問是瑪戈特・戴維斯嗎？」

「是的。」

「是的，你好。我是瓦卡魯薩警察局的芬奇警官。我打來是要通知你，你的叔叔在這裡。」

瑪戈特緊閉雙眼，是因為鬆了一口氣，也是因為害怕。路克怎麼會在警察局呢？「我不明白，是發生了什麼事嗎？他做了什麼嗎？」

「喔。他沒有惹上什麼麻煩。我，呃，發現他四處遊盪。他看起來……好像搞不清楚自己人在哪裡。」

瑪戈特嘆了口氣。「該死。」

「我打來是想要確認你是否能來接他。我很樂意送他回家，但他拒絕說出他家的地址，而且，好吧，我認為他可能比較願意回應自己熟識的人。」

「是的。沒問題，謝謝。我五分鐘內過去。」

瓦卡魯薩警局與其服務的城鎮如此相得益彰。警局小巧樸素，從牆上的仿木鑲板及大廳中骯髒的綠色地毯來看，時光在此也靜止了。接待員在訪客紀錄本上寫下了瑪戈特的名字，領著她穿越大廳邊緣的一道門。瑪戈特跟在後面，她胸膛裡的心狂跳著。她希望自己有辦法預測這件事會讓叔叔處於何種情緒狀態，以便她做好心理準備。他是生氣還是難過呢？他的意識將會停留在哪一年？他會認出她，或像是看著陌生人一樣直盯著她？

「那位是芬奇警官，」停在走廊中央的接待員說道，對著盡頭一位穿著制服的年輕人點點頭。他正靠在一道玻璃門旁的牆面上，雙臂在胸前交叉，目光盯著身旁那道門後方某處。「接下來就交給他了。」接待員揮揮手向那位警官示意，就留下了站在原處的瑪戈特。

芬奇警官點點頭，對著牆面輕輕一推，大步走向走廊另一頭來迎接她。「嗨，瑪戈特，」他說。「謝謝你來。」

瑪戈特開口想問她叔叔在哪裡，但還沒開口就停頓了一下。「喔，」她改口說。「是你呀。」她上次見到他已經是二十年前了，這位警官的面孔剛才在她腦海中一閃而過。從幼兒園一直到五年級，她和皮特・芬奇（Pete Finch）都一直同班，雖然當地高中的規模相對較大，會將納帕尼、林景鎮（Woodview）與來自瓦卡魯薩的學生合併在一起上課，但這所小學只服務鎮上的孩子。同年級大約只有二十五個孩子，所以瑪戈特不論走到哪裡都能認出任何一位老同學。

皮特微笑著。「好久不見了。我聽說你回來鎮上了。」

「是的，你好。」

儘管在同一間教室裡共處了六年，但瑪戈特根本不瞭解這個長大成人後的皮特。小時候，他喜歡運動、人緣很好，而她在賈諾莉去世後的那幾年，隨著父母更加頻繁地爭吵不休，她也變得越來越內向了。下課休息時間，皮特會和其他男孩一塊踢足球，而瑪戈特會在某棵樹上獨自度過那四十五分鐘，閱讀關於兒童偵探解開謎團的書籍。她想，在這六年之中，他們兩人肯定有許多互動機會，但她唯一能深掘出來的真實記憶，是某一次鮑比·戴西（Bobby Dacey）用手掌拍落她拿在手中的書，而皮特幫她將書撿了起來。

「很高興見到你，」瑪戈特說，希望舉止看來夠愉快輕鬆，而不會顯得無禮。她滿腦子的畫面，就是她叔叔蜷縮在警察局的小房間裡，既害怕又困惑。與此同時，如果她不盡快將他送回家，她就有可能完全錯過這場記者會。「謝謝你接到我叔叔。他——？」

「他在後面那個房間裡，」皮特說道，大拇指舉過肩膀示意方向。「我剛才和他一起在裡頭等，但好像反而讓他更不高興。」

「他在這裡待多久了？」

「大概半個小時吧？我花了一些時間才查到你的電話號碼。他看似不知道你的號碼，不過，最後我發現他的手機一直都放在口袋裡，當我請他拿出手機時，好吧，上面顯示的全是你的號碼。」

瑪戈特想起，她剛才花了一個小時、打了二十多次電話給路克，結果他身上一直都帶著手機，這讓她感到不安。他一定比她原先認定的狀態再惡化了。「是呀，我很擔心。」她朝他身後的走廊瞥了一眼。「我可以過去了嗎？」

「當然可以。」皮特轉身，兩人一起走向有玻璃門的那個房間。

她走到那邊並仔細看裡面時，胸口一緊。叔叔靠著遠處的一面牆站著，但他的臉並非朝著外頭，而是面對牆壁。他低著頭，額頭抵在牆面上，一隻手的手指在牆面上輕緩地遊走著。他脖子上繫著她送給他的紅色印花圍巾，看起來又濕又髒。這一幕讓瑪戈特快要哭了出來。

她深吸了一口氣，接著用一隻手放在門把上輕輕扭轉。她原以為路克一聽見聲響就會轉身，但他卻待在原地一動也不動，好像他根本沒聽見一樣。她走進房間，安靜地繞過他身旁小巧的桌椅。

「路克叔叔。」她溫柔地說。

但是，他仍沒有反應，一動也不動。

「路克叔叔。」

沒有回應。

她溫柔地伸出一隻手放在他肩上，這一碰肯定讓他從夢裡驚醒過來了，因為他飛快地轉身，同時甩出雙臂。他的手碰到了瑪戈特的嘴邊，她向後退了一步，掌心貼在自己的臉龐。

她聽見後方門開啟的聲音。「瑪戈特——」

但她手舉過肩揮了揮，向皮特示意。這顯然是場意外，現在站在她面前的叔叔有如一隻受驚的動物，呼吸急促，睜大的雙眼直盯著她的臉，顯得失控瘋狂。

瑪戈特慢慢將手從臉上移開。「路克叔叔，是我，瑪戈特。」

路克凝視著她的雙眼，許久之後，他的呼吸才開始平靜，肩膀低垂了下來。「孩子。我發誓，我什麼都沒做。」

「我知道。」

「這傢伙把我當罪犯一樣帶來警局。」他憤怒地對皮特做了個手勢，但他的動作之間已不再急迫驚慌。「但我什麼也沒做。」

「我知道，」瑪戈特又說了一遍。「我知道。」

他深吸了一口氣，終於，一切偏執似乎都從他身上消失了。「我現在可以回家了嗎？」

「是的，當然。」她點了點頭，喉嚨發緊。「對不起，我沒有早點來找你。」

他肯定沒有注意到最後一段話，因為他只是點了點頭。「好的、好的。」他遲疑了一下。

「我要去洗手間。」

「好的，沒問題。」瑪戈特轉過身。「皮特，你能告訴我們——」

「好呀，」皮特說。「就在這個走廊的盡頭，左手邊。」皮特幫他們兩人扶著門，為她叔叔指示正確的方向。

瑪戈特看著路克走向走廊，消失在洗手間裡，她接著轉身對著皮特。「對不起，」她說，同時出現一種被背叛的感覺。路克無法控制自己的所作所為或言語。他腦子裡的化學物質失靈了，有時候，他的病會讓他表現得像是另外一個不同的人。」

皮特搖了搖頭。「不用道歉。我爺爺有老年癡呆症，我明白。」

「他從頭到尾都很生氣嗎？我是說我叔叔，不是你爺爺。」

「沒有。他在房間裡待了一會兒後才開始焦躁不安，他以為我要逮捕他。但我發現他的時候，他只是心情有點不好，感覺有些悲傷。他當時不斷哭泣。」

瑪戈特嚥了嚥口水以緩解發緊的喉嚨。「他有說出他為了什麼事不開心嗎？」

「不。他只是不停地說**她走了、她走了**。」

「你應該知道這件事了，他的妻子，也就是我的嬸嬸，去年去世了。一方面是這件事，另一方面又是記憶喪失的事……這一切太難熬了。」

「聽著……」皮特說。「我不想越界管你的事，但我爺爺的狀況後來變得非常糟糕。我媽媽盡量長時間照顧他，但這等同於一份全職工作，即使如此，這差事仍然太辛苦了。你是否……」他猶豫了一下。「你是否曾想過要將他安置在什麼單位嗎？」

「任何一家療養院裡最年輕的人，都比他大上二十歲，」瑪戈特突然厲聲地說。「我才不會讓他去。」

皮特點了點頭，看上去似乎不太在意。「我明白。你或許可以考慮找個看護。這件事顯然和我沒有直接關係，我也不是想要說服你之類的，但當我爺爺開始神志恍惚而走出家門時，情況就開始惡化了。這是我第一次看到你叔叔這樣迷途在外，但這可能也不會是最後一次。」

「好，」瑪戈特說，但她無法直視他的雙眼。好的，謝謝。」走到走廊的盡頭，她看見洗手間的門開著。路克走了出去，四處張望。她揮手引起他的注意，接著走了過去。「對了，」她對皮特說，「你今天是在哪裡發現他的？」

「他在社區第一銀行（Community First）外的草地上，就在墓園旁邊。」

瑪戈特嘆了口氣。皮特發現路克時，路克正在哭泣，看來原因很容易理解，那是她嬸嬸下葬的墓園，她怎麼都沒想過要去那裡找找呢？

一回到家，瑪戈特帶著叔叔進屋裡時，一邊焦急地查看著手錶，然後加熱了兩片冰箱裡的披薩。嚴格說來，這應該是他的午餐，但如今更像是一頓提早食用的晚餐。她早就應該到達納帕尼，準備為她的文章進行採訪了，老闆的聲音在她腦海中迴響著。**你得搞定這件事**。

「你不吃東西嗎？」坐在廚房餐桌旁的路克問著。

「我得出門一會兒。」心裡的罪惡感折磨著她。「你是否……沒什麼事吧？」

「是呀，孩子。沒問題。」

「你確定嗎？如果你需要我的話，我也可以留下來。」

「不、不。反正我待會兒要去小睡休息一下。不知道為什麼，我感覺好累。」

她仔細端詳著他的臉，然後才點了點頭。「好吧。我兩小時後就會回來了。最多就是兩小時。」但他已將注意力轉移至食物上了，她不確定他是否聽見她說的話。

---

記者會上，瑪戈特試著將注意力放在萊克斯警探身上，而不是想著去警局接走生病的叔叔後

一小時就將他獨留在家中。

「我們認為這不太可能，」警探對站在第三排的一位記者說。「五歲還不是逃家的年紀，而根據她母親說，娜塔莉當天早上玩耍時沒有帶任何物品。更何況，她消失在擁擠的兒童遊戲區，但孩子們通常會從家裡逃離。此外，克拉克先生及太太也想不出娜塔莉要主動離開的原因。」

「所以，你的意思是，你相信她很有可能是在非自願的情況下被帶走的？」

「此時此刻，我們認為這是最可能的解釋。」萊克斯警探對著後面幾排一隻高舉的手點了點頭。

那裡站著一位頂著蓬亂黑髮的男人。「是的，我是《印地安那政治家報》（*The Indiana Statesman*）的布萊恩．史梅德利（Brian Smedley），對於該地區的父母們，你們要提供什麼建議嗎？他們該怎麼做才能維護孩子的安全呢？」

「這個地區很少發生犯罪案件，」萊克斯說。「到目前為止，我們有充分的理由相信，這只是單一事件。但是，如果有家長們聽見自己孩子提到任何陌生的名字或有陌生人出現，或者看見任何奇怪的人或可疑的事件，請撥打我們的通報專線。在此提醒一下，如果有人知道關於娜塔莉失蹤的線索，請打這支電話。」她當眾唸出了號碼，然後掃視全場。「我們還有時間能回答幾個問題。我們來點名後面的人……是的。」她對著早已高舉著手的瑪戈特點了點頭。

「你好，」她說。「我是《印州線上》的瑪戈特．戴維斯。你剛才提到了，你認為這只是單一事件。你們是否曾調查此案件與賈諾莉．雅各布斯一案之間可能的關聯性？」

一聽見小女孩的名字，全場所有人全都轉過頭來。講臺上的萊克斯警探眨了眨眼。「關於賈諾莉．雅各布斯的案子，」過了一會兒她才接著說，「已經過了將近二十五年了。在那個案件中，當賈諾莉被通報失蹤後，她的屍體過了幾個小時就被發現了。在她家中的犯罪現場……覆蓋範圍相當大。幾乎在各個層面而言，娜塔莉的案子到目前為止都不太一樣。所以，不，我們不認為兩起案件之間有關聯性。」

她看向其他方向想繼續進行問答，但瑪戈特又說：「是否有足夠的證據來完全排除這種關聯性呢？畢竟，殺害賈諾莉的凶手現今仍逍遙法外。你們是否會仔細調查這件事？」

萊克警探的目光又回到了瑪戈特身上。「我們並不認為，」她用冷靜的聲音說，「這兩個案子之間有什麼關聯性。」

警探的眼中流露出肯定的神情，這令瑪戈特不解。既然殺害賈諾莉的凶手從未落網，仍在外頭逍遙法外，她又怎麼能確定呢？調查過程中，警探對大眾隱瞞案情是完全正常的事，但他們總會坦率地表達這一點，在言語之間點綴一些如「無可奉告」、「我們目前不會公開說明」的發言。但這個答覆，聽起來更像是一種逃避，讓瑪戈特明顯感覺到，不論萊克斯警探隱瞞了什麼，都與賈諾莉的案子有關，而非關乎娜塔莉的案子。那麼，她知道什麼事，卻又絕口不提呢？

# 七、瑪戈特，二〇一九年

瑪戈特坐在叔叔書房裡的摺疊沙發床上，正在與一家居家看護機構通電話，此時有另一通電話打來。這是娜塔莉・克拉克新聞記者會的隔天早晨，瑪戈特一直熬夜到過了午夜，好及時提供文章讓報社刊登。這時，她的胃因為睡眠不足而開始翻騰。

瑪戈特看了一眼手機螢幕，心開始狂跳。她老闆的名字從未引發她如此程度的焦慮，但自從他們昨天通話後，亞德里安娜的聲音就一直不祥地在她腦海中迴響。儘管，昨晚她盡了最大努力完成一篇引人入勝的故事，但瑪戈特知道這並不是她寫得最好的報導。

「抱歉，」她對著看護機構的那位女士說，對方正在解釋他們會如何安排照護員的拜訪時間，以配合瑪戈特的日常排程。「我現在手邊有些事要處理。我等一下回電給你們。」她切換了通話對象，然後將手機放回耳邊。「嘿，亞德里安娜。」

「嗨。你好嗎？」

「很好。」但光是這幾句話，瑪戈特就知道主管來電並非是為了告知好消息，她也受不了寒暄閒聊的對話。「有什麼事嗎？」

一陣停頓的沉默，接著，「瑪戈特，我很抱歉。艾德格今天早上看了你的文章，他並不滿意。」

瑪戈特閉上眼睛。「我知道內容還有些粗略。」

「這不是重點。我們請你報導娜塔莉．克拉克的案件，你卻給我們一篇關於賈諾莉．雅各布斯事件週年紀念的文章。」

「等一下。但你也說了，這種關聯性會很有說服力。」

「我也說了，不要因為錦上添花的內容而偏離主題。你完全沒有引述任何一句納帕尼鎮民所說的話。」

瑪戈特捏了捏鼻梁，試著好好呼吸。她沒有引用任何一位納帕尼鎮民的話，是因為她未能及時趕到並進行採訪。但她不願意拿她的叔叔當藉口，更何況，重點是她沒有做好，並非她為什麼沒做好自己的工作。

「除此之外，」亞德里安娜又繼續說道，「這種關聯性完全是基於你個人的直覺。你甚至引述了主導案件警探的話，說這毫無任何依據。這些字眼帶著指責的意味，暗指警方未能履行職責。」

「好吧，如果他真的沒有履行職責呢？」瑪戈特厲聲說道。「身為記者，我們不就是作為制衡的角色嗎？」

「當然是，」亞德里安娜說，聽起來很疲憊。「但你沒有足夠證據來證明任何事，不論是案件之間的關聯性**或是**警方的疏忽職守。你有十五個小時的時間，而你的任務是循規蹈矩地撰寫一篇關於娜塔莉．克拉克的失蹤報導，而不是一篇關於二十五年前的案件，還是基於你個人猜測推理的創作。」她倒吸一口氣。「我並不是說你工作上能力不佳。你確實很優秀，而你的直覺往往相當準確。我認為，你被自己與賈諾莉．雅各布斯一案的關係蒙蔽了雙眼。她的凶手不可能擄走了所有中西部失蹤的小女孩。」

在進一步答覆之前，瑪戈特不得不先深吸了一口氣。「你說得對。我明白了，而且……我很抱歉，我應該聽從你提出的要求。下次我會做得更好，我保證。」

「好吧。瑪戈特……我很抱歉。我還以為你明白的，沒有下一次了。」

瑪戈特愣住了。她張開了嘴，卻什麼話也說不出口。

「對不起，」亞德里安娜又說了一遍。「我以為我昨天講得夠清楚了，這個報導就是艾德格的考驗。我也為你努力爭取了，但我也明白你目前生活上有多麼繁忙，而我真的認為這對你來說是最好的安排。先暫時脫離工作，專注在你叔叔的事務，當你準備好時再重回職場。」

「你認為**解僱**我就是最好的安排嗎？」

「我也希望能為你多做些什麼，真的。你是一位優秀的記者，你也明白我有多關心你，但是……**已經**過了好幾個月了，報社不能長期付薪水給一位工作狀態不穩定的記者。」

如刀割的一陣羞辱立即劃開了瑪戈特的怒火。「好。」她的喉嚨緊繃，幾乎令人聽不清楚她所說的這個字。

「我真的很抱歉——」

但瑪戈特真的受夠了。「我要去忙了。」

「我——」亞德里安娜重重地嘆了一口氣。「好的，瑪戈特。保重。」

掛斷電話後，瑪戈特將手機扔到房間另一頭，手機在鋪有地毯的地板上彈跳起來。她抓起枕頭壓在臉上，接著尖叫了起來。

她簡直不敢相信會發生這種事。從很小的時候，甚至在她就讀高中之前，瑪戈特就知道自己想成為一位記者。遠在她開始有記憶之前，她就覺得自己得要去瞭解、研究，並剖析一切事物，接著轉化為可以理解的東西。儘管《印州線上》沒有預算來支持她想進行的調查工作，儘管他們的優先事項是營業收入與易於理解的故事，而不是提出問題或深掘真相，但仍是一家好報社，在這一刻之前，他們一直都支持著她。

但是，除了失去她奮鬥一輩子的事業之外，最讓她擔心的是失去收入。如果這件事發生在一年前，儘管會對她造成挫敗，但仍足以生存下去。在她找到最理想的下一步之前，她能靠著現有的積蓄和泡麵過活。但現在的她不能失去工作，更何況她不只要養活自己，還得要供應叔叔的生活。雖然他的房子早已付清了，但她仍在支付印第安納波利斯的房租，直到她的分租人搬進來為止，但對方仍不確定搬遷日期。與此同時，在進一步瞭解路克的財務狀況之前，她不想動用他的信用卡。所以她得支付他昂貴的藥物、他們兩人的伙食費，以及接下來所有水電帳單，現在，還得負擔一位居家護理人員，當她在電話上聽見對方的收費價格時，她心悸不已。她該死的還能做些什麼呢？

突然一陣敲門聲，將她從思緒中拉了回來。

「孩子，」路克叫道。「我可以進來嗎？」

瑪戈特將埋進枕頭裡的臉抬了起來。「等我一下！」

她急忙擦去臉上的淚水，就在此時，她發覺自己手掌上一陣刺痛。她低頭看著手掌，半月形的小傷疤中帶著鮮紅色的凹痕。顯然，她將自己的指甲深深地戳進皮膚裡。她放下雙手，轉移自己的目光。她已經很久沒有這樣做了。她吸一口氣，將頭髮撩至耳後，站起身來走向房門。

打開房門時，她立刻就看出了有什麼事不對勁。叔叔的臉色看起來神志清明，眼裡卻透著擔憂。「你應該來看一下這個。」

瑪戈特隨著他的腳步來到客廳，客廳裡的電視開著，正播報著新聞。畫面上有兩位主播，一個男人、一個女人，兩人都面對著鏡頭。

「……今天一大早，比利．雅各布斯的一位員工發現了，」那個男人說道。一聽見這個名字，瑪戈特的胃裡一陣翻騰，她不由自主地更靠近電視螢幕一步。「顯然，雅各布斯先生這幾天出差參與一個農業設備的研討會，他今天早上回來時，員工們請他務必前往查看雅各布斯家族的穀倉，而穀倉外頭寫著一則文字訊息。」

正在他描述的同時，螢幕上出現了一張照片，那是瑪戈特再熟悉不過的場景。這是她童年臥室窗戶看出去的景色，即對街院子裡的紅色大穀倉。然而，現在卻被黑色噴漆所寫下的潦草文字給破壞了。一看到那些字，她發涼的脊背便顫抖著。

「該死。」

瑪戈特直盯著電視上的照片，她的心臟劇烈跳動，甚至感覺到它抵在肋骨上了。她覺得自己動彈不得，無法移動或是思考。最後，過了一段時間，她偷偷看了叔叔一眼。他早已脆弱不堪的精神狀態，又會因為這件事而產生什麼影響呢？兩天前，娜塔莉．克拉克失蹤的消息讓他崩潰了，而這事件又發生在比納帕尼小女孩案件更近的地點。

一看見他時，瑪戈特鬆了一口氣。他看起來很擔心，雙臂交叉在胸前，全神貫注下巴低垂，雙眼之間有一道深刻的皺紋，但情緒都在掌控之中。

「嘿，路克叔叔？」

他轉過頭看著她。

「我現在要去食品雜貨店。」

出乎瑪戈特意料的是，這句話引發他一陣苦笑。「關於食品雜貨店的謊話，對吧？現在大家都是這麼稱呼犯罪現場嗎？」

儘管她身旁的一切事物都失去了控制，儘管她因失業而感到不安，儘管穀倉外寫著的不祥字句使她內心的焦慮沸騰不止，但瑪戈特仍然笑出來了。她叔叔的疾病讓她更加意識到他的價值。他的每一個笑話，每一次瞥見他過往的神情樣貌，都是她想要捧在手心的小小珍寶。當然，他說的沒錯，她或許是一位才剛被解僱的記者，但對於長達二十五年的謀殺案調查，這可是一條潛在的發展動向。而這件事的發生地點，距離他們所在位置還不到半英里。即使她試著要遠離，仍無法抽身而退。有如一種宿命論的常規，她一次又一次地回到賈諾莉．雅各布斯的故事。

「好吧，」她說，「被你抓到了。回家的路上，我可能會在雅各布斯家族的房子短暫停留，但我得去食品雜貨店。說真的，我希望至少有那麼一天，不要三餐都吃外賣食物。你……你不會有事吧？」

他的雙眼閃現些許惱怒的情緒，這鮮少發生。「孩子，我不需要保母。」

「是的。」他昨天就已經對她說過一樣的話了，就在皮特．芬奇找到他在墓園外遊蕩的幾小時之前。儘管如此，在這一刻，她還是相信他。住在這裡的這幾天，她開始感覺到他的模式，早上似乎是他最清醒的時刻。「我會帶著我的手機，」她說。「有需要時就打給我。」

她去房間裡一把抓了背包、手機及鑰匙，接著就走向前門。她關上身後的大門時，最終看了路克一眼，他的注意力已回到了電視，臉上再次浮現了擔憂的神情。

前一天晚上，他們碰到了一場罕見的夏季暴風雨；整個小鎮仍濕漉漉的，瑪戈特車速很慢。當她離童年時期那條馬路越來越近時，她的手掌開始因緊張而感到刺痛。賈諾莉之死已玷污了她對此處的所有記憶，如今卻又成了犯罪現場。她的腦海中迴盪著一夜之間出現在雅各布斯穀倉上的字句。

瑪戈特轉向這條馬路時，鬆了一口氣，因為看到這裡沒有變成一個充滿媒體記者的馬戲團。

那裡有一些基層的新聞從業人員，但絕不是她所知道的二十五年前的那群暴民。毫無疑問地，方圓二十英里內的所有記者都在納帕尼，一心一意追捕著娜塔莉．克拉克的家人以及萊克斯警探的團隊，根本沒有時間為了說上幾句話而繞道來這個穀倉。

她把車停在路邊，停在一輛車頂上固定著巨大衛星的廂形貨車後面。透過車窗，她凝視著童年的家，對街有兩層樓的小型房屋，她這才意識自己二十年沒有回來了。那幾年之中，她偶爾會造訪瓦卡魯薩一天，但也只會去嬸嬸和叔叔家。畢竟，那棟房子，而不是這棟房子，才是她度過多數童年時光的地方。現在，她的眼睛迅速轉向屋頂處的小圓窗，她童年的那個臥室，現在正是她第一百萬次想像著，街道的中央站著一個無面孔的男人，目光在那扇窗戶和賈諾莉的窗戶之間搖擺不定，最終做出了選擇。

瑪戈特走在被雨水打濕的人行道上，走向通往雅各布斯家的車道時，試著越過車道遠眺穀倉，但視線被車道兩側一整排鬱鬱蔥蔥的綠樹擋住了，那些濃密的樹木形成了一道牆。一定是比利在賈諾莉死後種下的，因為這不在瑪戈特的童年記憶之中。車道的入口拉起了一條警用黃色布條，布條前有兩位制服員警。儘管他們背對著她，但她看見他們都是有棕色頭髮的男人，而且和瓦卡魯薩的其他鎮民一樣，都是白人。她走近時，看出兩人之中較矮的男人顯然正在講述一個故事，但一聽見她的腳步聲，他們便轉過身來。

「媒體記者們最近只能到這裡了。」簡短地說。

但瑪戈特看也不看他。「你好，」她對另一位員警說。

皮特咧嘴一笑。「我們不能再這樣偶遇下去了吧。」他轉頭向搭檔說：「這位是瑪戈特．戴維斯。」

矮個子員警看起來比他們兩人小幾歲，對於上個世代的流言蜚語，顯然不知情也不在意，只是溫和地向她打了招呼，隨即被她身後的事物分散了注意力，快速向兩人點了點頭，便走了過去。

「你現在也要報導這件事嗎？」皮特說。

「我本來是這麼打算的，但看來你不准許我這麼做。」她的眼睛飛快地望向車道入口處的黃色布條。

「好吧，這是一個犯罪現場，所以我們就照程序來處理。但我偷偷跟你說，這種情況不會維持太久。我想，我的主管只是格外地謹慎，因為……你知道的，這**是**雅各布斯家族的地方。」

瑪戈特揚起了眉毛。「所以這一切，就只是因為要格外地謹慎嗎？」

「相較於……？」

「等一下。你是說，警方並不認為穀倉的所留下的訊息與賈諾莉的謀殺案有關嗎？他們並不認為這發生的時間點，與娜塔莉．克拉克的失蹤案無關？」

「好吧，瓦卡魯薩警方完全沒參與克拉克的調查，但州警方剛才也發表聲明了，表明這些文字訊息與案件無關。就賈諾莉的案子而言，」他聳了聳肩，「完全沒相干。我們部門將這視為故意破壞行為。」

那些噴漆寫下的字眼出現在瑪戈特的腦海中，她難以置信地看了皮特一眼。「但我的重點是，你不認為寫下這條訊息的人，所指的就是娜塔莉嗎？如果這則訊息不是要同時指向賈諾莉的話，為什麼會寫在這裡呢？」

「是的，當然，我認為這正是這個混蛋的目的，但就目前為止，沒有理由不朝這是一場騙局的方向去認定。」

「騙局？你認為這只是一場騙局嗎？」

「我不過是重申我們警方的立場，僅此而已。」

她看了他一眼。

「什麼？」

「我不認為這個城鎮會接受這種說法，我認為你遲早會面對一群暴民出現的。我的意思是，前幾天我只是在蕭蒂餐廳待了五分鐘，就發現鎮上所有人都相信綁架娜塔莉・克拉克的人同樣也殺死了賈諾莉。我敢和你打賭，他們認定了在穀倉留言的人正是同一個人。」

這次，滿臉狐疑的人是皮特。

「怎麼了嗎？」她說。「我聽見他們在聊天。酒吧侍者琳達當面告訴我，她認為殺死賈諾莉的凶手又回來了。你認為這些人全都在撒謊嗎？」

「沒有。」他和善地搖了搖頭。「只不過呢，好吧，小鎮上的人們沉浸於那段賈諾莉的記憶之中，談論這件事成了一種強迫症了。但是，很久以前，鎮民們為了賈諾莉的事件而攻擊雅各布斯家族，而我認為，每過一段時間，人們總會回來談論此事。」

瑪戈特的雙眼掃視著他的臉，**強迫症**這個用字讓她感覺不舒服。「真是有趣的理論。」

「你認為我說的不對？」

她搖了搖頭。「我不知道自己該怎麼想。」但當她環顧四周，看著這個她曾稱之為家的地方，腦海中突然閃現了寫在穀倉的那些字，而黃色布條的尾巴飄揚於風中時，有一點瑪戈特可以肯定，她不認為這是一場騙局。

回到車上後，瑪戈特從背包口袋掏出手機，打開她的網路銀行應用程式，登入帳戶。她盯著自己積蓄寫著的那個數字，看了好長一段時間，試圖計算若沒有穩定的薪水收入，過多久會花光她所有錢。雖然這不是微薄的數字，而她多年來也盡力存錢，但面對所有額外的開銷，若沒有薪水收入，這種情況也難以長期維持下去。

「兩個星期。」她大聲地說。她要給自己兩星期的時間，用來研究並撰寫這篇文章。如果這個故事如她想像中如此龐大豐富，那麼她在文章下方的署名就足以讓她拿回原來的工作了。又或者，她心想著，突然感到興奮，這有助於她在更有規模的大型報社找到一份新工作，而他們也重視細心周到的工作成就，且支持社內員工。兩星期的時間，遠比她在《印州線上》所需的前置時間還長，如果到時候她還沒完成，她就來詢問琳達，讓她在蕭蒂餐廳當服務生，直到她找到其他工作為止。如果她能首度披露這篇報導，她不在乎自己之後要做什麼，因為瑪戈特直覺地意識到那些州警錯了，當地警方錯了，皮特．芬奇也錯了。在八英里外的一個小鎮，一個小女孩失蹤了，而該案件記者會後才不到二十四小時，雅各布斯家的穀倉就出現了文字訊息。也許兩位受害者的年齡及鄉鎮之間的距離可以解釋為巧合，但穀倉出現文字訊息的時間點不可能是碰巧。有人試著串起賈諾莉．雅各布斯與娜塔莉．克拉克的關聯性，而瑪戈特打算找出背後的原因。

她轉動鑰匙要啟動車輛，最後再往雅各布斯家族的院子看了一眼。在一整排樹木上方，她雖然只看見了穀倉的斜屋頂，卻能清楚看見腦海中所浮現的噴漆文字：**她不會是最後一個**。

# 八、瑪戈特，二〇一九年

星期六早上近中午，瑪戈特走進蕭蒂餐廳時，她幾乎認不得這是前兩天晚上造訪的那個地方。在白天，她可以看到所有物件的表面，從骯髒的地毯，到仿木的鑲板牆面，一切似乎都因沾有啤酒而黏糊糊的。微小的塵埃慵懶地漂浮於空氣之中。不同於前幾天晚上，這裡現在完全沒有顧客，不再是充滿各種熙熙攘攘的中心。唯一不變的是吧台後方的琳達。

「你好，瑪戈特，」琳達說。她的眼中閃過一絲熱切的光芒，瑪戈特將其歸因於自己是小鎮上的新人，而新人總是瓦卡魯薩潛在的八卦來源，但琳達接著說了下去。「雅各布斯家族穀倉寫了些什麼，你聽說了吧？」

瑪戈特點了點頭。「我聽說了。」

「這太可怕了，是不是？」

「對呀，沒錯。其實，我來這裡的原因就是為了這件事。我希望可以進行一些採訪。但……」

瑪戈特環顧四周空蕩蕩的桌子。兩天前的夜晚，這個地方的氛圍讓她評比為鎮上聊八卦的首選之處，只要一有新聞，人們就會去那裡聊天。但或許她錯估情勢了，如果是現在這樣，她就不浪費時間了，沒必要離開叔叔身邊，獨自坐在餐廳裡。稍早時，她造訪了雅各布斯家族的住所後，就順道回去叔叔家看了一下，他看起來完全沒問題，但昨天找不到他的事讓她不安，如果她要在自己設定的兩星期期限內完成這篇報導，並設法幫助路克做一些家務的話，她就必須巧妙地利用自己的時間。「大家都去哪裡了？」

「教堂呀，親愛的，」琳達說，她的表情顯示瑪戈特問了一個愚蠢的問題。

「教會？但今天是星期六。」

「像往常一樣，教堂舉辦了一些活動，仲夏節或什麼之類的。大家都去**那裡**了。或者，我這麼說吧，教堂的活動結束之前，沒有人會在酒吧出現的。」她看了手錶一眼。「但人們很快就會來了，他們總會在那些活動結束後來喝酒。大約十分鐘後，你還有一張桌子能坐就算好運了。」

「我想我現在就該去找個位子坐下。」

琳達揮動手臂對著店裡劃了個圓圈。「你想坐哪兒就坐哪兒。」

瑪戈特走到餐廳裡較遠的另一側，在一張桌子旁坐下，就在一個飛鏢靶和一個比她高的美樂淡啤酒瓶的廣告厚紙板之間。琳達將一個塑膠容器裡放了餐巾紙及黑櫻桃，便大步走了過去。她遞給瑪戈特一張黏乎乎的塑膠菜單，但瑪戈特看也不看就直接將它放在桌上。

「我稍後會外帶一些我和路克的食物，」她說。「但現在，我只要先點一杯咖啡。」

「對了，路克還好嗎？」琳達說道。「那天晚上發生太多事情了，我都還沒機會問你。」

「他很好，」瑪戈特不假思索地答覆。她不確定已有多少人知道他的診斷結果，但琳達眼中的那種好奇已近乎饑渴，這雖然讓瑪戈特感到不舒服，但她突然不得不同意媽媽的看法——這他媽的不關任何人的事。「他很好。總之，琳達，我一直在想你那天晚上所說的話。你說娜塔莉·克拉克被殺害賈諾莉的凶手帶走了。你真的是這麼相信的嗎？」

「嗯，我當然是這麼想的。我們這種地方的大小，也只能容納一個拐騙兒童的人。」

瑪戈特俯身從包包裡拿出記事本及手機。「你有幾分鐘的時間談談嗎？我如果錄音，你會介意嗎？」

琳達的眉毛在前額高高揚起，然後，她迅速端正自己的臉色，挺直脊背，擺出一副高尚的姿態並點了點下巴。「完全不會。」在最短暫的一瞬間，她從面對採訪邀請的驚訝，轉變成了堂皇欣然的接納，就好像她耐心坐了一整天，只是為了等待有人開口問她。

「謝謝。」瑪戈特微笑著，琳達同時在她對面的椅子上坐下。「所以你相信賈諾莉的凶手就是帶走了娜塔莉·克拉克的人。那你對雅各布斯穀倉上的那則訊息有什麼看法？你認為會是誰寫的呢？」

「都是同一個人做的，是吧？他先殺了一個小女孩，又帶走了另一個，現在還想要恐嚇**我們**，恐嚇這一整個小鎮。大家都是這麼說的，這件事就是賈諾莉的凶手所為，他又回來了。」

「我們來談談賈諾莉的案子吧，」瑪戈特說。「你能告訴我關於雅各布斯家族的一些事嗎？能描述一下當時的雅各布斯家族嗎？」

「嗯，在這一切發生之前，雅各布斯家族在這裡就像皇室成員一樣。比利和克麗絲比我大十歲左右，所以我沒有和他們同校上課，但我知道他們是誰，每個人都知道他們是誰。基本上，這整個小鎮都是他們家族所擁有，而且克麗絲和比利都是相當有魅力的人，你懂吧？比利那一頭金色頭髮和結實肌肉，而克麗絲，好吧，她是一個大美人，如此純潔而單純。」琳達的喉嚨發出輕微的聲音來強調這件事。「他們根本就是個模範般的美國家庭，還帶著那一對可愛的雙胞胎四處亮相。上天保佑傑斯，但賈諾莉可真是這城鎮的珍寶。她每次參加比賽時，舞蹈工作室都會製作一條掛於城鎮廣場上的橫幅布條，祝賀她參賽順利。但當她在那條水溝裡被發現時，」琳達搖了搖頭，「我們所有人心中有一小部分，也隨著她一起死去了。」

「你能否描述一下她被發現之後的那段日子？」瑪戈特問道。根據她的經驗，當主題引導著對話時，會有最佳的訪談效果，因此她很樂於跟隨著琳達的思路進行，無論話題導向何處。

「你可能覺得難以置信，一開始，我們如此致力地支持他們。我確定他們收到的砂鍋菜*都夠他們吃一輩子了。他們屋前的門廊成了紀念賈諾莉的聖壇，放滿了鮮花、氣球以及有她照片的相框。我帶了一隻泰迪熊，你知道的，因為我想無論她去哪裡，擁有隻熊總是好事。」

琳達的雙眼失去了神采。過早消逝的生命總會讓人們感傷。這不僅剝奪了孩子們的生命，也剝奪了他們的未來。只要活著，他們就有機會長大並成為著名的舞蹈演員，或是強硬犀利的記者。一旦失去生命，他們所有潛在的可能就都化為烏有。

「但沒過多久，鎮上的人就開始和他們對立，」琳達繼續說道。「這一切都從他們上了電視之後開始。克麗絲……嗯，我很抱歉，但她表現得太不正常了，不像個悲傷的母親。她只是凝視著遠方，她的指關節因緊抓著小傑斯的肩膀而發白。然後，人們就開始議論紛紛了。克麗絲一直想成為一位舞蹈演員，這不是什麼祕密，而她的小女兒在六歲時就贏得了比賽。她比過往的克麗絲更為成功，未來更不用說了。以她成功崛起的速度來看，賈諾莉很有可能會成為聲名大噪的名人。大家都知道，嫉妒是一種強大的動力。所以從那時開始，這裡的人們就開始變得不那麼友善了。」

「抱歉，」瑪戈特說，「但這些話聽起來，像是你認定是克麗絲害死了賈諾莉。」

「喔！」琳達的眉毛高高揚起在她的額頭上。「天啊。不，**我**沒有認定克麗絲殺死她的小女兒。我只是說明當時人們的想法，這不就是你要問我的事嗎？我認為，帶走了小娜塔莉．克拉克的人，或許當初也帶走了賈諾莉。我一直都是這麼想的，殺死她的就是某個……**入侵者**。某個路過這個城鎮的壞人。」

瑪戈特不得不費力地管控自己的臉部表情，這是歷史修正主義最笨拙的陳述。路克前幾天早上說的沒錯，當地鎮民對雅各布斯家族發起了攻擊，現在卻又感到內疚。

琳達繼續說道。「我的重點是，不然怎麼會有那麼多的碎玻璃呢？」

儘管話題轉移了，但瑪戈特還是明白琳達在說些什麼：大家推測入侵者如何進入雅各布斯家

---

＊ Casseroles，美國文化的傳統習俗中，特別是南方州鎮，他們會在親友或鄰居的家人去世或孩子出生時溫暖地表示友好，帶著一鍋菜餚登門拜訪示意，大多是方便微波或以烤箱加熱的食物。

中的方式。當警方在賈諾莉失蹤當天早晨探訪他們家時，他們發現地下室有一扇窗戶被砸碎了，玻璃散落於地板上。

「我認為，」琳達說，「有個入侵者砸碎了那扇窗戶，從地下室進入，抓走了已入睡的賈諾莉。我不知道他這段時間做了些什麼，但看樣子，他現在回來了。」

就在此時，前門打開了，兩個女人轉身看著一家四口走了進來，她們身後還有一大群人。琳達並沒有誇大教堂活動結束後的人潮。「快坐回去吧，」她說。「人潮湧現的時間到了。」

瑪戈特點了點頭。「對，當然。謝謝你。」琳達起身朝著前門的方向走去，但當瑪戈特叫她時，她轉過身來。「嘿，琳達，你能幫我宣傳我正在做的事嗎？我是一位記者，如果有人想要和我談談的話，他們可以來這裡找我，好嗎？」

琳達咧嘴笑了，而瑪戈特明白自己早已贏得這位女服務生的好感。根據她的經驗，每個人想要的東西都一樣：當他們說話時有人專注地傾聽。「沒問題，親愛的。」琳達說，就在她轉身往前門走之前，她向瑪戈特使了個眼色。

消息很快就傳開來了，來自印第安納波利斯的記者，那位戴維斯家的女孩，正在鎮上採訪報導關於娜塔莉．克拉克和賈諾莉．雅各布斯的案件。而且，正如琳達所說，所有當地人似乎都相信這兩起罪行的加害者是同一個人。後來，他們也認定雅各布斯一家人是無辜的。在二十四小時之內，鎮民的情緒有了一百八十度的大轉變。但這種態度的轉變似乎也太快了，人們根本跟不上他們的腳步。和琳達一樣，即使他們表達了對雅各布斯夫婦才剛萌生的支持之情，也仍保有懷疑之心，或者更確切地說，對克麗絲的懷疑。儘管路克和皮特都曾說過，鎮民們都在攻擊雅各布斯一家，但在瑪戈特看來，現今多數人的惡意，似乎都是針對賈諾莉的媽媽。

「不可否認的是，克麗絲嫉妒賈諾莉，」有一個女人這麼告訴瑪戈特。「因為她的舞蹈才華，以及人們傾注在她身上的所有關注。但當然，我認為她不會基於這個原因而**殺人**。」

「克麗絲**當時**很嫉妒賈諾莉，」鎮上的屠夫也持相同意見。「但不是因為舞蹈的關係。當她知道比利愛賈諾莉，更勝過對於她的愛意時，她無法接受。大家過去時常懷疑這件事與謀殺案有關。但當然，現在他們更明白是怎麼一回事了。」

「比利和克麗絲在十八歲時就結婚了，」一個女人說，琳達總向人們介紹她是自己最好的朋友。「沒過多久賈諾莉和傑斯就出生了，可能是九個月，但如果時間更短，我也不會覺得驚訝。他們當時只是生養孩子的孩子！而克麗絲無法照料一個家庭。所以有些人認為，也許，你知道的，她為了逃避母親的身分而謀殺了賈諾莉，但當她要對傑斯下手時就退縮了。」

「克麗絲絕對是一位不稱職的母親，」主日學校的老師告訴她。「你看看傑斯，他**總是**不斷地惹麻煩。我不認為這與可憐賈諾莉的死亡有任何關係，但我真的覺得你要去瞭解一下事情的全貌。」

她感謝這位老師百忙之中抽空，瑪戈特寫下了一些筆記，然後前往酒吧點了她要外帶的午餐，接著就速速走出了門外。外面明亮的光線與餐廳中昏暗的空間形成強烈的對比，她背部向後倚靠於建築物的牆面，揉了揉自己的眼睛。當她再次睜開雙眼時，對街的一些動靜吸引了她的目光。對面有一個人影，那是一個女人，穿著白色T恤以及寬鬆的牛仔褲，大概四十五歲左右，她一頭平直且髒亂的長髮披在肩上，像是染成了赤褐色的髮色。她的目光急忙地從瑪戈特身上轉移他方，這舉止讓瑪戈特手臂上的汗毛直豎了起來。她一直在監視著她嗎？

然而，在她有任何機會行動之前，蕭蒂餐廳的門打開了，琳達探出頭來。「瑪戈特，喔，抱歉，親愛的，我不是故意要嚇你的，」瑪戈特跳起來時她說。「只是想讓你知道你的餐點好了。」

「謝謝，」瑪戈特趕緊說，急忙地將目光轉移至對街。「我等一下進去拿。」

琳達的身影在門內消失，瑪戈特轉身去看剛才盯著她看的女人。但那個女人早已不見人影。

# 九、克麗絲，一九九四年

在警局的小房間裡，克麗絲不斷地來回走動，而萊克斯警探坐在搖搖晃晃的金屬桌子旁，假裝自己沒有特別留意她。警探面前擺著兩杯保麗龍飲料杯盛裝的咖啡，杯底裹著濕漉漉的餐巾紙，在等待的時刻象徵性地給予慰藉。

半小時前，對於可能發生在賈諾莉身上的事情，克麗絲不斷向警探說明自己那些具體的理論。在外頭無意中聽見萊克斯及湯森警探的對話後，她知道，她需要縮小範圍至一個焦點，當她想到地下室破碎的窗戶以及廚房牆上那些令人不安的字眼時，她腦海中最明顯的解釋，正是這一切都是某個與她女兒有私人關係的入侵者所為。一個不穩定、想要什麼就據為己有的好色男子——如果克麗絲是辦案的警探，她就會**那麼**斷定。她在腦海中列出了一張有各個面孔的清單，記載了在賈諾莉的舞蹈比賽中她曾提防的所有男人：一個穿著馬球衫的男人，扣子扣到脖子的位置，帶著惡狼般的貪婪眼神觀看著表演；另一個禿頭男子，則活像個枯瘦的癮君子，時常穿梭於女孩們表演間隙中來回走動的那條走廊。克麗絲希望能逮捕他們，並以泰瑟槍審問。

然而，訊問進行到一半時，湯森警探打斷了大家，宣告他們警隊發現了一具小女孩的屍體，被丟棄在離他們家不到兩英里的一條溝渠裡。警探護送比利去太平間確認屍體身分，但克麗絲知道這不過是個形式。她知道，她骨子裡明白，這個小女孩就是賈諾莉。當然會是如此；他們住在一個人口不到兩千人的小鎮上，而唯一失蹤的人就是賈諾莉。

窗外突然有了些動靜引起克麗絲的注意，她看見湯森警探和比利從警察局的玻璃雙扇門裡走了進來。果然，當她看到她丈夫的那一刻，他的眼睛紅腫、身體出奇地鬆垮著，克麗絲就知道自己的推測沒錯。

然而，一旦確認了這件事，仍感覺像是腹部中了一槍。雜亂的念頭在她的腦子裡翻滾著。**那不是我的寶貝**，以及**傑斯在哪裡？**還有**我需要依照他們期望的方式來行事**。接著，湯森警探以及比利進入他們身處的那個空間裡，湯森警探的嘴巴不停動著，但克麗絲不明白他在說些什麼。她的身體發出連續低沉的聲音，視線邊緣開始變得模糊、變得陰沉。突然，有兩名警探來到她身旁，湯森警探拉出一把椅子，萊克斯將雙手放在她的肘部，引領著克麗絲坐下。就在警探們分心的那一刻，克麗絲抬起雙眼，視線與丈夫的目光相交，發現比利正低頭凝視著她——那是什麼情緒？是恐懼？還是厭惡？它就像蜘蛛般爬到她的背上，接著就消失不見了。她癱倒在椅子上，將臉埋在雙手中。

「雅各布斯太太、雅各布斯先生，」克麗絲聽到湯森警探說道。她眨了眨眼睛，這才意識到早已過了好一段時間了。比利現在就坐在她身邊，他們面前擺著兩個不曾被動過的杯子，裡頭裝了像是茶的飲料。克麗絲注意到，她的身體現在稍稍穩定一些了。她逼迫自己注視著眼前的警探。

「對於你們的失去，我們深感遺憾，」他繼續說道，目光在克麗絲和比利之間來回掃視著。兩人都不說話，也不正視他的雙眼。

「隨著事態發展，」他繼續說道，語氣平淡無奇，好像在溝渠裡發現他們女兒的屍體不過是一種「事態發展」，「正如你們所能想像的狀況，調查方向已轉變了。我們將會從州立單位調派更多警員前來支援，但我和萊克斯警探會繼續在此主導調查。我們會竭盡全力找出凶手。」他停頓了片刻，讓對方消化他所說的話。「接下來幾個星期，我們需要你們的全力配合，但現在，」他看了一眼手錶，「你們兩人度過了漫長又難熬的一天。萊克斯警探會護送你們回家收拾行李，接著送你們去旅館過夜，好嗎？」

克麗絲皺起了眉頭。就像當天所發生的一切，這一刻似乎來得太快了。他們剛剛才在溝渠底下發現了賈諾莉的屍體，現在就要叫她收拾行李了？比利似乎和她一樣不知所措，正揉著自己一側的太陽穴，一邊說道：「我不懂，為什麼要我們收拾行李？」

湯森警探看著他。「雅各布斯先生，你們家是犯罪現場之一。我們會盡快處理，不過你們三人最快也要到明天才能回家過夜。」

就在那時，在她說了**你們三人**時，克麗絲才想起了傑斯。她的腹部像是被恐懼給撕裂了。如果他們告訴傑斯他的雙胞胎姐姐死了，他會有什麼反應？「傑斯在哪裡？」

「他還和瓊斯警官在一起，」萊克斯說。「你們現在想要見他嗎？」

「不。」克麗絲意識到自己肯定答覆得太急促了，因為裡頭所有人都轉頭看著她。「我現在還不想告訴他。我想，我們在旅館裡告訴他會比較好。遠離……」她環顧四周。「這一切。」

萊克斯警探點了點頭。「當然。你也幫他收拾一些行李，我請瓊斯警官到飯店和我們會合。這聽起來不錯吧？」

在她腦海的想像中，克麗絲已伸出了手掌，狠狠地打了萊克斯警探一巴掌。**不，萊克斯警探**，她想要放聲尖叫，**我的女兒都死了。沒有任何不錯的事，再也不會有任何事聽起來不錯了。**

正當克麗絲的腦子因這些不可能之事而旋轉暈眩時，她有一種奇異的感覺，過往這七年的人生只是一場脫節又怪異的夢境。她倒吸了一口氣，突然又回到了十八歲，回到了一九八七年的夏天，在一切都變調了之前，在一切還沒變成嚴重的錯誤之前。

在比利和戴夫的陪伴下，克麗絲度過了高中畢業後的那個夏季，充滿了閃著微光卻模糊不明的多個夜晚。整個六月和七月，他們開著戴夫的車四處閒晃，去別人車庫裡偷一手啤酒，到城外廢棄的穀倉跟學校的人鬼混，喝著溫熱的啤酒。每隔一段時間，如果沒安排其他活動，克麗絲就會偷偷溜進比利家的農場，他們會在乾草棚裡做愛，或在星空下的池塘裡裸泳。

但隨後的八月，當克麗絲驗孕之後，一切都變調了。

「所以……」比利說，克麗絲聽得見他聲音中的緊張情緒。「你感覺如何？」她告訴他這消息已是四天前的事了，他們一起坐在池塘邊的長凳上，一輪滿月在他們頭頂上閃耀發亮。「你有感覺眩暈嗎？」

克麗絲猛然轉頭看著他。「你是指孕吐吧。」

「沒錯，是的。」

她又轉頭面向著池塘，茫然地凝視著漆黑的水面。「比利，我不知道該怎麼辦才好。」

「哪一方面？」

她有些吞吞吐吐。需要開口說出的話語，感覺像是嘴巴裡的石頭。「錢、錢的事我不知道該怎麼辦。」

「喔，那個呀。」他的口氣像是如釋重負般。「克麗絲，別擔心那個，你不必擔心那件事。」

她轉過頭，正視著他的臉。「真的嗎？」

他聳了聳肩膀。「當然。我的意思是，你或許能幫忙處理帳簿什麼的……」她皺起眉頭。**帳簿**？但還沒等她說什麼，他就急忙要把話說完。「當然，你也不必這樣做。」他發出了一聲輕笑。「我們不會有事的，你可以做任何你想做的事。」

她的眼睛盯著他看，尋找著之前一絲躊躇遲疑的痕跡。但他微笑著，笑容燦爛且輕鬆從容。她呼出一口氣，雙肩下垂，將頭埋在一隻手掌中。「謝謝你，」她低聲地說。「只是……我一整個夏天都在存錢，但錢還是不夠。我存錢不是為了這件事，是為了紐約。」

她身旁的比利沉靜了下來，當他再次開口說話時，口吻聽起來像是極其謹慎地選用自己的措辭。「好吧，克麗絲，我們家族富有的唯一原因就是因為農場。」克麗絲用力睜開了雙眼，然後慢慢抬起埋在手掌中的頭部。「我的意思是說，」他說道。「我知道你想去紐約，但我不能離開這裡，至少不是現在。不過，克麗絲，我保證，如果我們都留在這裡的話，我會好好照顧你。我們總有一天會去紐約，到時候我們就去住豪華飯店、去看火箭女郎表演。」

「比利，」她過了一會兒才接著說。「你在說些什麼？」

「我——你這是什麼意思？我說的是我們的未來。我只是不希望你現在就得為了錢的事而煩惱。我們會很好的。我們不會有事的。」

她搖了搖頭。「等一下。你是說你想要這個孩子嗎？你想要——結婚嗎？」

比利看了她一眼。「好吧……沒錯。克麗絲，你——你都**懷孕**了。」

接著，突然之間，他將手伸進了Levi's牛仔褲的口袋裡，克麗絲盯著他看，心臟在胸口裡砰砰直跳。他從長凳上站了起來，轉身面向她，然後隆重正式地單膝下跪。他高舉著手，她看見他粗壯又長繭的手指之間緊緊拿著一枚精緻的戒指。金色戒指的中央鑲著一顆小小的方形鑽石。克麗絲突然有一種感覺，像是被困在旋轉中的龍捲風裡，一切來得快速且強烈，她無力反抗。

「克麗絲．溫特斯，」比利說，使勁地吞了口水。「你願意當我的妻子嗎？」

在月光下，那顆鑽石閃閃發光，克麗絲低頭凝視了它許久。她知道這枚戒指是一根繩索，從此將她與這個男人綁在一起，而她現在才意識到她幾乎不瞭解這個男人。但這也是一張通向更多可能性的門票，這枚戒指將為她打開一個世界，以她從沒想過的方式拓展開來。這將意味著，她往後的人生再也不必為了錢發愁擔憂，可以不再為了一切該死地拚命奮鬥。這也代表著，她終於可以好好鬆一口氣了，這是她人生中的第一次。

就在克麗絲開口說我願意之前，她默默答應自己一件事。如果比利沒有發現她今晚來此的目的，是為了和他拿墮胎的費用，她就不會告訴他。她也不會告訴他另外一件事。她知道，這場婚姻的代價就是保守這些祕密，她只希望這一切都值得她這麼做。

當克麗絲跟隨著比利和萊克斯警探的腳步，一路走進他們的房子時，她回想起池塘邊的那個時刻，那一刻改變了一切。這七年來，她一直對自己信守著承諾，將自己的祕密深深藏在心裡。如今，風險更高了，她所要隱藏的事物也更多了。

她、比利，以及警探沿著一條蜿蜒的路線穿越家中，繞過那些正在拍照或貼標籤的陌生人，他們彎下腰看著那些寫有筆記的夾板，蹲低在地板木條旁，戴著手套的雙手看來能幹且一絲不苟。他們三人經過時，每一位犯罪現場的工作人員都先是抬頭看了看，接著又低著頭，他們的表情全都茫然得令人不安，彷彿他們受過訓練，能假裝自己看不見居住在房子裡的人。克麗絲覺得自己像個幽靈。

他們一路走進了廚房，繞開了那些字句，接著就上了樓梯，比利緊跟著萊克斯的後腳，就像一隻聽話的狗。當克麗絲到了樓梯頂端並加入他們時，她偷偷地看了一眼丈夫的臉，但他迴避了她的目光。他在想什麼？她好想知道。他的腦子裡到底在想些什麼？

「好的，你們兩個，」萊克斯警探說。「我們儘快地行動，這樣就能讓你們兩人快點從這裡離開了。」她掃視著走廊及打開的房門，她的目光聚焦於一位正在賈諾莉房間四處貼上橘色便利貼的警官身上。「啊，湯米。能幫我一個忙嗎？」

那位穿著制服的警官蹲著，視線高度正是賈諾莉梳妝臺的位置，轉頭看向他們。「沒問題，警探。」他站起身來，大步走向他們。

他可能只比克麗絲大上幾歲，臉頰上有痤瘡的疤痕，表情和其他人一樣超然冷漠，目光淡然無感。克麗絲厭惡所有人的態度，將她女兒的死亡視為某個需要上班的星期二來應對。「湯米，」萊克斯警探說。「請你帶著雅各布斯先生去收拾他和他妻子的行李，我會帶著雅各布斯太太去幫她兒子收拾一些東西。」

比利突然直盯著萊克斯警探，看起來很驚慌。「我不知道該幫她收拾什麼東西。」他說道，像是克麗絲沒有站在他身旁一樣。

萊克斯伸出一隻手，輕拍他的肩膀。「你一定可以想出辦法的。儘量不要觸摸你不該摸的東西。」

這樣的打發顯然讓比利更加緊張，但他吞了吞口水、點了點頭，然後跟隨那位年輕警官走向走廊後方的臥室。

他、克麗絲，以及萊克斯警探在納帕尼的山坡旅店（Hillside Inn）進進出出的，拖著過夜的行李，不到半小時便入住。一看到那間旅店，克麗絲喉嚨裡就冒出一陣苦澀的笑聲。旅店外部漆成紅色，搭配白色的木頭橫梁，看起來就像一個過大、造型奇特的穀倉；無論她有多麼努力，無論她做了什麼，她似乎都注定要過這種農莊人生了。

進了旅店，萊克斯警探帶著他們入住時，克麗絲留意到一些異常的細節。牆上掛著兩個時鐘，一個標示著納帕尼，另一個標示著法國，這令人難以理解。接待櫃檯上有一個裝滿廉價原子筆的赤土陶器，塑膠花的末端全以膠帶厚厚地黏在一起。旁邊擺放著一個小小的紅色穀倉。

萊克斯遞給他們每人一張塑膠門卡，接著帶他們走向二樓的房間，突然在一扇門外停了下來，門上標示著黃銅色的數字二一八。克麗絲感覺到比利正注視著她，但當她轉身看向他時，他又移開了視線。他為什麼要一直這麼做？

「我請他們為傑斯準備另一張床了。」萊克斯警探說道。

比利點了點頭。「謝謝你。」

「明天我和湯森警探會再和你們聯繫，但如果你們有任何需要或有任何想法，請隨時聯絡我們。」

比利對萊克斯諂媚地微笑，接著，他好像又情不自禁地看了克麗絲一眼，她實在不明白：他眼裡的是恐懼嗎？是妄想症嗎？他的態度看起來像是隱藏了什麼訊息，或是試著要從她的表情找到什麼訊息。「謝謝你，萊克斯警探，我們很感激你為我們所做的一切。」他說。

克麗絲想叫他們兩人都閉上嘴。她想要赤手空拳地發洩，出拳、攻擊，或是撕碎些什麼東西都好。

「我想先提醒你們，」萊克斯說，「明天可能會有一些……混亂。媒體現在應該已經聽聞所有的消息了，而且——」

但克麗絲已經受夠了。比利的目光以及萊克斯的聲音，感覺就像是抓在她皮膚的指甲。「萊克斯警探，」她用緊繃的聲音打斷了他。「我的女兒今天死了。我家裡到處都是陌生人，而我已經好幾個小時沒見到我六歲的兒子了。我無法思考你說的那些事。現在可以**請你離開**了嗎？

萊克斯警探面無表情，似乎對這樣的情緒爆發毫不在意。

另一方面，比利開始不斷表達歉意。「萊克斯警探，我很抱歉。」他結結巴巴地說。「我的妻子心情不好。她不是故意要如此無禮的。」

萊克斯敷衍地笑了笑。「沒必要道歉。你們倆都度過了漫長的一天。試著睡一會兒吧，明天恐怕也會一樣糟糕。」話一說完，她向他們點了點頭，然後轉身離開。

克麗絲嘗試了四次才將門卡插入，但房門最終還是打開了，她跌跌撞撞地走了進去。房門在他們身後喀嚓一聲關上的那一刻，比利緊抓她的肩膀，他的手指深陷在她的肩頭。他用力地硬將她轉身來面向自己。「克麗絲，你到底在幹什麼呀，」他罵道。他的聲音顫抖著。「你不應該這麼做。」

克麗絲甩開他的手，大步走到房間另一側，將她為傑斯打包的金剛戰士（Power Rangers）背包扔到床上。「我又怎樣了？」她厲聲說道。

「你不應該對一位偵查我們女兒凶殺案的警探無禮。」

「我的天啊，比利。怎麼了？你認為你他媽的點頭哈腰會讓他們喜歡你嗎？」

現在他全身不斷顫抖。「我想強調的是，我們不要讓他們有能用來抨擊我們的證據，我也不想讓他們藉題發揮，有理由更近距離觀察我們。」

克麗絲猛地把頭往後一仰。「比利，」她緩緩地說。「你在說些什麼？」

比利將肩上的旅行提袋拉了下來，扔在地上。他蹲下身子，拉開拉鍊，瘋狂地翻找著東西。「**這個……**」他從裡面使勁地拉出了什麼，「這就是我要說的事。我在洗衣籃裡找到了這個，謝天謝地，我比警方搶先了一步。」

克麗絲不解地瞇起自己的眼睛。他手裡拿著一團淡藍色的物件，正是她的睡袍，她突然意識到，是她當天早上穿的那件，她在警方到達之前脫下的那一件。比利的手指緊緊地抓著袖子，克麗絲看見衣物上的摺邊有異樣，是一條紅色的斜線。不是血，而是噴漆。

她的視線快速地轉移至比利身上，他回頭看著她，既是驚恐又是厭惡。「**你做了什麼？**」

# 十、瑪戈特，二〇一九年

瑪戈特為自己設下的兩星期期限，第一天是星期日，也是她二十年來第一次去教堂的日子。前一天下午在蕭蒂餐廳採訪後，她已盡其所能，以便在第二天開始調查。首先，要她每一餐都叫外賣，她不僅沒有時間也沒有錢，所以，如同她所承諾的說法，她去奶奶家食品鋪買了些食物，有燕麥脆片、牛奶、咖啡、冷凍千層麵、蘋果、用來製作三明治的花生醬、肉片以及起士片，這些她所能想到的食物都易於準備。她還決定要聘請一位兼職看護，但還可以再等一陣子。皮特的建議本來就無傷大雅，但在搜尋後打電話詢問照護機構時，瑪戈特卻感到十分內疚。她和路克並不需要協助，他們兩人就是最棒的夥伴，他們可以一起對抗這個世界。另外，如果沒有薪水入帳，在支付看護費用後的幾星期，她的積蓄就會見底。她得同時兼顧眾多瑣事，一邊幫忙做家務，一邊進行調查。

那天晚上，路克在電視機前打瞌睡，而她正在為他清洗衣物及寢具時，她想出了調查活動的下一步。由於其他新聞媒體都專注於娜塔莉·克拉克的案件，瑪戈特知道她無法觸及這篇報導，更何況現在的她再也沒有身分憑據來合理提出她的問題，因此，她決定從不同角度來講述這個故事，聚焦於賈諾莉的案子，她最想要進行對談的對象是比利、傑斯，以及湯森警探，那幾個與案件關係最為密切的人。她很快就發現，這位警探已經退休一年了，而南灣的州警毫不猶豫地就將他的手機號碼提供給瑪戈特。她提出採訪要求時，湯森警探欣然同意這項請求，就約在隔天下午，這讓瑪戈特覺得，他不知道該如何消磨自己的空閒時光。

然而，其他兩人更難以捉摸。傑斯在網路上無處可尋，瑪戈特也不知道該如何聯繫比利，他的前院現在有如一個被封鎖的犯罪現場，根據路克的說法，自從克麗絲十年前去世之後，他就變得非常孤僻。但那天晚上，當她為自己和路克準備一道炒菜作為晚餐時，她的腦海中突然浮現出她叔叔說過的一句話：**比利現在真的不太和人們來往了，但我想他仍會上教堂**。

因此，第二天早上，瑪戈特翻找著她尚未從行李箱取出的一堆衣物，試著拼湊出她能搭配的一套漂亮衣物：灰色一片裙，一件塞進裙子裡的白色T恤，以及一雙皮質涼鞋。她將金色耳環戴在耳朵上，刷上一些睫毛膏，到此為止了。至少，她希望大家能看出她已經做了些努力。

「你看起來很漂亮。」她從房間走出來時，路克說道。他正坐在廚房的餐桌旁，桌上有一杯咖啡和一本填字遊戲書。

瑪戈特咧嘴一笑。「我要去教堂，你想一起去嗎？」

路克驚訝地瞪大了雙眼，接著仰起頭大笑了起來。片刻後，他屏住呼吸，用手指擦了擦雙眼下方，接著看著她。「等一下，你是認真的嗎？」

瑪戈特笑了起來。「我會早點離開，這樣我就可以去奶奶家食品鋪買個派。我想要努力說服比利．雅各布斯跟我談話。」

「啊，我明白了，」他喝了一口咖啡說。「你有很好的新聞報導直……」他猶豫了一下，試著尋找合適的字詞，然後以「直率」作為結語，瑪戈特猜想他想用的字詞是「直覺」。「我想是為了工作吧？」

瑪戈特低下頭，假裝在整理裙子腰間的布料。「是的。」她覺得，過去這幾天她對路克撒的謊，遠比她這輩子的謊言還多，但當皮特在警局告訴她，他不曾發現她叔叔在街上閒晃，直到兩天之前，瑪戈特這才意識到路克的病情突然惡化了，或許正是因為她。幾個月來，他一直過著孤獨的生活，毫無來自他人的任何幫助，也未受到任何刺激。但自從她搬進來之後，她開口閉口就是一個女孩的失蹤案，以及另一個小女孩的謀殺案。

她得記住，現在的他更加敏感、更不穩定了。她需要停止談論那些懸案，也絕對不需要告知他自己被解雇的事。「這是為了我正在進行的一篇報導，」她說。「祝我好運吧。」

「孩子，你不需要好運，」路克眨了眨眼說。「你一直以來都有天賦。」

瑪戈特穿過教堂的雙扇門，走進明亮、刺眼的陽光之中。管風琴演奏閉幕讚美詩的低沉聲音在她身後迴盪著，她拚命眨著眼睛，試圖讓雙眼適應光線。等到她的視線終於清晰時，她看見了比利．雅各布斯遠去的身影，他低著頭沿著人行道快速走去，雙手插在西裝褲的口袋中。

瑪戈特在禮拜開始前十分鐘到達教堂，她很驚訝地發現自己認識這麼多在場的人。她看見幾乎所有曾和她在蕭蒂餐廳交談的人們，除了琳達之外，她無疑正在工作，還有一些她父母的老朋友和她以前一位小學老師，他們都帶著燦爛笑容以及尖銳又好奇的目光向她打招呼。但比利在禮拜開始前不久才到，當時她和其他會眾早已就座。後來，管風琴一響起，女士們就一一將包包掛至肩上，動作引發他們眾多朋友的注意，瑪戈特看見比利起身並悄悄溜出門外。她跟了上去。

「雅各布斯先生！」瑪戈特叫道，匆匆下樓走到人行道上，比利卻繼續往相反方向快速走去。「雅各布斯先生！比利！」

終於，他停了下來，猶豫了片刻，然後轉身。

瑪戈特快步追上他。「你好，我是瑪——」

「我知道你是誰，」他毫不客氣地說。「戴維斯家族的女孩。」

她笑了。「那就對了，我就在你居住的那條街對面長大。我和賈諾莉是朋友。」一聽見女兒的名字，他的眼神才變得柔和。「我現在是一位記者，」瑪戈特繼續說道，直到她說完這句話時，她這才意識到，技術上而言這不再是事實。「如果你有時間的話，我很想和你聊聊。」

然而，一聽見**記者**兩個字，他的臉色又變得凝重起來。「對於在穀倉留下的那些訊息，我一無所知。我甚至沒察覺到，是我一位員工發現的。」

「沒關係。我也同時在調查娜塔莉．克拉克的案子，試圖找出她和賈諾莉的案件之間是否有任何關聯性。」

「娜塔莉．克拉克……」

對他來說，這個名字的意義似乎不大，但瑪戈特知道他曾聽過，因為那天早上布道的主題正是那個失蹤的女孩。牧師以她的失蹤作為契機，談論艱難時期的信仰和上帝行事之道的神祕本質。坐在後排的瑪戈特幾乎沒有留心聆聽，她的目光掃視著會眾的頭顱，想知道他們之中是否有一個綁匪、一個殺手的大腦。

「我很希望提供更多協助，」比利說，「但我對娜塔莉．克拉克一無所知。」

「不，我不指望你知道她的事，但如果你願意聊聊賈諾莉的案件，會有助於我瞭解他們之間是否存有任何關聯性。」

比利將雙手深深插進口袋，瞇著雙眼，視線越過瑪戈特的肩膀，似乎希望能找個人將他帶離這場談話。「聽著，瑪戈特，我沒有任何冒犯之意，但我過往與記者打交道的經驗都不太理想。這不是針對你，但我想我不應該和任何人交談。」

瑪戈特點了點頭。「我明白。但當時的那些記者，他們並不認識你，也不認識你的家人。他們只想要銷售一個故事。」她停頓了一下。「我認識賈諾莉，我還記得在你們家後院玩耍、在你們家廚房吃點心的那些日子。我保證，我不會憑空捏造任何事。我只想要瞭解我的朋友發生了什麼事。」

或許，以這個說法來作為籌碼感覺不太對，但她說的一切都是真的。雖然她知道，對比利來說，他或許從未卸下賈諾莉逝世所帶來的重擔，重溫這場經歷令人痛苦萬分，但這個二十五年的案子如今有了新發展。如果重述這段記憶可以幫助他找到殺害女兒的凶手，難道他沒有義務這麼做嗎？

「這是一個讓你澄清事實的機會，」她繼續說道。「如果這最終仍無濟於事，至少，可以好好地和那些認識她的人們聊聊也很好。」她盯著他的目光，直視著他的眼神，她看得出來，他已經逐漸屈服了。「對了！」她接著說，鬆開肩上其中一側的背包背帶，將背包轉到自己面前。她把手伸進去，過了一會兒拿出了她稍早在奶奶家食品鋪買的一盒點心。「我帶蘋果派來了。」

比利吃驚地睜大了雙眼。他看一眼那個派，又看了看瑪戈特的臉，然後結結巴巴地輕笑了一聲，彷彿這個動作是因為缺乏練習而生疏。「噢，好的，」他說。「但不是在這裡吃，我們進屋子去。」

雅各布斯一家的屋子不再像前一天一樣，有如一個熙熙攘攘的犯罪現場。報導穀倉新聞的幾位媒體記者早已消失，皮特、他的搭檔，以及在車道上阻擋的警用黃色布條也不見了。瑪戈特把車停在人行道旁，隨著比利走上前廊的臺階，然後，這是她成年之後第一次跨過門檻，進入雅各布斯家族的房子。

這有如走進了一段回憶之中。無數個夏日午後，瑪戈特在這些房間裡來回穿梭著，她驚嘆於這棟房子的一成不變，彷彿這房子是一九九四年的時空膠囊。客廳的椅子仍是當年的花色，地面仍是同樣的實木地板。當她走過那個空間時，屋內那些早已被遺忘的細節開始在腦海中浮現，樓梯右側吱吱作響的程度比左側更嚴重，而欄杆上有一圈看起來像一張臉的螺紋，如果你爬到餐桌下方看著桌底，就看得見木頭上刻有她和賈諾莉名字的起首字母。

瑪戈特跟著比利走進廚房，當他重新加熱一壺咖啡，並為蘋果派挑選盤子和叉子時，她不禁想像著同個空間裡，二十五年前那個七月早晨的樣子。白色的牆壁上被噴上鮮豔的紅色油漆，寫著「那個婊子離開了」。當初是誰寫下那個訊息的？她納悶著。破壞穀倉的是會同一個人嗎？

「剛才發生的事，我很抱歉，」比利一邊說，一邊切了兩塊派，將它們擺放在小瓷盤上。「我不是故意要這麼失禮的，只是……長期以來，我在這個鎮上也沒什麼朋友。」

「我明白，」瑪戈特說，接過一塊派。「特別是現在吧，畢竟穀倉上被寫了那些文字。」

「嗯。」比利若有所思地點了點頭，將杯子放在桌上，接著坐在她對面的椅子上。

瑪戈特喝了一小口咖啡。「我知道你說過你對此一無所知，但你是否有想過**任何**可能寫下這些文字的人？」

比利鬆了一口氣。「老實說，瑪戈特，我假設這只是高中生所為。事實上，警方今天稍早告訴我，他們認為這只是一場愚蠢的惡作劇。」

「真的嗎？」她從皮特那裡得知，這是警方的推測，但她不知道他們早已做出了正式的裁決。

比利聳了聳肩膀。「我也曾和我的朋友們做過一樣愚蠢的事情。」他迷失在記憶之中，雙眼顯得呆滯，但片刻之後眼神就堅定了起來。「好吧，我們從來沒有做過那麼惡劣的事，在穀倉上寫下那種文字，但就像我剛才說的，我在這個小鎮上人緣不是太好，再也不如從前了。」

瑪戈特知道這是真的，但稍早她也一直在觀察，因為比利是在儀式開始時溜進來坐上教堂的長椅。他發現有一些教友正在看著他，於是他也點頭示意，簡潔卻有禮，瑪戈特驚訝地發現他們也對他的舉動有所回應。他或許不太受到人們歡迎，但也並非是克麗絲那種受到蔑視的人。

「我們可以聊聊你當時的人生是什麼樣子的嗎？」她問道。「在賈諾莉死之前？」

「你想知道什麼事？」

瑪戈特聳了聳肩，像是還沒準備好一樣，並仔細考量她的每個問題。「你的家人是什麼樣的人？當然，我也認識他們，但很明顯地，我並沒有你那麼瞭解。而且，好吧，我當時才六歲。」在她想要提問的問題之中，這絕非最緊迫的事，但她想讓他放鬆下來，讓他自在地對話。她咬了一口派，然後像是事後突然想到，「喔，你不介意我錄下來吧？」她說道。

比利驚訝地揚起他的眉毛，隨後搖了搖頭。「不，沒問題。」

「謝謝。」瑪戈特拿出手機開始錄音，然後說：「就從賈諾莉開始談好嗎？」

說到這裡，比利的臉一下子就明亮了起來。「好吧，賈諾莉，她……她真是個活力十足的小鞭炮，你知道嗎？燦爛開朗而快樂。每當我走進家門，她就會跳到我身邊，用她的小手臂摟住我的大腿。」他的雙眼之中突然充滿了淚水，他清了清喉嚨，用手背粗魯地拭去眼淚。「她就像是黏著劑一樣，將我們聚集在一起。沒有她，我們其他人……我們都有些迷失了。因為，她一直都如此善良，你知道嗎？」

瑪戈特微笑著，她確實知道。關於對街的那個女孩，她多數的記憶都成了模糊的閃光，猶如時光的快照，但她最清晰的記憶就是賈諾莉的善良。

瑪戈特的腦中仍有一些畫面，樹木以及斑駁的燈光，也許在她學校的兒童遊戲區上，或是誰家的後院。在記憶中，她坐著，將下巴放在雙膝之間，後背靠在一棵樹上。基於一些早已被遺忘的原因，她一直感到很害怕，突然間，賈諾莉出現在她身旁，將一樣東西緊壓於瑪戈特的手掌之中。她低頭看時，看見一塊約莫二十五分硬幣大小的破布，那是一塊中間印著一片雪花的淡藍色布料。

「當我覺得害怕的時候，」賈諾莉說，「我就會捏著這個，它讓我變得勇敢。」

所以瑪戈特也嘗試這個方法，但不管用，賈諾莉告訴她，她的方法不對；她必須再做一次，這次要更努力一點。瑪戈特再次用力擠壓，她的指甲緊壓到肉裡去了，那塊雪花布料在她手指之間起了皺摺，而那一次，她感覺到了。那一次，她變得更加勇敢了。

沒過多久，幾星期或幾天，賈諾莉去世了，瑪戈特在下課休息時間聽見高年級的大孩子說她的朋友**被殺害了**。那天晚上，她在床上，抓起床頭櫃上那片小雪花，用力捏到指甲都出血了。

現在，瑪戈特用拇指在她的手掌上揉了揉，那些細小的傷疤有如盲人使用的凸字。「賈諾莉死前幾天或幾星期前，你是否注意到她有什麼變化？」她問道。

「例如什麼？」

「像是……她的行為、她的情緒、習慣、喜歡或不喜歡的事。任何改變都可以。」

當他思考著這件事時，表情沒有一點變化。然後，過了很長一段時間，他慢吞吞地將一隻手放到自己臉上。「我很抱歉。這是很久以前的事情了。如果賈諾莉過往確實曾有任何改變的話，我應該也不記得了。在我的記憶中，她總是如此活潑開朗，總是面帶微笑。」

「傑斯呢？」瑪戈特說。「那時候的他是什麼樣子？」

「傑斯他……」比利的目光掃向她的眼睛，接著又移開了。「安靜、害羞。」

瑪戈特仔細打量著他。她也記得傑斯個性嚴肅而機警，但對街的男孩肯定還有另外一面，她想知道比利對此瞭解多少，而他又會說多少。

瑪戈特對傑斯最清晰的記憶，與她對賈諾莉的記憶截然不同，那發生在五年級某天下課時間。她一直在她最喜愛的地方看書，蜷縮在某棵大橡樹的Y形樹枝上，就在他們兒童遊戲區低處的某個角落。那是一個往往無人造訪的沉靜之處，但那天，當她在看書時，她聽見樹枝折斷的聲音，當她的視線從書本中抬起時，她看到了傑斯。四年前賈諾莉去世後，瑪戈特就不再去他們家了，她和他曾有的任何聯繫都消失了。他的目光向下望去，他似乎沒有看見她在樹上，她也沒有呼喚他，也未宣布自己的存在，就只是盯著看他，他走到她所在樹木的下方，蹲下身子將手中的東西放在地面上。他起身站起時，她看見一隻死去的小鳥，也許是一隻麻雀，又或是一隻鷦鷯。她屏住呼吸，注視著傑斯將自己的鞋尖踩踏在小鳥的胸膛上。他慢慢且使勁地施以壓力，越來越使勁，直到最後，瑪戈特看到牠的腦袋腫脹了起來，黑色的眼睛鼓脹凸出。

「傑斯喜歡藝術相關的事物，」比利說。「他從來不曾對農事、運動或任何事物感興趣。他和這裡格格不入，所以他時常會獨處。然後，他長大一點後，就時常惹上一些麻煩。沒有什麼太糟糕的，不過是男孩們會做的那些事。他是個好孩子，但在賈諾莉過世之後就過得不太好。好吧，我們都不是太好。」他吞吞吐吐地說。「特別是克麗絲，但我想你已經知道了。」他瞥了她一眼。

「是的，我知道，」瑪戈特說。沒有人不知道克麗絲．雅各布斯的自殺事件。「我很遺憾。你是發現她的人，對吧？」

比利吞了吞口水，重重地點了點頭。「那個週末，我參加了一個大會，當我一走進家門——」他握緊拳頭，將它按壓在嘴唇上。

「那是你找到她的地方嗎？在家裡的玄關前嗎？」瑪戈特事先並不知道這件事，而這讓她覺得很奇怪。當人們想要結束自己生命時，他們會去一個較為私密的地方，像是臥室、浴室，或是自己的車子裡。

再次，他點了點頭。「在賈諾莉的事情之後，克麗絲……好吧，對她來說，這世上有如地獄。我想，日子一久，那一切就變得難以承受了。」

「你認為……」瑪戈特猶豫了一下。關於她要開口問的問題，實在沒有什麼委婉的說法。「你認為，這件事與內疚是否有什麼關係？」

比利茫然地盯著她看了好一會兒，才明白了她指涉的意思。「喔，天啊，別瞎扯了。你一直找鎮上的人們談話。」他搖了搖頭，接下來說話的時候，語氣變得相當冷酷苛刻。「我妻子沒有殺死我們女兒。克麗絲愛賈諾莉，她或許不是一個完美的媽媽，但是，」他深吸了一口氣，「她愛她，她無論如何都不可能傷害女兒。」

「讓她『不完美』的是什麼？」

「什麼？不，我並不是那個意思。」比利搖了搖頭，看起來突然有些驚慌失措。「克麗絲是一位了不起的媽媽。她總是會參與賈諾莉的舞蹈和其他活動，督促她將這些事都做得很好。她沒有殺死賈諾莉，她不會的，她也**不可能**這麼做。」

瑪戈特端詳他的表情。關於賈諾莉的逝世，他的情緒看起來如此真實，但當她提問關於克麗絲的問題時，他卻感到慌張，關於傑斯的事情也說得含糊不清。儘管他已經十多年未見到他們兩人了，但就瑪戈特看來，比利．雅各布斯似乎仍努力保護妻子與兒子。或許，他早已告知她關於家人們的真相，但他肯定沒有坦承所有的事。

「而且，相信我，」他在她可以催促他之前繼續說。「在那之後，我每天都在想誰有可能做了這件事。」

「然後呢？」瑪戈特說。「你有什麼結論嗎？」

「我一直認為，唯一合理的說法，可能就是某個……男人。在兒童遊戲區或在她表演時看見她的某個變態，我不知道，瑪戈特，也許你能從這個故事中發現一些線索。或許帶走娜塔莉．克拉克的人，也帶走了我的賈諾莉。」

瑪戈特又逗留了半個小時左右，向比利詢問了他女兒案件的細節，但他告知她的一切都是她早已知道的事。每次她將話題導向傑斯或克麗絲身上時，他都會重複那些「好孩子」和「好媽媽」的稱謂，就像一位恪守政黨政策的政治家一樣。最終，他們兩人喝完最後一口咖啡，吃下最後一口派時，瑪戈特感謝他抽空進行訪談。

「喔，還有最後一件事，」比利送她到前門時她說。「你介意我看看穀倉嗎？」

「好，當然，」比利說。「警方今天早上結束視察了，所以應該不至於會弄亂現場了。如果你想的話，我可以送你過去。」

「喔，不用了，沒關係。我走出去時會經過，所以我或許能過去看一下。」

「請便。」他猶豫了一下，目光掃視著她的臉龐。「我以前就對你有印象了，你知道的，我記得你們倆總是一塊跑來跑去的。現在，看看你，長那麼大了——」他的雙眼之中突然充滿淚水，以指關節擦拭著眼眶，又不自覺地笑了起來。

瑪戈特微笑著，臉上寫滿了同情。雖然這件事造成的影響已有很長一段時間，但二十五年前那個七月的夜晚奪走這男人的一切：首先是他的女兒，接著是兒子，最終則是他的妻子。「再次感謝您抽空和我談話。」

比利點點頭。「這裡隨時歡迎你來。」

雅各布斯家族的穀倉是那種大型的工業型穀倉，與房子之間隔著一片斑駁的泛黃田地。瑪戈特一路走了過去，夏日烈陽灼熱地照耀在她的皮膚上。從新聞上的照片來看，她知道那些文字寫在另一頭，但當她走過轉角處時，她洩氣了。那些字句消失了，紅牆上除了一片褪色的黑色污漬之外，什麼也沒有。

「該死。」她說。

她沿著穀倉外圍緩慢地走著，掃描著外牆木板上是否有什麼殘留物，任何殘留物都好，但什麼也沒有。她看了看地面，她腳下的泥土上有幾十個不同的鞋印。如果有的話，也無法判斷哪一個屬於寫下那則訊息的始作俑者。

**她不會是最後一個**。這句話一遍又一遍地浮現在瑪戈特的腦海中，這個環境也如此不斷提醒著她。訊息出現在雅各布斯家族穀倉的前幾天，娜塔莉・克拉克失蹤了，這代表著無論是誰寫下那些字句，顯然都將這兩個女孩的關係串連在一起了。因此，唯一合乎邏輯的結論是，賈諾莉的凶手和娜塔莉的綁匪是同一個人，儘管文字的意義仍然模稜兩可。寫下文字的人可能意指「**賈諾莉・雅各布斯不會是最後一個被謀殺的人**」，又或是「**娜塔莉・克拉克也不會是最後一個被帶走的人**」，儘管瑪戈特暗自懷疑兩種說法皆是。不管怎樣，對所有小女孩而言，如今瓦卡魯薩已不是安全的地方。但她心中最大的問題，是誰寫的紙條——是凶手還是其他人？

瑪戈特用手指拉扯著T恤，試圖讓微風拂過她的皮膚，同時繞過轉角處，走向兩扇關著卻未上鎖的大門。穀倉裡放滿了東西：拖拉機、割草機，以及一張擺滿工具的工作臺。如果要一一察看所有物件，她得花上幾個小時甚至是幾天的時間。但她在期待什麼呢？寫下那則訊息的人並未署名，警方卻不知何故遺漏了這件事。這難道只是幾個高中生的惡作劇嗎？她想，這也有可能，但她內心深處明白這並非事實。她相信，外頭有人正試著要告訴這些鎮民們一些訊息，但她所擔心的是，他們如果不費心聆聽會發生什麼事。

當她正要走回去開車時，突然停了下來。就在那裡，擋風玻璃上的雨刷下塞著一張小紙條，在微風中飄搖著。瑪戈特環顧四周，卻沒看見任何人，她的心跳開始加速。她走了過去，將擋風玻璃上的紙條抽了出來。看起來像是從筆記本上撕下來的紙條，有一些手寫字。瑪戈特讀了那些字，脊背掠過一陣寒意，儘管當時是攝氏三十八度。她再次掃視了四周，尋找在此留下字條的人，但是路上空無一人。

她知道，絕對不可能是比利所為，因為往返兩頭的路上，他都會碰見她。即使她也有可能沒看見他的身影，但由於車道是碎石路，她應該會聽見他的腳步聲。突然間，瑪戈特想起蕭蒂餐廳外頭那個赤褐色頭髮的女人，她認為那個女人一直在監視著她。由於這幾天來所發生的一切，那一刻早已從瑪戈特的腦海中消失了。當時，她只是假設自己過於偏執，現在，這似乎是個不祥之兆。

瑪戈特站在她的車子旁，出於本能握緊了拳頭，那些字句讓她的脈搏跳動不止，並猛烈撞擊著她的腦袋：**對你而言，這裡不安全。**

# 十一、瑪戈特，二〇一九年

瑪戈特站在車門旁，心臟砰砰地狂跳著，紙條緊緊夾在她的指尖之間。她再次環顧四周，尋找在擋風玻璃上留下字條者的蹤跡，但在這條她長大成人的路上空無一人，四處的房屋沉靜且陰暗無光。

她從容不迫地將鑰匙插入孔洞中，坐進了駕駛座。留下這張字條給她的人可能正盯著她看，她不想透露自己有多麼受驚害怕。不過，就在她坐進車裡的那一刻，她按下了門鎖，手握成了拳頭，讓自己的指甲插入皮膚上一秒、兩秒，三秒鐘，然後才強迫自己終止那種令人感到撫慰的刺痛。

**對你而言，這裡不安全**。字面上的意思顯而易見，但瑪戈特不明白這句話背後的意圖為何。對方是想要保護她，還是在威脅她？更重要的是，到底是誰寫的？她開始在腦海中一一篩選著所有知道她正在撰寫故事的人，但那個名單可以占據她記事本整整兩頁之多。到目前為止，她已經訪問了近乎一半的鎮民。如此暴露於人們的視線之中，讓人感到不安。

背包裡的手機震動了一下，她嚇了一大跳。

她拉開拉鍊並將手機拿了出來，看了一眼螢幕，是她先前的房東漢克・布魯爾（Hank Brewer）。

瑪戈特接電話時閉上了雙眼。「你好，漢克。」

「瑪戈特，你好。我是不是挑錯時間打給你了呢？你的聲音……聽起來心事重重。」

她瞥了一眼手中握著的那張字條。「現在沒事。怎麼了嗎？」

「我打來是為了要談七月的房租。如果你有空的話，可以先匯錢過來嗎？」

「喔，嗯，我不懂。難道那位……」她找尋著在Craigslist廣告網站上那封轉租信件的名字。

「詹姆斯沒有付房租給你嗎？」

聲音停頓了一會兒。「自從我收到你上個月房租的支票後，就再也沒有人付過房租了。我還沒有收到任何訊息說明有人要搬進來或什麼的。你確定你找到的那個男人想要租下嗎？」

瑪戈特的肩膀低垂了下來。「我以為他要租下了。」在她的待辦清單上，一直有「打電話給轉租人」這一項，就在「打一支路克家的鑰匙」下方，但她兩件事都沒有完成。先是那篇娜塔莉・克拉克的報導搞砸了，接著被解僱，然後又是在穀倉時收到的那張紙條，感覺前述的那些任務可以再等等。顯而易見地，她錯了。「我會打電話給他。你能給我幾天時間嗎？我會搞清楚是怎麼一回事。」

「時間就到星期三之前，最慢那時要收到錢，好嗎？有錢進來的話，我也不在乎是誰付的。這幾天你就有足夠時間尋找八月的轉租人了。我知道你生活上……發生了一些事，而我也不是沒有同情心，但你也確實簽了一份到十月的租約。」

**喔，租房子就是這麼一回事的嗎？**瑪戈特想要這麼答覆，卻還是改口說：「我會讓你在星期三之前收到那筆錢。」

她掛斷了電話，然後用手掌重重地敲在方向盤上。「他媽的！」

她全身都顯露著焦慮。首先是他媽的紙條，現在還會發生這件事？她看了看儀錶盤上的時間，她知道她應該要拿著字條去報警才對，她會這麼做的，最終一定會的。

但是，她應該要在半小時後到達南灣，進行前任警探湯森的訪談，現在的她，遠比過往任何時刻都更加需要這則報導成為一篇好故事，能幫助她找到一份工作的一篇故事。

深吸了一口氣，她把字條塞進背包前面的口袋，拉上拉鍊，接著轉動鑰匙並啟動汽車。前往南灣的路上，她先打電話給她的轉租人詹姆斯，然後又打電話給路克來察看他的狀況，但這兩個人都沒接聽她的電話。

前任警探麥斯·湯森擁有一棟傳統牧場風格的房屋，座落在南灣的郊區，瑪戈特一走進去就知道這是個單身男子的家。家具多為深色，材質以皮革為主，沒有明顯的一致性或設計結構。牆面上空無一物，唯一算得上是裝飾品的，就是每個檯面上擺滿的鑲框照片，這些照片裡都是同一個女孩，時間橫跨了她人生中的二十年光陰。

「那是你女兒嗎？」瑪戈特一邊說著，一邊看了電視上方一眼，上頭擺放著好幾張照片。在一個黑色相框裡，女孩看起來大約七歲，金髮碧眼的她穿著足球隊服露齒而笑，手臂下方夾著一顆球。旁邊有一張她和湯森警探在海灘上的照片，有粉紅色的皮膚及滿臉的微笑。

湯森順著瑪戈特的目光看過去，露出了複雜的笑容。「她叫潔絲。」

「真可愛，」她說。「再次感謝你和我會面。」

他點了點頭，指向棕色的皮沙發示意她坐下。他選擇坐在棕色的皮革單人沙發上，雖然目前不是傾斜的角度，但顯然能作為躺椅。他翹著二郎腿，將手指搭放在自己的肚子上，顯然他退休後沒有將肚子給撐大。瑪戈特看過多年前案件調查的相關照片以及影像畫面，事實上，相較之下他幾乎沒有什麼改變。他仍有高壯的身材，帶著令人驚奇的藍色眼睛及一頭整潔的灰髮。唯一差別在於是他臉上的皺紋更深、更廣了。

「這只是一件小事。」他的語氣很壓抑，即使如此，透過他的眼神，瑪戈特仍感覺得到他很感激有再次成為一位警探的機會，就算只是接受一場訪談。「你在電話裡提到，你想談談賈諾莉．雅各布斯的案件嗎？」

瑪戈特傾身從背包的夾層中拿出手機，手指拂過那張紙條。當她再次坐挺身子時，她特地拿著自己的手機給他看。「你介意我……？」

他搖了搖頭。「一點也不。」

她找到手機裡的錄音應用程式，按下紅色按鈕，接著說：「我也正在調查娜塔莉．克拉克的案件，以及昨天出現在雅各布斯家族穀倉的文字訊息。你聽聞這些事了吧？」

「我聽說了，但我太不確定娜塔莉・克拉克的案子跟其他兩個案子有什麼關聯性。」

「好吧，我也不完全確定這件事，但是娜塔莉和賈諾莉的案件有相似之處。我相信您也很清楚，納帕尼和瓦卡魯薩之間才相距八英里，幾乎算得上是同一個城鎮了。娜塔莉五歲，而賈諾莉去世時才剛滿六歲。娜塔莉亞被帶走幾天後，穀倉才出現那則文字訊息。我認為，不論寫下的人是誰，他都試著要串聯起兩起案件的關聯性。這正是我正在研究的事。」

「我明白了，」湯森警探說。「嗯，這件事我可以幫你。但兩起案件並沒有關聯性。」

她皺起眉頭。他的語氣裡帶著萊克斯警探在記者招待會上的那種自信口吻，突然之間，瑪戈特的前任老闆所言及湯森的話，全都令人不快地在她腦海裡交織在一起。**你被自己與賈諾莉・雅各布斯一案的關係蒙蔽雙眼了。**

「嗯。」她搖了搖頭。「不好意思，但你怎麼能如此肯定呢？」同樣的問題，她先前也問了湯森的前搭檔，但瑪戈特知道她在此有更高的機會得到回應。管束警員的規範太不可思議了：所有現職警隊成員都受到嚴格政策的約束，規定他們關於未決案件可以說什麼、又不能說什麼，但等到這些執法警員退休後，他們就不受這些規範所限制，湯森警探可以告訴她任何事情。

「首先，」他開始說，「這些案件有很大的差異。就我看來，這個克拉克女孩的案件就純粹是個綁架案。這個小女孩在一個人潮擁擠的兒童遊戲區被帶走，這就是那些卑鄙變態會做的事。另一方面，賈諾莉的案件就截然不同了，犯罪現場就發生在她家，這更像是針對個人的犯罪行為。那個犯罪現場，以及寫在雅各布斯家廚房牆面上的訊息，都指出賈諾莉的謀殺案是基於仇恨所為。而恨意總是如此近距離且針對個人，這代表她是被熟識的人所殺害。」

**基於仇恨的罪行**。瑪戈特從來沒有用這個角度思考過，但她意識到他說得不無道理。一個小女孩的頭部受到猛烈的攻擊，屍體被遺棄在溝渠裡，而牆面上滿是憤怒的話語。

「但假設賈諾莉就像娜塔莉一樣被綁架了，」她說。「假設她奮勇抵抗那個綁匪，難道他不會因此失控暴怒嗎？難道他不會因為受害者不合作而發怒，就抓著她的頭去猛撞直到她乖乖就範為止嗎？以一個六歲的孩子來說，賈諾莉幾乎算得上是一位公眾人物。她一定吸引了很多卑鄙變態的關注，讓他們對她著迷不已。那種迷戀可能會轉變成仇恨，尤其是情緒不穩定的人。」

湯森點點頭。「確實如此。」

「也就是說，你剛才所說的一切，都無法證明殺害賈諾莉的凶手和娜塔莉的綁匪並非同一個人，欠缺確定無疑的證明。那麼……你怎麼能如此確定呢？」

「因為我和我的團隊在二十五年前就偵破賈諾莉．雅各布斯的案件了。」

瑪戈特眨了眨眼，她完全沒有料到那句話。她張開嘴，然後又閉上了。「對不起。你說什麼？」

湯森對她微微苦笑了一下。「沒錯。所以我才能向你保證案件之間毫無關聯。殺死賈諾莉的人不可能綁架娜塔莉．克拉克，因為殺害賈諾莉的凶手已經死了。」

瑪戈特僵硬地坐著，震驚不已。他的話語在她腦海中迴盪著。**恨意總是如此近距離且針對個人，被熟識的人所殺害**。她回想起比利，他是如此堅定且防衛地述說著妻子有多麼愛護他們的女兒。她想起所有在蕭蒂餐廳進行的採訪，鎮上所有人都說賈諾莉被自己的母親嫉妒著。她想起了比利在妻子屍體旁所發現那封充滿愧疚的遺書：**我為一切感到抱歉**。但更重要的是，這位前任警探可能提及的人只有一個，與此案有關的死者也只有一位。

「克麗絲。」瑪戈特說出了這個名字，音量比耳語還要小聲。

湯森警探點點頭。「答對了。」

# 十二、瑪戈特，二〇一九年

瑪戈特坐在警探對面，覺得頭暈目眩。是**克麗絲．雅各布斯**殺死了賈諾莉？這有可能嗎？這絕不是她第一次思考這個問題，在蕭蒂餐廳聽到帶有偏見、不知情的人散布這種論點是一回事，但聽見主要負責賈諾莉案件的警探這麼說，又完全是另一回事了。回憶起童年，瑪戈特試著回想著傑斯和賈諾莉媽媽的臉龐。她從網路那些照片及影片中得知克麗絲的長相，但她自己對於住在對面的女人卻沒有任何有機記憶。對瑪戈特來說，她就像其他媽媽一樣，是個不具個人身分的成年人，時不時出現叫雙胞胎去吃晚飯，或者負責準備下午點心。

「可是怎麼……」瑪戈特聲音漸漸變得微弱，她搖了搖頭。「你怎麼知道的？你是如何解開謎團的？」

「字面上來說，或象徵意義上來說，最初的犯罪現場處處都是克麗絲．雅各布斯的指紋。」

多年來，瑪戈特已經閱讀甚至反覆重讀了關於賈諾莉案件一切文章。她知道，在一開始的調查中，警探們找到了用來寫下文字訊息的那罐噴漆，就藏在雅各布斯家族的穀倉。他們採集並比對罐身上的指紋後，發現大部分都是克麗絲的指紋。「但只憑著噴漆外罐上的指紋？甚至是她自己廚房四周的指紋？這狀況看起來不樂觀，當然，這也並非是完全確鑿的證據。」

湯森搖了搖頭。「不，事實並非如此。還不只是這樣，故事還沒有說完。從一開始，我就懷疑克麗絲了。我們一看見到她，她表現得就不太正常了。不像是過度悲傷或壓力過大的樣子，而是舉止可疑。顯而易見地，她有些事情並沒有告訴我們。一開始，我們不知道到底是怎麼一回事，有時候，參與調查的人會為了一些愚蠢小事情而說謊，像是毒品或婚外情之類的，因為他們認為那會為他們帶來麻煩。所以，一開始那幾天，我認為她可能只是想掩飾自己對安眠藥的成癮，或者那種與隔壁鄰居幽會的老套戲碼。

「但後來，」湯森警探繼續說道，「我們找到那些指紋，那時我才開始真正將她視為嫌疑人。我們發現賈諾莉的屍體後，讓尋屍犬搜索了兩個犯罪現場以及周邊地區，看牠們是否能找到分解腐爛的痕跡，讓我們知道屍體曾待過哪些地方。在那之後，很明顯地，克麗絲．雅各布斯就是我們鎖定的對象。」

「怎麼說呢？」瑪戈特問。

「尋屍犬鎖定了她汽車的後車廂。我們進行了搜查，法醫發現了賈諾莉去世當晚所穿睡衣上的纖維。」他意味深長地看了瑪戈特一眼。「那天晚上，克麗絲用她的後車廂運送她女兒的屍體。」

「天呀，」她呼出一口氣說。她的胸口因被揭露的真相而感到一陣刺痛。然後，片刻之後，她又補了一句，「但是，我不明白。她為什麼要這麼做？動機是什麼？」

前任警探搖了搖頭。「要證明一場謀殺案的真相，你需要的不是動機，而是證據。」對於破案來說，或許這句話說得沒錯，但瑪戈特是一位記者，她的工作就是說故事，而故事裡的人物需要有動機。不管瑪戈特的思緒走向何處，她都無法理解克麗絲的想法。「你有什麼推測嗎？」

湯森警探聳了聳肩。「克麗絲．雅各布斯很聰明。她雄心勃勃，希望引起大家的注意。在見到她的五分鐘之內，就能明顯地看出，她就是……與城鎮上多數的人**不一樣**。她覺得浪費了生命，而我認為那個地方讓她發瘋了。我不知道最終讓她突然失去理智的是什麼，但我確實知道她對賈諾莉的舞蹈過度投入，但她嫉妒心強、控制欲強，而且，我甚至都還沒開始說她與比利之間有什麼問題呢。他們之間也不過是裝裝門面，表面之下卻存有太多問題了。老實說，她這麼做，如果單純只是為了要傷害那個男人，我一點也不會感到訝異。」

他的身體前傾，將前臂擱置於膝蓋上。「這太難理解了，但這種人確實存在。多數人認為這些犯罪行為多是陌生人所為，就像人們所說的「山姆之子」泰德．邦迪（Ted Bundy）。」

瑪戈特想起了小時候，當她得知賈諾莉謀殺案後的那些日子，她看得見自己小小的身體蜷縮在黑暗之中，緊緊地握著拳頭，指甲都滲出血了，想像窗外就站著殺害她好友的凶手。

「但那些人就在外頭逍遙法外，」湯森說。「別誤會我的意思。但一般的情況下，罪行多是由認識受害人的熟人所為。」

他所說的每一句話都有道理，但他的理論仍然讓人感覺有些……不對勁，或是不夠完備。

而且，從他的話語之中，瑪戈特不禁感受到深藏其中的偏見。並不是因為她不相信女人有使壞墮落的能力，但他怎麼能因為克麗絲和大家不太一樣，就認定她有罪？瑪戈特想起了瓦卡魯薩最初的原名「賽勒姆」，以及那些被火燃燒的女人。

「所以，我才知道娜塔莉．克拉克的綁匪和殺害賈諾莉的殺手並非同一個人。」湯森說。「至於穀倉的消息，我認為這次當地警方是對的。在另一個女孩失蹤後，有一些小屁孩可能想要利用小鎮的歷史，寫下那些字句來激怒人們。對瓦卡魯薩的鎮民而言，」他搖了搖頭，「聽賈諾莉的故事是一種成人禮。你在電話裡說，你就是從那裡來的，對吧？」

她點了點頭。

「所以你也明白，她的凶殺案就寫在這小鎮的ＤＮＡ裡了。也難怪那些孩子們對此著迷不已。他們選擇在雅各布斯家族的穀倉上簽名塗鴉，而不是地下道。他們選擇摹擬最初寫在廚房牆面上的文字，而不是畫生殖器。」

瑪戈特回想起皮特昨天所說的話。**小鎮上的人們沉浸於那段賈諾莉的記憶之中，談論這件事成了一種強迫症**。這倒是真的，她被解僱的原因之一就是這種強迫症。但穀倉的文字訊息，有可能僅只於此嗎？那麼留在她車上的字條呢？難道她也要相信那只是某個高中生留給她的訊息嗎？

她彎下腰，從包包裡抓起那張字條，接著遞給了湯森警探。「這是稍早放在我車上的東西，我覺得它和我目前正深入調查的報導有關。」

湯森警探小心翼翼地握著那張字條，它在他粗壯的手指之間顯得單薄脆弱。看起來如此微渺的物件，似乎不可能引發如此巨大的恐懼。「你是什麼時候發現的？」

「在我到達這裡之前的半小時。我準備要去開車時，發現它就夾在我的擋風玻璃上。」

「而你的車子就停在你住處外面嗎？」

瑪戈特搖了搖頭。「在雅各布斯家的門外，我當時正在和比利談話。」

「而你認為有人留下字條給你，是因為你正在調查賈諾莉的謀殺案。」

「好吧，可能是那樣。或是因為娜塔莉的案件以及穀倉的文字訊息。又或者是這三件事。」

「嗯。」湯森低頭凝視著那張字條，眉頭皺了起來。片刻之後，他將字條翻轉過來，高舉於燈光下研究著背面。「好吧，」他終於說道。「很遺憾這件事發生在你身上，這肯定會讓人感到不安。但……就邏輯上來說，有許多記者都正在報導娜塔莉・克拉克的失蹤案。要說某人開車路經一個城鎮，只是為了鎖定沒有密切注意周遭環境的一位媒體記者，這實在太不合理了。畢竟克麗絲・雅各布斯顯然不會在鎮上四處走動，對那些太接近真相的人們發出警告。因此，就我看來，最合理的解釋，就是寫下紙條的人，確實也是在穀倉上寫下訊息的人。聽起來，這個人應該潛伏在雅各布斯家附近，並將你視為一個易於攻擊的目標。我猜他根本也不知道你是誰，也不知道你去那裡的用意。

「儘管如此，」他又接著說，將字條遞了回去。

「你應該向警方報案，這有助於警方逮捕在鎮上造成驚慌不安的人。」

瑪戈特接過他手中的字條，將它塞回包包，莫名地感到失望。她顯然也希望是自己誤判有人跟蹤並威脅她的事實，但她並不覺得自己搞錯了，不過也沒有必要為此爭論。

「不過，我還是不明白。」過了一會兒她說。「關於賈諾莉的案件，如果一切證據都讓你如此肯定是克麗絲所為，那你為什麼從不試著逮捕她呢？」

湯森警探長長地嘆了一口氣。顯而易見地，克麗絲・雅各布斯是前任警探的白鯨*。「我很想這麼做，也試過了。這個案件眾所矚目，卻不是勝券在握，這正是一個糟糕的組合，而檢察官並不同意這麼做。他一向堅持地認定，這個案子過於複雜，要讓陪審團對一位殺害自己女兒的母親定罪，需要的不僅僅是我所提供的這些證據。」他給了她一個充滿遺憾的微笑。「基本上，克麗絲・雅各布斯將犯罪現場搞得一團糟，沒有人他媽的能理解這件事。正因如此，她才得以逍遙法外。」

* 小說《白鯨記》（*Moby-Dick*）中斷腿的亞哈船長偏執地想要捕捉到大白鯨，在此用來比擬湯森警探對於克麗絲・雅各布斯的執著以及兩人之間的強烈衝突。

# 十三、瑪戈特，二〇一九年

瑪戈特盯著坐在她對面的警官。「這樣就可以了嗎？」

那位不知是施耐德或施密特的警官，從寫字的紙張上抬起頭來，眨了眨眼。「嗯……」先是看向其他方向，接著又轉了回來。「應該是吧。」

瑪戈特從南灣直接開車到瓦卡魯薩警察局，拿著她在擋風玻璃上發現的字條向警方報案。儘管她想要回家，儘管她開始因為叔叔長時間獨自在家而感到焦慮，但報案的過程卻簡短得令人發怒。那位名為施奈德或施密特的警官，身穿便服，也沒有佩戴名牌，向她提問了所有與湯森警探所提出的同樣問題，將她的答覆草草寫在一本便條記事本上。當他問到是否曾懷疑誰會寫下這張字條時，她描述了那位在蕭蒂餐廳外頭盯著她看的赤褐色頭髮女子，而他就一邊記錄。然而，後來，當他告訴她警方會盡一切努力找到罪魁禍首時，他的語氣如此輕鬆，幾乎算得上是輕率。

「聽著，」瑪戈特說，試著讓自己的聲音聽來和藹可親。「這個人，」她指著那張字條，現在正放在兩人之間桌面上小拉鍊袋中的一角，「我認為他們之所以要威脅我，是因為他們害怕我會如何撰寫這篇報導。我不認為這是如此單純又卑鄙的破壞行為，我認為他們不希望我講述這個故事，那才是你應該要關切的事。」

這位施耐德或施密特警官緩緩地點了點頭。「但是，如果他們不希望有記者講述這個故事，那為什麼要在穀倉上寫字呢？他們前一分鐘還試著要引起注意，下一分鐘就開始威脅關注事件的人嗎？這聽來像是……缺乏組織的計畫。」

「我不知道。」瑪戈特高舉起她的雙手。「或許不是同一個人所為。」

他又點了點頭，但看起來如此遷就且居高臨下。「戴維斯小姐，我們正在調查穀倉的文字訊息了，我們也會對此進行調查的。」他對著那張紙的方向點了點頭。「我向你保證這件事。」

「那我所描述的那個女人呢？你會試著去找她嗎？」那位施奈德或施密特警官瞇起了雙眼，低頭看了一眼面前的筆記。「那個有……赤褐色頭髮的女人。」他遲疑了一下。「順道問一下，赤褐色**到底是**什麼？」

瑪戈特張大了雙眼。「綜合了紅色及褐色。」

「嗯，聽起來很漂亮，而你只見過這個女人一次嗎？」

她長長地、深深地吸了一口氣。「是的。」

「戴維斯小姐，我必須對你說實話。一個中年婦女並不完全符合在穀倉牆上塗鴉寫字的那種人。而且，由於你只見過她一次，所以她可能並沒有在跟蹤你，有可能你們只是碰巧遇見了對方。」

瑪戈特想要放聲尖叫。這並不是因為她沒有被認真對待，而是因為他媽的，他說的可能沒錯。在這次談話中，聽起來不理智的人是**她**，而不是那位施奈德或施密特。難道她真是個偏執狂嗎？那些留言是否只是某些青少年的惡作劇呢？那個赤褐色頭髮的女人，也只是一個走在大樓外頭的女人，而瑪戈特恰好在那裡嗎？最糟糕的是，難道她試著以穀倉上的訊息串起賈諾莉和娜塔莉的關聯性，只不過是浪費寶貴的時間，但事實上卻毫無關聯呢？

她慢慢起身，手掌按在桌上，擠出一個有禮的微笑。「感謝你寶貴的時間。」

當她聽見有人呼喚自己的名字時，她正要走出警察局的雙扇門。「怎麼了？」她轉過身來，帶著怒氣說道。

一直朝她的方向小跑步的皮特．芬奇停住了腳步，臉上滿是震驚。

「喔，」瑪戈特說，感覺有些愧疚。「皮特。你好，不好意思。」

「你沒事吧？」

「我沒事，這真是漫長的一天。」

「你在這裡做什麼？」

於是，她告訴了他。

聽完她說完整件事，「喔，該死，」他說。「怪不得你情緒波動那麼大。」

但事實是，讓瑪戈特感到如此暴躁的，不只是那張紙條，是一切事物。關於她被解雇了，還接到舊房東打來的電話。關於她不知道自己將如何支付她那不再居住的公寓費用。關於她每次經過電視時都會看見新聞中娜塔莉．克拉克的臉龐，那種似曾相識的感覺，會讓她想到三年前報導波莉．利蒙的新聞。關於一種沒有其他人看得見事態將如何發展的直覺，還有一種矛盾且可怕的恐懼，擔心自己才一直是那個盲目的人。關於回到這個恐怖幽閉的小鎮，看著自己的叔叔，她世上最喜愛的人，慢慢地喪失理智。

「我去看一下那份報告，好嗎？」當她回神時，發現皮特這麼說著。「我會儘量留意那個女人。」

瑪戈特虛弱無力地笑了笑。「你為什麼對我那麼好？」

「畢竟，這**就是**我的工作。」

她挑起了眉毛。「你比另外那個傢伙勤奮多了。」

「好吧。我想，這算是在回報人情吧。」

「回報人情？為了什麼？」

他低下了頭。「喔，拜託。不要逼我說出來吧。」

「你在說什麼？」

「三年級？下課時間啊？」

瑪戈特看了他一眼。

「等一下，你真的不記得了嗎？」

「記得什麼？」

「好吧，該死。我真後悔自己提了這件事。」皮特笑了，用一隻手撫過自己的頭髮。「好吧，三年級時有一次下課時間，我去了兒童遊戲區不會有人去的那一區，那裡長滿樹木，不過是比其他地方更低矮的樹叢，你知道吧？」

瑪戈特點了點頭。

「我之所以會去那裡，是因為稍早時，我和一群孩子一起玩，喬丹・克萊恩（Jordan Klein）說了一些讓我開懷大笑的話，我不記得是什麼了，但我笑得太用力了，結果就有點尿褲子。」

「噢，不。」

「是啊。顯然地，我覺得太羞愧了，不想讓任何人看到，所以我把雙手放在胯部的褲襠上，然後偷偷溜到附近沒有其他孩子聚集的地方。我不能去洗手間，因為我必須穿過那個紅色的大型兒童攀爬架，那時大家都會在那裡閒晃。總之，我就站在那棵大樹的另一邊，阻隔了我看見操場其他地方的視線，就在此時，你突然出現了。」

瑪戈特瞇起她的雙眼，他的話語喚醒了早已被遺忘的記憶。「對耶，我想起來了。」和往常一樣，她一直在自己最喜歡的那棵樹上看書，當時她聽見了腳步聲。

「我試著不要讓你發現，」他繼續說道。「但我想你早就知道了，因為你抓住我的手臂，把我拉到從來沒有人使用的那台飲水機前，開始將水潑到我們彼此身上。還記得那時大家多愛打水仗嗎？每隔一段時間，就會有兩個孩子試著較勁，看誰把對方身上弄得最濕。」

她笑了起來。「對啊，真的太奇怪了。」

皮特微笑著。「你告訴我，如果有人問起，就說我們在打水仗。我不再是一個尿褲子的魯蛇，而是一個能和女孩打水仗的酷孩子。我真不敢相信，你竟然忘了那件事。對我而言，那件事太痛苦了，或者應該說，我差一點就有精神創傷了。」

瑪戈特回想起，有一次當她感到害怕且孤獨的時候，賈諾莉悄悄靠近她，將一塊上頭有雪花的小布塊塞到她手中。**當我害怕時，我會捏著它，這麼做就能讓我變得勇敢。**「我想，我們都只記得自己的東西。」

「好吧，總之，別再說我尿褲子的事了。」他將雙手插進褲子口袋中。「你叔叔最近好嗎？」

「嗯。是的，他沒事。」她說，然後思索著這句話是否為真。

訪談完湯森警探的回程路上，她試著要聯繫路克，謝天謝地，他似乎沒事。他無法告訴她自己是否曾吃過午餐，似乎對自己那天做的事相當模糊，但他的情緒相當平靜，既沒有生氣、心煩意亂，也沒有明顯感到困惑。當她提醒他冰箱裡有三明治肉片及起士片，而烤麵包機旁有麵包時，她聽到他開始在廚房找東西而發出沙沙作響的聲音。在他們掛斷電話的幾分鐘前，他說他可能會去小睡一會兒。然而，那早已是一個多小時前的事了，以他現今的狀態，可能轉眼間情況就會不同了。

「我應該要回去看他了，」瑪戈特說。「但現在都碰見你了……你熟悉賈諾莉的案子嗎？」

皮特挑起他的眉毛。「呃……有一點吧。我的意思是，在這個小鎮，你會聽見人們不斷談論這件事，但我從來不曾看過案件檔案。」

瑪戈特看了一眼手錶。她左右為難，想要回家看看路克，又想剖析湯森警探剛才告訴她的話。

在返回瓦卡魯薩那半小時的車程中，她一直無法停止想起那位前任警探的表情，當他解釋自己為何無法逮捕克麗絲時的眼神。儘管針對退休執法人員的相關規定並不存在，儘管整個訪談過程中，他看來十分樂於提供協助，但他那一刻的表情讓瑪戈特明確無誤地感覺到，他並未說出全部的真相。那個奇異且神祕的閃爍眼神，是她編造出來的幻想嗎？一直以來，她為自己能夠讀懂別人心思而自豪，但她的人生似乎開始瓦解四散，也逐漸失去信心。

瑪戈特咬住臉頰內側。時間不早了，但她遇見了這位瓦卡魯薩警官，對方覺得自己欠她一個人情，正好又有個在她腦海中縈繞不去的問題。「你有幾分鐘時間嗎？」她說。「有件事想問你。」

他們兩人在距離警察局半個街區的長凳坐下，瑪戈特開始向皮特說明剛才她透過湯森警探所瞭解到的一切。當她說話時，從他的反應就可以清楚得知他以前曾聽過這一切。

「好吧。」在她說完後皮特說道。「當他告訴你，這個案子為什麼不曾進行起訴，而他為什麼永遠不能逮捕對方時，他並沒有撒謊。不完全是。他只是沒有告訴你全部的真相，事實上，這並不奇怪。這正是瓦卡魯薩警察局對他，也對整個州警單位耿耿於懷的原因。」

「耿耿於懷？為什麼？」

「那些較年長的人常說，州警單位大搖大擺地來到鎮上，對小鎮或鎮民根本一無所知，就貿然地對賈諾莉的事件做出了草率倉促的判斷。他們之中有許多人認為湯森警探盲目地認定克麗絲為凶手，以至於忽略了不符合他推斷的各種細節。」

「什麼細節？」

「嗯。」皮特皺起了眉頭，似乎努力要回憶什麼。「我想我只知道其中一個，但鎮上有傳言說，有一項證據讓檢察官無法信服湯森的說法。因為這項證據混淆了他對當晚事件的描述，並轉移了對克麗絲的責難。」

「是什麼證據？」

他猶豫了一下。「這件事可以不要記錄嗎？」

「當然可以。」

「好的。所以，為了讓整件事串起來，你必須先記住克麗絲以及比利關於那晚的聲明。他們表示，他們包括傑斯在內當晚睡了一整夜，你記得吧？」

瑪戈特點點頭。

「克麗絲有睡前服用安眠藥的習慣，比利說他總是睡得很沉，所以除了他們自己以外，他們很難真的為任何人擔保，但他們說傑斯總是睡很熟，很少會在半夜醒來，不過每當他半夜醒來時，他總會去叫醒他們其中一人。好吧，他們說他那天晚上沒去叫醒他們，所以他顯然是在睡覺。」皮特搖了搖頭。「不管怎樣，他們就因為這個細節小題大作了。」

「是這樣啊……」

「那麼，根據州政府提供的一份報告，他們沒收了傑斯那天晚上所穿的睡衣，並拿去進行法醫鑑定分析。他們在睡衣上發現了血跡。血液濃度高而且新鮮，也符合賈諾莉的血型。作為雙胞胎，他們可能有相同的血型，儘管這並非必然。傑斯身上毫無傷口，但賈諾莉有嚴重的內出血，所以這情況發生在她的頭部時，血液通常會從耳朵和鼻子流出來。當然，她後腦勺被擊中的傷口也有一些血跡。總之，重點是傑斯睡衣上沾到的是她的血。」

瑪戈特聆聽著，嚇得目瞪口呆。這些年來，她多次研究這個案子，卻不曾耳聞這些事。

「我不知道你是否記得，」皮特說，「但克麗絲和比利都不曾發表過任何聲明，說明賈諾莉在上床睡覺之前流了血，這意味著血是在事件後的某個時間點沾到了傑斯睡衣上，表示傑斯那天晚上很有可能醒著，而他曾目睹的事，甚至是他曾做過的事，已遠遠超出他或他父母所願意開口說出的了。」

瑪戈特的腦海裡充滿了關於傑斯的舊記憶，突然之間她又回到了十歲，坐在一棵橡樹上，俯視著對街的男孩。她看著他將鞋尖按壓在一隻死鳥的胸口上，越來越用力地施壓，直到牠的腦袋鼓了起來。多年後，瑪戈特在大學選修了一門心理學課程，瞭解到悲傷可能對人造成的各種影響。當時，她想起了那隻死鳥，認為自己終於能理解傑斯的怪異行為了。在失去了雙胞胎姐姐後，死亡成了他關注的一種執念，試著理解發生在她身上的那件事。而如今，瑪戈特懷疑自己是否從頭到尾都搞錯了，難道還有其他事物，更黑暗的事物，在他體內蔓延生長？

皮特又繼續說道：「因此，鎮上也有傳言，說湯森警探掩蓋了這項證據，因為這無助於他對克麗絲的指控。而且聽你的說法，看來他似乎還不願意承認這件事。」他看了一眼手錶。「嘿，很抱歉只能聊到這了，我得離開了。」

「喔，」瑪戈特說，彷彿陷入了迷霧之中，他剛才說的一切都像暴風烏雲般在她腦海中盤旋。「好的。沒事，沒問題。」

皮特用掌心輕拍膝蓋，接著站了起來。「希望這對你有幫助。」

「確實有幫助，謝謝你。」

他轉身要走，然後又轉身回來。「對了，我會去看看那份報告，看能不能搞清楚是誰留下字條給你。」

瑪戈特一邊把手伸進包包裡拿手機，一邊抬頭看著他微笑。「謝了，皮特，太感謝你了。」當他走向警局，她正要傳一條簡訊給路克。**我還有一件事要做**，她一邊打字，將剛才出現的內疚推得遠遠的。**接著就會回家了 :)**

幾分鐘後，她走進蕭蒂餐廳，此時已擠滿了提早吃晚餐的人群，她看見了吧台後方的琳達，正試著打開兩瓶百威淡啤酒。瑪戈特走近時和琳達四目相交，琳達咧嘴一笑。

「嘿，瑪戈特，」她爽朗地說，將啤酒遞給吧台前的兩個男人。「今天來是為了再進行採訪嗎？」

「今天沒有，」瑪戈特說。「不過，我想找你聊聊。」琳達揚起她的眉毛，顯然想以一種沉靜且隨意的表情來掩飾喜悅。「喔，是嗎？」

「是的，你願意幫我散布一些消息出去嗎？」

琳達咧嘴一笑。「好吧，當然可以，親愛的，這可是我擅長的事。這次你想要我向大家說些什麼呢？」

「告訴大家我正在找傑斯・雅各布斯。」

# 十四、克麗絲，一九九四年

克麗絲渾身發抖。山坡旅店房裡的牆面逐漸地向她逼近，柔和色調的牆面不斷縮小範圍。她認為自己已經表現得很好了，以為自己早已掩蓋了所有痕跡，但才過了幾個小時就被比利發現了。

「你做了什麼？」他又輕蔑地吐了口水。

她睡袍上藍色天鵝絨的袖子仍被他攥在拳頭裡，他看起來像是要克制自己的衝動，不出手推她頭去撞牆。克麗絲的目光從她睡袍袖子上的紅色噴漆，轉移至她丈夫咆哮低吼的那張臉上。

七年前，在那些無止盡的漫長日子之前，他們結婚的那一天，比利的腦子裡彷彿有一個開關突然打開了，將他從十幾歲的男孩變成了丈夫。突然間，他會開口說他愛她，克麗絲猜想，因為已婚人士都會這麼說。他期望六點鐘就有晚餐上桌，他也不再自己洗衣服了。另一方面，對於克麗絲來說，成為別人的另一半並非是什麼自然而然的事。她會把菜燒焦，永遠不知道他什麼時候需要買新襪子，或者什麼時候會用完洗髮精。

她不會稱呼他蜜糖、寶貝或親愛的，隨著歲月的流逝，她也完全不再努力嘗試了。然而，只要她敷衍地裝裝樣子，只要她穿上洋裝上教堂、為孩子們做早餐，比利似乎就不會注意到她的心根本就不在那裡。

現在他就站在她眼前，感覺像是多年來第一次真正地看著她。從他眼中的怒火可以清楚發現，他得意自滿的時代早已結束了。克麗絲無法將自己的祕密告訴這個憤怒的男人，他們不是同個團隊的隊友，她對他也沒有足夠的信任來成就一個團隊，風險太高了。「比利，你現在究竟想要指控我什麼？」

「我——」他眨了眨眼睛。他原本堅定的表情，開始慢慢轉變成一種更加不確定的模樣，一種深切卻含糊的懷疑。「怎麼——你的袖子上為什麼會有噴漆？」

「你為什麼這麼想？我有可能只是碰觸到牆面了。」克麗絲知道，當天早上他們兩人下樓時噴漆應該早已乾了，但比利並不知情。

他凝視了她許久，瞇起了眼睛。現在，在懷疑的背後，種下了困惑的種子，他顯然不知道自己該怎麼想才對。終於，他鬆開了緊抓著睡袍的手，柔軟的藍色袖子在旅館床上皺成了一團，他接著將頭部埋在雙手之中。「我不明白。」他低沉的聲音聽起來像是沙啞的蛙叫聲。「這一切都說不通，我——」

「我知道，」克麗絲說。「我也不明白。來。」她伸出手，在他抬頭的時候，對著他面前的睡袍點了點頭。「拿給我。」

比利眨了眨眼，低頭看了看。「這個？」他用柔軟的手指抓住了衣袖。「為什麼？」

「我拿去洗，不要讓警方發現了。這並不代表任何意義，」她深吸一口氣，「但他們如果認定這代表著什麼呢？」

浴室的門在她身後咔噠一聲關上的那一刻，克麗絲就轉動門鎖確實鎖上，立即打開浴缸的水龍頭，能有多燙就多燙。然後，她從塑膠袋中取出一小塊肥皂，將睡袍的袖子放在滾燙的熱水下開始刷洗。

正當她將那片色塊洗褪成一塊難以辨認的汙漬時，房門外突然響起了敲門聲。她跳了起來，心臟砰砰直跳。

「克麗絲，」比利的聲音從浴室門外傳來。「瓊斯警官和傑斯來了。我正在換衣服，你是否可以——」

「該死，」克麗絲發出不滿的噓聲，用力關上水龍頭。她連忙用毛巾將那件睡袍包起來，塞到浴室的角落，又扔了一條毛巾在上頭，看起來像是一堆用過的毛巾。「來了！」

她深吸了一口氣，走出浴室，走近旅館房門前，打開門後就看見瓊斯警官，和她兒子並肩站著並牽著手。克麗絲明白，她應該要慶幸傑斯能安全地和她在一起，遠離警方的監視，但對她而言並非如此。相反地，當她一看見他時，她所感受到的只有深深的怨恨，因為他不是他的姐姐。

從他來到這世上的那一刻起，傑斯一直都很堅強。雖然賈諾莉做到了所有人對於嬰兒的一切預期，如兩個月大時會微笑、不久之後則會大笑，傑斯的情緒總在嚴肅及憤怒之間擺動著。在不需要更換衣服、餵食，或是幫他輕拍背部讓他打嗝的情況下，他可以連續哭上好幾個小時。要不是比利幫不上忙照顧孩子們，也許克麗絲可以做得更好，但在這對雙胞胎整個嬰兒時期，她的丈夫從未錯過一小時農事工作，或少了一小時睡眠。克麗絲明白，這不是出於惡意，而是因為缺乏想像力。在比利的心目中，男人負責工作，女人負責養育小孩。因此，孩子出生的第一年，她和她的兒子身處於自己的封閉世界之中。

夜裡，當賈諾莉沉靜地睡在嬰兒床上時，克麗絲會在屋裡一片黑暗的樓下走來走去，搖搖晃晃地摟著哭泣的傑斯。他似乎用不斷的哭聲說道，**這不是我要的，我並沒有要求出生於這世上**。睡眠不足、牢騷滿腹的克麗絲，心裡也想回覆這麼一句，**這也不是我要的**。

前面幾年的歲月，在朦朧不明的孤獨之中就此度過了。比利和克麗絲多數朋友都去讀大學了，甚至是一些未從他們生活中完全消失的朋友。但是，克麗絲怎能責怪他們呢？他們才二十多歲，晚上的消遣就是開車去印第安納波利斯聽演唱會、喝便宜的酒，或在男孩的皮卡車後座親熱。與此同時，比利和克麗絲組成了一個家庭。戴夫是其中撐最久的人了，他找了附近所有城鎮的工作，最終找到了埃爾克哈特的工作，但距離瓦卡魯薩也只有短短二十分鐘車程，所以他沒有搬至其他城鎮，而是搬離了家，搬離了父母的住處，租下了一個只有幾個街區距離、有兩房的屋子。但即使如此，他還是無法融入他們的新生活，最終也淡出他們的生活了。

眨眼之間，雙胞胎就學會走路、學會說話。和賈諾莉一起就像和一顆明亮的星星一起生活；不論她做什麼事，都是閃閃發光且快樂。另一方面，傑斯似乎仍然對這個世界感到憤怒。前一秒他還悶悶不樂、一言不發，下一秒就接連落下憤怒的淚水。雙胞胎三歲時，克麗絲幫他們報名上課，賈諾莉上舞蹈課，傑斯上足球課。賈諾莉在芭蕾舞方面表現出色，很快就跟其他小女孩成了朋友，每次下課回家後都會向媽媽展現她所學到的東西。然而，每次克麗絲帶傑斯去踢足球時，他甚至會拒絕走上球場。在他連續耍了四次脾氣之後，她退掉了他的課程。

克麗絲鼓勵比利多花一些時間陪伴兒子，教他釣魚、投球，甚至開拖拉機時讓兒子坐在自己腿上，但這些都不是傑斯想要做的事，最終比利連試都不願意試了。這也意味著，每隔一天的下午，克麗絲就會拉著傑斯去賈諾莉的練習教室，他會安靜地坐在那裡的大廳，全神貫注於他的彩色鉛筆和一疊紙張之中。

但顯而易見地，傑斯內心正醞釀著什麼，因為在賈諾莉第一次舞蹈表演會後的那個晚上，形勢完全失去控制了。

克麗絲幫賈諾莉為表演準備時，她因過度關注女兒的妝容及服裝而焦慮，傑斯看著這一切，嘴唇發白、怒目而視，接著在整個舞蹈表演會以及開車回家的路程中，他都一言不發地坐著。在其他人眼中，他看起來可能像個特別乖巧的孩子，但他的沉默卻讓克麗絲感到不安。

一回到家中，賈諾莉就大聲宣布：「我想舉辦我的舞蹈表演會！」

比利放縱地笑了起來，但克麗絲說：「親愛的，你剛剛才跳完舞呢。」

「我想要再跳一次！」穿著芭蕾舞鞋的賈諾莉用她的腳前掌彈跳著。

「來吧，克麗絲，」比利說。「讓她再跳一次吧。」賈諾莉一邊尖叫、一邊跑向他，她的雙臂緊緊抱住他的雙腿。

「比利，」克麗絲厲聲說道，歪著頭偏向傑斯的方向，傑斯靜止且僵硬地站立著，看起來就像個小小的人體模型。

但比利只是聳了聳肩。「這不過是一支舞蹈。」

因此，克麗絲撥放了賈諾莉練習時的音樂CD，她和比利並肩坐在沙發上，那晚第二次成為賈諾莉的觀眾。傑斯穿著他的扣領襯衫以及上教堂時會穿的卡其褲，擠在他們兩人之間。歌曲結束時，賈諾莉深深地彎腰鞠躬，向各個方向一次又一次地鞠躬，藉此延長這一刻。

比利手裡拿著他們稍早時在劇院給她的花束，她摘下一朵去刺的白玫瑰並扔在客廳的地板上。「太棒了！」他大聲說。賈諾莉撲向那朵花，緊壓在自己的胸口前。他又抓起了幾朵花，一朵遞給克麗絲，一朵遞給傑斯。克麗絲將她那一朵扔至臨時湊合的舞臺上，但傑斯將那朵花緊緊握在兩隻小手之間。

「傑斯，」比利說。「你要把那朵花扔給你姐姐嗎？」

傑斯低頭直盯著地板某處，他小小的胸膛隨著呼吸急促地起伏著。

「給你，」克麗絲輕聲地說，伸手越過他，從比利手中的花束摘起一朵花。「你把那一朵留下，就扔這一朵吧？」她將第二朵玫瑰遞給他。

當他仍然動也不動時，比利說，「傑斯，你姐姐剛才跳舞給我們看，她也跳得非常好。你有什麼話要對她說嗎？」

現在的傑斯全身發抖。

「也沒關係，」克麗絲說。「如果你現在沒想到要說什麼，或許你可以等一下再說。」

「不行。」比利搖搖頭。「傑斯，向你姐姐表示祝賀。」

克麗絲看了他一眼。「比利，沒關係。他們已經度過漫長疲累的一天了。」

「不。傑斯，說『恭喜──』」

但是，他話都還沒說完，傑斯就站了起來。他的臉皺成一團，變得通紅。「不！」他將手中兩朵玫瑰全扔在地上，用雙腳踩踏著。「我討厭舞蹈！」

「傑斯，」比利吼道，他的聲音相當嚴厲。「我們**不**可以有這種舉止行為。你現在要被打屁股了。」

克麗絲看了他一眼。「比利──」

但是傑斯正在對著她尖叫。「我恨你！」他對比利喊道，用他小小的手掌猛推著自己的大腿。「我討厭媽媽！」他繞過茶几衝向他的姐姐，她始終睜大了雙眼看著這一幕。「我也討厭賈諾莉！」他用力推她，她向後摔倒落地，臀部和肩膀跌撞在實木地板上，伴隨著兩聲聽起來很痛的碰撞聲。她淚流滿面，傑斯跑離了客廳。

第二天晚上，當克麗絲幫賈諾莉蓋好被子時，她翻了個身，克麗絲發現她肩膀上有一處瘀傷，就在骨頭下方的柔軟之處，幾乎有一個拳頭那麼大。就在那個時刻，當她盯著女兒身上的黑色斑點時，克麗絲這才意識到她害怕自己的兒子。

現在，隔著旅館房間這道門，站在傑斯對面，克麗絲想起了自己昨晚為了保護他所做的一切，想起了為了確保他的安全，她告訴比利及警探們的每一個謊言。當他用平淡而嚴肅的雙眼回望著她時，她想知道，自己是否做了正確的決定，又或者保護他只是一個可怕的錯誤。

# 十五、瑪戈特，二〇一九年

星期一早上才剛過十一點，瑪戈特已開車出門，前往五金店打路克家門的鑰匙，這時副駕駛座上的手機震動了。她偷偷瞥了一眼螢幕，看到上頭顯示的名字後，拿起手機。

「你好，琳達。」

她可以聽見電話另一頭蕭蒂餐廳內的聲音，提早來吃午餐那群人潮帶來的嘈雜聲、冰塊在玻璃杯中的清脆聲響，以及後面電視播放的聲音。「瑪戈特？」琳達差點要大喊出她的名字，瑪戈特把耳邊的手機拿得遠遠的。「喂，親愛的。你還好嗎？你聽起來很疲累。」

「我沒事。」

不過，那是個謊言。瑪戈特前一天晚上睡得不好，在摺疊沙發床上煩躁地翻來覆去，她的思緒從路克跳到賈諾莉，接著又跳到了娜塔莉．克拉克，然後又跳回她叔叔身上。關於如何幫助他，她開始感到不知所措，不知道該如何安然應對他病情帶來的波濤洶湧，她心生愧疚，因為自己沒能提供更多幫助、更有能力、更多……一切的一切。

前一天晚上，在完成了當天一連串的採訪後，瑪戈特回到了叔叔家，迫切地想要吃飯、洗澡與睡覺，卻發現自己被鎖在門外。為了確定真的上鎖了，她轉動了好幾次球形門拉手，用腳輕踢著門，但門就是一點兒也不動。她閉上了雙眼。當然，她的待辦事項清單包括了去打一支路克家的鑰匙，但這一直排在最底下，相較於其他任務似乎更不緊急，例如確保他有食物可以吃、確認他有需要服用的藥物。

她大聲敲了敲門，然後等待著，但什麼事也沒發生。屋子裡仍是一片沉寂的黑暗。「路克叔叔！」瑪戈特隔著門喊道。「你在家嗎？」

她凝視著緊閉的車庫門，想起僅有的一個車庫門搖控開關，就夾在路克車上的遮陽板上。然後，她心生一陣恐慌，意識到自己甚至不知道他的車是否還在原地。近來他很少開車外出，但萬一他今天開車出去了呢？萬一他在路上發生了什麼狀況怎麼辦？萬一他忘記了自己要去哪裡，感到慌張不安，出了意外該怎麼辦？瑪戈特不應該離開他這麼久才對。她應該要研擬出萬一他開車出去時該怎麼做的對策。該死，她應該要打一支大門鑰匙。所有她能讓叔叔失望的方式，開始一個接著一個地堆疊在她的肩上。

她用手掌拍打著大門。「路克叔叔！是我！你的侄女，瑪戈特。」

完全沒有回應。

「路克叔叔！你在家嗎？請把門打開。」

仍舊沒有回應。

「該死，」她小聲且生氣地說。她從背包裡拿出手機，撥通了他的手機，但他沒有接聽，也不接家裡的電話。「該死、該死、該死。」

她從小小的水泥小臺階上走下來，來到一旁的地面上，接著繞過房子外牆的灌木叢走來走去。當她走到面向廚房的窗前時，將臉貼在紗窗上，彎曲手掌做成望遠鏡的形狀向裡面張望，但廚房裡黑暗且空無一人。她繞過房子外牆的轉角處，灌木叢隔著裙子摩擦著她的大腿。沿著這面牆往後還有一扇窗戶，但是那裡的地面早已傾斜了，她不得不踮起腳尖才能往屋裡看。

當她這樣做的時候，她的雙肩如釋重負地放下來了。「感謝他媽的上帝。」就在那裡，在客廳裡，坐在沙發上看電視的人正是路克。

回到前門，她又敲了敲門。「路克叔叔！」她打電話，試圖讓自己的聲音聽起來既響亮又平靜。「我可以進來嗎？是我，瑪戈特。」

然後，終於，先是門栓發出咚的一聲，然後是大門慢慢開啟的吱吱聲響。在門與門框之間的狹長空間裡，路克凝視著她。

「孩子？」他的目光先是掃視著她的臉，接著飛快地看向院子及她身後的馬路。「感謝上帝，你終於回來了。進來吧。」他雙眼之間堅定且憂慮的皺紋讓瑪戈特的心跳又加速了。發生了什麼事？他迅速領著她穿越玄關，她一進門，他就立即關上了門，把門栓轉回原位。「蕾貝卡人呢？」他說。「我還以為她今天會去接你放學回家呢。」

瑪戈特眨了眨眼，重新調整一下自己的方向。發現叔叔迷失在另一個時空背景時，總會讓她感到心痛，但她現在為最強烈的感覺是如釋重負。她很欣慰地看見他安全在家，切確地知道他身處哪一段時空中讓她鬆了一口氣。「噢，」她說。「我一個人也沒事的。」

路克搖了搖頭。「不。我不喜歡你一個人獨自走回家，現在不可以了。賈諾莉的事件之後不能再這樣了。」

一聽見這個名字，瑪戈特有如被賞了一記耳光。她吞咽了一下口水，點了點頭。

「這世上就是有壞人，」一反常態地，她的叔叔以嚴厲的聲音說道。「知道嗎？你必須小心。」

儘管瑪戈特知道他困在二十五年前的時空背景，儘管她知道他說的話不再合理了，但他的話令人不寒而慄，如同爬上她脊椎的一陣顫抖。

現在，她在車裡，將手機從一側耳朵換至另一側。「是的，我很好，」她對琳達說。「只是這個夜晚特別地漫長。有什麼事呢？」

「嗯。」琳達說。「我表妹非常依賴一種藥丸。它叫什麼來著？安必眠嗎？讓她熟睡得像嬰兒一樣。你可以試試看。」

「好的，也許我會。所以……琳達，怎麼了嗎？」

「嗯，忙碌的蜜蜂小姐，我覺得我好像幫你找到一條線索了。」

「尋找傑斯的線索嗎？哇，你動作太快了。」她向琳達尋求協助根本不到二十四小時。

「都跟你說我很擅長了吧。」瑪戈特能聽出她聲音中的笑意。「我昨天向一群人散布了這個消息，幾分鐘前，艾比．梅森（Abby Mason）——你認識艾比，對吧？她對所有人的每一件事都瞭如指掌。」瑪戈特還沒來得及反應，琳達就繼續說下去了。「總之呢，艾比剛才來店裡，告訴我她聽布蘭妮．洛曼（Brittany Lohman）提及我說你在找傑斯．雅各布斯的事，而布蘭妮．洛曼又是從萊恩．貝利（Ryan Bailey）那裡聽來的。她說傑斯是有點孤僻的人，但她記得有一個傢伙會和他四處鬼混。名字叫伊萊．布魯姆（Eli Blum）。」

瑪戈特瀏覽了她腦海中的名錄，裡頭有所有和她一同上學的孩子們。「完全沒有印象。」

「好吧，當然沒有。在賈諾莉……那件事的五年後，他才和他的家人搬來這裡。」她的聲音越來越小。「你們兩人當然沒有交集。總之，伊萊個性有一點……古怪，你明白我的意思吧。」

瑪戈特不明白她的意思。除了美國主流的基督教之外，這個地方的一切顯然都古怪異常，她的意思中有無窮無盡的可能性。「好的。那艾比知道伊萊現在人在哪裡嗎？」

琳達咯咯地笑了起來。「我老是忘記你離開這裡好多年了。大家都知道，伊萊．布盧姆就在『伯頓的店』（Burton's）工作，在西沃特福德街（West Waterford）。」

瑪戈特揚起了眉毛。她原以為「古怪的人」現在早已搬離小鎮了，但西沃特福德街距離這裡頂多只需三分鐘路程。她突然意識到，那家店就在前往五金店的路上。她焦急地瞥了一眼她用來放路克家鑰匙的後背包口袋。她不想跟昨晚一樣重蹈覆轍，但與伊萊交談應該不會花上太多時間。她會快速前往「伯頓的店」，接著去打一把鑰匙。

「順便問一下，」瑪戈特說。「伯頓的店是做什麼的呀？」

「嗯，當然是DVD出租店啊。」

「好的。當然。」

一走進伯頓的ＤＶＤ店，就像走進了過往歷史。牆上貼滿了老舊的電影海報，有《發條橘子》（*A Clockwork Orange*）、《危險性追緝》（*Black Snake Moan*）等，玻璃材質的櫃檯用雜誌上剪下來的拼貼照片裝飾著。收銀機後方有一個正在看書的人，看起來活像是來自九〇年代的人，瑪戈特猜想他就是伊萊。他和瑪戈特的年紀相近，染黑的頭髮垂在他一隻眼睛前，戴著銀色的鼻環，可能是這個鎮上唯一有刺青的人。

門上的門鈴悅耳地說明瑪戈特的到來時，他從書本上抬起頭。「歡迎光臨。」

「謝謝。」瑪戈特在入口處遲疑了一下。她本來打算直接向他詢問傑斯的事，但似乎有什麼東西阻止了她，也許是他聲音中的簡短無禮，又或者是他眼神中的冷酷。如果她能從容慢慢來的話，也許會更為順利。她轉向其中一條走道，假裝在瀏覽，希望他能開啟對話，但他保持沉默。當她沿著走道行進時，發現那些ＤＶＤ封面上從老舊的黑白設計，變成了漆黑的房屋以及用血書寫下的文字。她隨便抓了一片拿去櫃檯。

她將ＤＶＤ放在櫃檯上時，那傢伙瞥了一眼。「經典作品。」他說。

瑪戈特低頭看著電影ＤＶＤ，驚訝地發現自己以前真的看過。這部是關於一個年輕女孩死後復活，卻又反覆遭受折磨殺害的故事。「真是部歷史悠久的老片。」

他幫瑪戈特結帳時，她一直等著對方說些什麼，畢竟鎮上所有人都十分好奇她是誰、又為什麼會在這裡，但他卻只是默默地收下她的信用卡，接著遞上了ＤＶＤ及收據。「星期四之前到期。」

「謝謝。」瑪戈特將ＤＶＤ塞進背包裡。「嘿，你該不會碰巧是伊萊吧？」

他早已把書拿出來看，又從書本上抬起頭來。他沉默了片刻，然後說「是。」

「我是瑪戈特．戴維——」

「我知道你是誰。」

「噢。是呀……你可能也知道我正在調查賈諾莉．雅各布斯的案件。我知道你是在事件發生之後才搬到瓦卡魯薩的，但有人說你和傑斯曾是朋友。我想問問關於他的事。」

雖然她沒有直接提問，但多數人都會覺得有必要回應，如果沒有其他原因的話，就是為了避免這一陣尷尬的沉默。但是，伊萊只是被動地盯著她看。

片刻後，她說：「那是真的嗎？你們兩個以前是朋友嗎？」

「我們曾經是朋友。」

「你們還有來往嗎？」

「沒有。」

「你該不會知道他在哪裡吧？」

「不。」

「好吧……聽著，我很抱歉我這樣窺探打聽。我並不是想讓傑斯陷入麻煩之類的。我——」

但是伊萊打斷她的話。「我一點也不在乎。我沒有隱瞞任何事情。只不過這十幾年來我都沒聽聞這個人的任何消息了。」

「這樣呀，好吧。」瑪戈特猶豫了一下。她很確定他說的是實話，但她也不禁懷疑，他對傑斯的瞭解，肯定比他自己想像的還多。她只需要哄他說出一些事情。「你能告訴我**以前**和他熟識的時候，他是什麼樣子嗎？」

「老實說，我對他也不是很瞭解。我們主要就是……一起抽大麻。」

「這遠比鎮上任何人對他的瞭解還多了。你所記得的事，可能比你想像的要多。拜託了，我不會拿來寫報導或其他任何東西，我只想找到他。」

伊萊打量了她一會兒，最終嘆了一口氣。「你想知道什麼事？」

瑪戈特感激地對他微笑。「他是否曾談過關於未來的事？關於他想成為什麼樣的人，或是他想住在哪裡嗎？」

「我不記得了。」

「好吧……那他**到底**都說些什麼？」

「我不知道。他非常安靜。」

瑪戈特試著控管自己的臉部表情。「他是個什麼樣的人？個性如何、喜歡什麼或不喜歡什麼那類事情呢？」她逐漸偏離自己真的需要瞭解的事物，但在這個節骨眼上，她只想讓伊萊開口說話。

「嗯……他喜歡藝術、繪畫之類的。他討厭他的家人。」

「真的嗎？」瑪戈特揚起眉毛。「你怎麼知道？」

「因為他會說**我討厭我他媽的家人**之類的話。而且，你知道的，」伊萊聳了聳肩，「我聽得懂他的言外之意。」

「嗯。那也包括了他姐姐嗎？」

「賈諾莉嗎？」伊萊第一次對她的問題感到驚訝。「我不知道。他從來不談論她的事。」他的目光環顧店裡各處，似乎在努力回想這是否屬實。「嗯，沒有，他不可能恨她。他以前每一年都會去她墳前送花。」

瑪戈特眨了眨眼。「傑斯會去賈諾莉墳前送花？」她清楚地聽見了他所說的話，只是她的腦子難以消化理解這件事。這完全不符合她對那個男孩的印象，或是她在腦海中所創立關於他的成人樣貌。「每年什麼時候？」

「高中的時候。」

「不，我是說，每一年之中的什麼時候？你還記得嗎？每年都是同一個時間嗎？」

「喔。可能是，我不清楚。我只記得有一次我們抽菸的時候，大概是午夜的時候，他突然說他得離開了。他從來就沒有門禁，或者說，至少他從不在乎門禁這件事，所以我問他要去哪裡，他告訴我要去他姐姐墳墓上獻花。他說他每年都會做這件事。我之所以會記得，是因為他以前不曾談論她，但當他談論時卻變得特別奇怪。」

「為什麼奇怪？」

伊萊聳了一下肩膀。「我不知道。他就好像突然想到自己遺漏了什麼事。說了一些不該說的話。」

「這件事發生在半夜時？」

他點了點頭。「我很確定那時候是夏季，」他瞥了一眼天花板，「沒錯，因為我記得我當時在奶奶家食品鋪工作，那是我高中時的暑期工作。天呀，我他媽的恨死那份工作了。」

就在此時，門上的鈴鐺響了，有另一位顧客上門。

「歡迎光臨，」伊萊說，然後看著剛進門的人。「噢。你好，特雷弗。」

「老兄，」特雷弗說。「最後那個打鬥場面他媽的是怎麼回事啊？」

然後，這兩個傢伙開始交談，瑪戈特明白，現在幾乎不可能將話題再轉回傑斯身上了，但她不在乎。她的腦子裡不停地嗡嗡作響。

過往的每一年，如果傑斯都在同一時間來到賈諾莉墳前，那麼他很有可能依循著某個重要日子造訪。在夏季時期，與賈諾莉有關，又是唯一有意義的那個日子，瑪戈特所能想到的就是七月二十三日，也就是她去世的那一天。原來，傑斯每一年都會在姐姐逝世的忌日那天去她墳前。現在唯一的問題是：他現在還會這麼做嗎？瑪戈特走出店門時，查看了手機上的日期：七月十九日。

她走向她的車時，眼角餘光閃現一絲動靜，她猛然抬起頭，看見對街有一個人影。當她意識到那是誰時，瑪戈特的心開始狂跳。正是她在蕭蒂餐廳外頭看見的那個女人，染著赤褐色頭髮的女人。當時那位施奈德或施密特警官幾乎快要說服瑪戈特了，讓她相信自己把一些無害的陌生人當成邪惡的跟蹤狂，但現在看來她始終是對的。這個女人一直跟著她。相隔著一條街，他們對視了一眼，女人轉過身，本來站在建築物前方的她躲到建築物後方。

瑪戈特小跑步越過那條街道。但她在衝向馬路之前並未檢查馬路上的左右來車，一轉身正好看見一輛黑色休旅車在她前方猛踩住剎車。她停了下來，汽車離她不到一英尺的距離。她的身體充滿了腎上腺素，刺耳的剎車聲在她耳邊迴盪著。

「對不起！」她對司機大喊著，那女人用一隻手緊壓著胸前，呼吸急促。接著，這次她先朝兩邊看了一眼，便跑向她看見女人消失的那棟大樓。但當她轉過街角時，只看到一條空蕩蕩的街道。

# 十六、瑪戈特，二〇一九年

前往教堂墓園（church cemetery）的路上，瑪戈特緊張地顫抖著。為什麼這個女人要跟著她？她是將那張字條留在擋風玻璃上的人嗎？該死的，她到底想要怎樣？

**對你而言，這裡不安全。**

瑪戈特又將目光投向後視鏡，那個赤褐色頭髮的女人似乎中止了這場追逐。也有可能，她學會把自己隱藏得更好了。

瑪戈特打了方向燈，她一轉彎開上聯合街（Union Street），教堂即映入眼簾。少了教堂前那一大群會眾，相較於昨天主日崇拜（Sunday service）時，教堂看起來似乎小了許多。教堂四周的草地脆弱又乾黃，在前院的公告立牌上，塑膠字牌上拼寫著：**我雖然行過死蔭的幽谷，也不怕遭害，因為你與我同在；你的杖，你的竿，都安慰我。**（詩篇23:4）

瑪戈特把車停在白色小建築物旁的道路，下了車後環顧四周，看那個赤褐色頭髮的女人是否跟在她身後。儘管街道安靜空曠，但瑪戈特仍感受到身後有一雙眼睛盯視的不安。她打消了這個念頭，然後快步走到圍住墓地那圈白色尖樁籬笆的那道柵欄門，解開門閂，偷溜了進去。

和教堂一樣，這片墓園並不大，最多不過一百座墳墓左右。瑪戈特穿過近期的新墓碑，那些墓碑仍然光滑明亮，在暮色中閃閃發光。當她走過一塊特別大的石碑時，另一塊石碑出現在它後方，瑪戈特突然停下了腳步。在此，大理石花崗岩上刻著她嬸嬸的名字：**蕾貝卡·海倫·戴維斯，一九六九年五月二日～二〇一八年十月七日**。然而，當瑪戈特還沒來得及意識到自己內心湧現悲傷之前，她注意到旁邊的墓碑，她驚恐到難以呼吸。同款式的另一塊石碑上刻著路克的名字，他的出生日期蝕刻在下方，死亡日期留有一片乾淨空白的空間。她立即轉身走遠。

她走向較為久遠的那一區墓地，才走了兩步，其中一座墓碑引起了她的注意。那座墓碑比其他多數墓碑還大，墓碑上方坐著一個白色的天使。下方四周堆滿了祭品，散落至兩側墳墓的位置。有以塑膠紙包裹的花束，裡頭的雛菊被染成不自然的藍色和綠色。還有咧著嘴笑的泰迪熊，手裡拿著心形的填充物及塑膠材質的小蠟燭，永遠不滅的火光微弱地閃爍著。

瑪戈特想要走近閱讀碑文，儘管她不需要這樣做。她早已知道那是誰的墳墓。果然，當她走到墓碑前時，雕刻在上頭的文字寫著：**賈諾莉·瑪麗·雅各布斯，一九八八年四月十八日～一九九四年七月二十三日**。瑪戈特盯著那個死亡日期。她和現在站在她墳墓上方的女孩一同度過了那個九四年的夏天。他們曾一起玩扮家家酒、跑過整片玉米田，也為彼此編髮。現在，那個時刻感覺如此地遙遠。在那以後，過了二十五年的日子裡，瑪戈特過著如此豐富的人生；她已全然長成另一個人了。她之所以能擁有這樣的人生，難道只是因為某個男人選擇了賈諾莉那扇窗戶，而不是她的窗戶嗎？她能擁有這些歲月，只是因為賈諾莉被剝奪了嗎？想到了這裡，她的感恩讓自己羞愧到兩頰發燙。

突然間，她聽見後方有樹枝折斷的聲音。她轉過身來，本來以為會看見那位赤褐色頭髮的女人，但結果卻看見二十英尺外的墓地邊緣站著一個男人。

「你好，」他說。他看上去有六十多歲，頭髮稀疏，四肢修長。

她清了清嗓子。「嗨。」

「是什麼風把你吹到我們這裡來了呀？」他的聲音沉穩且平靜。

「來瓦卡魯薩嗎？」

「來到我們的墓園。」

瑪戈特眨了眨眼。他穿著工裝短褲和魔鬼氈涼鞋，手臂上掛滿了許多絨毛玩具。她的心跳慢了下來。如果他在此只為了跟蹤或威脅她，那麼他的衣著就太不符合這個角色了。「只是到此造訪。你在這裡工作嗎？在教堂工作嗎？」昨天布道時，她並沒有看見他，所以她知道他不是牧師。

他微笑著。「我比較像是一位全職的志工。我幫忙整理信件，幫助籌畫賓果遊戲，就是諸如此類的事情……你是來探望賈諾莉的嗎？」他低頭示意她身後的石碑。「過去這個星期，她得到了許多關愛。」

「是因為寫在穀倉上的文字嗎？」那些文字在瑪戈特的腦海中閃現。**她不會是最後一個**。

「或許吧。但是，就算發生了娜塔莉．克拉克的案件，也沒有在新聞上引發太多關注。」他一邊穿越那道小小的柵欄門，一邊說道。「不，我想是因為她的忌日快到了。來到第二十五年了。每每經過了五年或十年，就會有這種狀況，人們會送東西來，但每一次東西都會逐漸減少一些。」他走過去，彎下腰放下他身上那一堆絨毛玩具，不疾不徐地整理它們。

「這些都是誰送的？」瑪戈特問，看著他拿一隻泰迪熊取代了一隻粉紅色海豚的位置。她的目光掃視著所有的花束，想知道其中是否有任何一束是傑斯送上的。

他聳了聳肩膀。「全國各地的人。」

「你一直在照顧這片墓園嗎？」

男人站起來，在短褲上擦了擦手。「嗯，平時也沒什麼事可做。但我偶爾會除草，為一些長在墳墓上的花澆水，諸如此類的事情。」

「那賈諾莉的墳墓呢？除了每五年一次之外，你是否看見一些定期會來訪或送東西來致意的人？」

男人搖了搖頭。「除了一些奇怪的遊客之外，並沒有什麼訪客。沒有什麼致意的東西，除了那些之外。」他朝著石碑四周的小裝飾品點了點頭，然後將雙手放進短褲口袋裡。「不過每年都有幽靈來訪。」

瑪戈特猛然回頭看著他。

「沒錯，」他輕聲笑著說。「每年大約這個時候，一夜之間，墳前都會出現一束鮮花。我從來沒看見送花的人，所以我才稱他為『幽靈』。」

瑪戈特的心砰砰直跳。一年一度深夜時刻來獻花致意？那個人就是傑斯了；這非常吻合伊萊所描述的故事。但她不明白，這個慣例對傑斯代表著什麼意義。伊萊顯然認為他的老朋友是出於愛才會這麼做，但瑪戈特明白，可能的解釋不止於此。

「今年的花來了嗎？」她問。「來自……『幽靈』的花束？」

「當然有。」男人朝墓碑瞥了一眼。「花束在那裡。」

瑪戈特順著他的視線看了過去，但石碑四周有太多東西了，她分不清他看向哪一束花。她彎下腰，用一隻手撫摸著一束塑膠紙包裝的百合花。「這一束？」

「右邊那一束。」

右邊有一個玻璃花瓶，瓶中的花朵被埋在一束百合花及一隻傾倒的泰迪熊下方。「你是否介意我——」瑪戈特看向男人，他聳了聳肩。她輕輕地將其他物品移到一邊，露出一大束濃密的白玫瑰，花瓣早已枯黃。「花束裡沒有附上紙條嗎？」

男人搖了搖頭。

「你還記得這束花是今年什麼時候送來的嗎？是哪一天？」

「嗯，好吧，我來想一下。」他咬著牙。「我應該記得，因為這束花今年出現的比平時更早一點，而且早在這些東西送來之前。喔，我記起來了！當我看見時，那花束都淋濕了，所以一定是在暴風雨那一晚出現的。你還記得幾天前的暴風雨吧？」

「當然。」這個夏季又熱又乾，所以瑪戈特對於近期的暴風雨有深刻的印象。然而，她已經不記得暴風雨是哪一天造訪這個小鎮了。她又盯著玫瑰看了很長一段時間，接著站了起來。「好吧，謝謝你和我聊，很感謝你的協助。」

「沒問題。不是每天都有人對這一小塊墓地感興趣的。」他點了點頭。「祝你今天過得愉快。」當他轉身回頭看著瑪戈特時，他早已穿越長滿綠草的小山丘，幾乎快到教堂後門了。「還有，嘿，」他喊道，「你要是發現幽靈是誰的話，請告訴我好嗎？多年來，我一直好想知道那幽靈是誰。」說著，他便轉身消失在那棟小小的白色建築物中。

瑪戈特轉過身，跪在賈諾莉的墳前，輕巧地拿起地面上裝有玫瑰的花瓶，四周的毛絨動物都倒了下來。她跪在地上，仔細檢查花瓶和鮮花，尋找任何表明它們來自何處的線索。然而，沒有紙條、沒有絲帶，什麼都沒有。接著，正當她準備要放棄之際，有個東西引起了她的注意。她看見透明玻璃的底部有個白色不透明的東西：一個橢圓形的小貼紙，寫著「小凱花店」（Kay's Blooms）。

瑪戈特趕緊將花瓶放回原處，然後從背包拿出手機。她在網路上輸入商店名稱並快速搜尋了結果，暗自祈禱「小凱花店」不是加盟連鎖店。片刻之後，她鬆了口氣。結果，這家商店所在位置只在某一座城市，這意味了瑪戈特終於找到傑斯了。他就在芝加哥。

幾分鐘後，她正開車要返回路克的住處，這時她猛踩了剎車。回到墓園這件事上，她根本沒想到那束鮮花是在暴風雨的夜裡送達。她只是聯想到花束與賈諾莉的逝世忌日的關聯性。然而，她現在想到暴風雨發生在哪一個夜晚了。她記得，因為她第二天早上去了雅各布斯家，那趟車程的路面相當溼滑。如果傑斯當天晚上將花束送至賈諾莉墳前，那就代表著娜塔莉・克拉克在十五分鐘路程外的兒童遊戲區消失後，他已經在瓦卡魯薩待了四十八小時。這也意味著，雅各布斯家的穀倉被噴漆的那個夜晚，他就在這裡。

# 十七、瑪戈特，二〇一九年

「喂，路克？」瑪戈特說。「我正考慮要離開小鎮幾天。」

瑪戈特從墓園回來已經幾個小時了，她和叔叔在廚房裡。他在餐桌旁，她在流理臺前，做他們早餐要吃的三明治。現在，瑪戈特最不想做的就是丟下叔叔一個人，但她也考量了各種選項，如果她想讓這篇報導成功，如果她想能夠繼續有能力幫助他，她就得跟隨報導的發展方向走。而現在，這篇報導正在引導她走向傑斯。

「你要去哪裡？」路克問道。

「芝加哥。」瑪戈特在兩片麵包上擠出了Z型的芥末醬。「為了工作。這樣……你可以嗎？」她做好了三明治，接著將它切成兩半，然後端著盤子拿到桌前。

「當然。謝謝你的——」他停頓了一下，她知道他在尋找著**三明治**這個字彙。「謝謝你準備的食物。」

瑪戈特走到水槽旁要幫他們兩人倒水，她的胸口發緊。「不客氣。總之，我打算去個幾天，所以我想找人過來拜訪一下。」她刻意放輕語調，眼睛盯著水龍頭看。「在下午的時候，幫你處理一些事。」

當她稍早從墓園回來時，瑪戈特查了幾天前找到的看護機構，將電話號碼輸入手機時，她感到內疚。她沒有請電話另一頭的女士安排任何事情，只是詢問接下來她不在的幾天是否有看護人員可以提供照護，而他們確實有。他的名字叫馬特奧（Mateo），顯然非常擅長這份工作。瑪戈特明白，這對路克而言相當難以接受，事實上，大部分的時間，他的狀態都很好。他健忘，偶爾會煩躁、把東西放錯地方，但早上他還能幫自己倒一碗燕麥脆片，晚上也能自己上床睡覺。不過在她進行採訪、處理雜事時讓他獨處幾小時是一回事，拋下他一整晚就完全是另外一回事了。

瑪戈特偷偷看了叔叔一眼，但從她站在水槽邊的位置，她只能看到他的背影。「路克叔叔？」她走近，將盛滿水的杯子放在桌子上。「你聽到我說的話了嗎？我想要下午請人過來，可以幫你忙。」

她動作輕巧地坐到她的椅子上，當她看見他的臉色時，她幾乎因為內疚而猛縮了一下。他看起來像是被羞辱了，怒火中燒。片刻之後，他轉過身來看著她，瑪戈特不得不強迫自己迎上他的目光。

「你的意思是要僱用一個保母。」

「路克叔叔——」

但他已經站起身，朝著冰箱走去。他用力拉開冰箱門，拿出一瓶啤酒。

「對不起。」她的臉頰發燙。「可是，路克叔叔，你生病了。這不是你的錯，但你確實生病了。如果我知道有人會照顧你，那我不在時會覺得比較放心。也不是要請保母，他也只會來訪幾個小時，確保一切都好，如此而已。」

「孩子，聽著，」路克說著，用力關上冰箱門。他打開旁邊的抽屜，看了裡面一會，然後粗魯地關上，然後又開了下一個抽屜。「我很高興你在這裡。我知道你想幫忙，因為我的反應不如從前那麼好了。我不是瞎子，我知道你來瓦卡魯薩並非是為了『改變生活節奏』。我很感激你所做的這一切。真的，我很感激。」

他檢視那個抽屜，沒有找到他要找的東西，然後又開了上方擺放水杯的廚櫃。瑪戈特心底一沉，意識到他正在尋找啤酒開瓶器，他在廚房裡迷失方向了。

「但這裡仍然是我的房子，」他繼續說道。「我才不會讓陌生人天天來這裡洗我該死的內褲。」他砰的一聲關上了廚櫃門，接著又開了下一個，也同樣大力地關上。「我五十歲了。所以，請不要再把我當成嬰……嬰……」

瑪戈特站起來打開抽屜，叔叔過去三十年擺放開瓶器的那個抽屜。她的胸膛因一股強烈的情緒湧動著。她為她的叔叔感到遺憾，他總有豐富的字彙量，如此機智敏銳，卻不記得「嬰兒」這個字詞，當他要求她不要這麼做的時候，她卻還是做了，她對自己感到羞愧。這種無情的疾病剝奪了叔叔的自主權，她感到深切的悲傷，而自主正是他教會她最重要的一件事。除此之外，對這一切的不公，她感受到一股原始且狂暴的憤怒。

「請不要再把我當成嬰——嬰——」他再次試著開啟另一個不對的抽屜找東西，但他的句子卻卡在這個字。「可惡！為什麼我找不到這個他媽的——」

「在這裡。」瑪戈特說著，拿出了開瓶器。

路克僵住了。他就那麼站著，低頭盯著她手中的開瓶器，然後將他那瓶啤酒瓶扔至廚房另一頭，啤酒瓶在牆面上爆開來。

瑪戈特畏縮了一下。然後她一動也不動地站著，眼神低垂，心臟在胸腔裡狂跳著。有生以來第一次，路克讓她想起了自己的父親。

兩人就這樣相對而立，久久沒有對話。地板上的啤酒四濺，不斷冒著泡沫，玻璃碎片在其中閃閃發光。路克的呼吸急促了起來。

「該死，」他終於開口說話，他的肩膀垮了下來。「我很抱歉，孩子。我不知道我為什麼會這麼做。」

瑪戈特搖了搖頭。「沒事的，沒關係。」

路克從褲子後方口袋掏出她多年前聖誕節送給他的紅色印花方巾，一把抹在臉上，突然看起來老了二十歲。「不對，不該是這樣的。我很抱歉，我不應該那麼做的。就是這……」他用掌根敲了敲自己的額頭，「這該死的東西。」

「我明白。」她說，因為她確實明白。這種疾病就像他腦子裡的一條條蟲，吞噬著他原本樣貌的一切。「沒事的。」

路克雙手垂在身側，臉沉了下來。「我真的很抱歉，孩子。」

「我明白。」

他疲憊地長嘆了一口氣，然後將手輕放在她頭上，快速連續地捏了兩下。「你應該將時間放在值得的人身上，而不是我這樣的人。」

「我難道會不知道嗎？」她一邊苦笑一邊說著。路克發出一聲大笑，就在此時，瑪戈特知道她的叔叔回來了，那個真正的叔叔。

兩人收拾了啤酒和玻璃杯，又從冰箱裡拿出兩瓶剛開的啤酒，一邊吃著三明治，一邊喝著。酒精或許不是個好主意，但瑪戈特覺得他們值得喝上一杯。吃完後，她收拾乾淨，接著回到自己的房間，坐在摺疊沙發床的邊緣，找出皮特的電話號碼。

「喂？」他接了。

「皮特，你好。我是瑪戈特．戴維斯。」

「喔，瑪戈特，嘿。」他聽上去驚喜不已。「你怎麼有我的電話號碼？」

「我打電話去警局，前臺的黛布給我的。其實，根本不需要花太多力氣說服她。」

皮特笑了起來。「啊，是呀，黛布算不上是守口如瓶的人。有什麼事嗎？」

「我打來是要請你幫忙。」瑪戈特皺起她的臉。對她而言，要尋求協助並非容易的事。

「好的……有什麼事？」

「我要離開鎮上幾天，不知道……那段時間你是否可以去我叔叔家巡個幾次？就是，例如，每天去探望他一下？要開口問你，真不好意思，但我提議要找個兼職的看護人員，結果不太順利，我不知道還能怎麼做。」

「喔。當然可以，」他說。「沒問題。」

瑪戈特鬆了一口氣，她沒有意識到自己一直屏住呼吸。「真的嗎？」

「是的，當然。就像我之前和你說的，我和爺爺一同經歷過這件事，這很不容易。我都明白。」他語氣中的善意讓瑪戈特的喉嚨發緊。「總之呢，」他說。「接下來幾天我都會外出巡邏，所以順道拜訪很方便。把地址給我就行了。」

「謝謝你，」她告訴他街道名稱以及門牌號碼後說道。「那真的……謝謝你。如果可以的話……你能否試著別讓他發現你拜訪的目的呢？也許，可以說你要來找我之類的？我不想讓他……」

「嘿，」皮特說道，當瑪戈特還沒來得及想好要怎麼表達時。「我都明白的，沒問題。」

她閉上了雙眼。「謝謝，皮特。我欠你一份人情。」

「沒事的。對了，你要去哪裡？」

「芝加哥，我非常確定傑斯去了那裡，我會設法找到他，讓他接受訪談。」

一陣短暫的沉默，然後，「哇，好吧……你確定要這麼做嗎？」

她輕輕地笑了一聲。「我不會有事的，皮特，這不是我第一次就犯罪事件去採訪別人。」

「我知道，但不是這樣的，事情不只是這樣。我記得學校裡的那個傑斯，他……不是什麼好人。」

瑪戈特回想起她和伊萊的對話。他將傑斯描繪成一個時常焦慮煩躁的青少年，深夜時總在外頭鬼混，抽大麻，可能還做了許多青少年都會做的蠢事。這些不過是她也會做的事。「皮特，我們不可能都是完美的人。」

「不，瑪戈特，你不明白。你離開的時候我們才……是幾歲？八歲嗎？」

「十一歲。」

「十一歲。好吧，因此，那是在我們都還沒真正長大成人之前。你沒有看見傑斯變成什麼樣子，他時常搞砸事情。」

瑪戈特皺起眉頭。「為什麼說他時常搞砸事情？」

「例如，他七年級時被抓到在洗手間裡一個垃圾桶裡縱火。我不認為他是想要燒毀學校之類的，但整個事件過於失控，我們都不得不撤離。他惹了許多這類麻煩。」

「怎麼會這樣呢？」

「是啊。然後，九年級時，他痛扁了特雷．瓦格納一頓，嚴重到送醫院了。」

她閉上了雙眼，回想著比利是怎麼描述他兒子在賈諾莉去世後那幾年的狀態。他當時是怎麼說的呢？那個傑斯**時常會惹上一些麻煩，沒有什麼太糟糕的，不過是男孩們會做的那些事**。當他說這些話時，她早就明白他一直在維護著傑斯，但惹一些麻煩跟讓一個孩子送醫院，之間有極大的差距。「天啊。」

「你還記得我和你說的那項證據嗎？他的睡衣上沾有賈諾莉的血，鎮上有許多老人家都認為這代表是他殺死自己的姐姐。」至此，瑪戈特已經假設某些瓦卡魯薩警員也肯定抱持著這個理論，但親耳聽見有人直接說出口，仍讓她感到不安。「我不知道那天晚上發生了什麼事，」皮特說。「但如果他們說的沒錯，而傑斯在六歲時確實殺了人，不管那是否算是意外，你想想他現在能做出什麼樣的事。」

「當然，好吧。」瑪戈特捏了捏自己的鼻梁。「聽著，我該走了。再次感謝你願意幫我注意我叔叔。」

她掛斷電話，感到心神不寧。與其說皮特為傑斯描繪了一幅如此充滿暴力的肖像，倒不如說是她對此一無所知。對街的男孩似乎有無窮無盡的各種版本，除了關於那隻死鳥的記憶，瑪戈特仍記得賈諾莉他們三人，她、傑斯和賈諾莉，在他們家後方的田野裡跑來跑去、在農場周圍玩捉迷藏的模糊回憶。在那些記憶之中，傑斯一向只是個普通的孩子，只是個小男孩。然而，對於瑪戈特曾在蕭蒂餐廳採訪的每個人來說，他是個麻煩製造者，是未被母親好好照顧下的產物，但並非生來就是個**壞人**。對伊萊而言，他只不過是一個被遺棄的人。

收拾行李時，瑪戈特意識到，皮特的警告產生了適得其反的效果。這不僅無法阻止她去尋找傑斯，反而讓她更加需要瞭解他。因為她不知道他在這一切事物之中扮演了什麼樣的角色，她只知道他是拼圖中缺失的那一塊，在她未能瞭解他所扮演的角色之前，她無法看到明確的全局。

第二天早上，她在外帶杯裡倒滿了咖啡，將包包扔進車內，接著與叔叔道別，同時推掉了內心積累的罪惡感。然後，她在清晨的陽光下出發，踏上兩小時的車程，新聞廣播在背景輕聲低語，她的思緒充滿了關於傑斯的事。事實上，她太專注了，以至於當她開上二十號公路時，幾乎沒聽見喇叭揚聲器傳來娜塔莉．克拉克的名字。

當她意識到主播說了什麼時，瑪戈特倒吸了一口氣，伸手將音量旋鈕轉到最右邊。

「今天早晨發現了五歲女孩的屍體，」那聲音響亮刺耳，「就在她失蹤處那個兒童遊戲區附近的樹林裡，當場宣告死亡。」雖然警方尚未收到驗屍結果，但他們認為她極有可能遭受性虐待，死因是後腦勺被鈍器所傷。」

主播繼續報導下去，但瑪戈特已經聽不進去了。她的大腦所能做的事，就是想像那個年輕女孩死去的畫面。在那些畫面中，娜塔莉．克拉克躺在地上，和賈諾莉一樣被殺害，她的雙眼仍然因恐懼而睜大，被猛擊的頭部留下凹痕。

# 十八、克麗絲，一九九四年

賈諾莉遭謀殺後第二天中午，萊克斯警探以及湯森警探一路護送克麗絲、比利與傑斯從山坡旅店回到家中。顯然地，那棟房子已被全面檢查、記錄並清理乾淨，等著人們回來入住。在這輛未特別標示的警車後座上，傑斯坐在他的父母之間，而克麗絲在整趟車程中一直緊貼著車窗，同時試著避免被他碰觸，並試圖表現得好像她並未這麼做一樣。

當他們轉過街角進入街道時，克麗絲覺得難以呼吸。道路兩旁停滿了採訪車，車子兩側的粗體字都寫著新聞頻道的標誌。克麗絲看著那些公司標誌，每看一個就感覺更加頭暈目眩。有些新聞頻道她聽都沒聽過，如WRTV、WNDU、Channel 4 News，但也有如CBS、ABC這些人們會認出來的新聞頻道。在通往他們家那條長長的車道，起點處成了媒體記者築成的一道牆：超重而腰帶鬆垂的男人，肩上架有巨大的攝影機；他們在直播中的配對夥伴是身材纖細而時髦的女性，有著堅毅的眼神以及完美的頭髮，拿著麥克風，以平滑的手掌撫平身上的襯衫。他們看起來像甲蟲，穿梭在彼此身邊，帶著閃閃發光的黑色裝備。

湯森警探指揮汽車駛入人群，在令人不適的顛簸中緩慢地前進，長按著喇叭，像是惱怒的摩西正試著將紅海分開。克麗絲驚恐地看著一大群記者圍著汽車打轉，車子像個有機體般被吞噬。湯森開進公園時，他們再次被包圍。坐在副駕駛座的萊克斯警探轉身面向他們，目光在克麗絲和比利之間來回掃視。「你們之中應該有個人握著傑斯的手，並準備好逃離。」

克麗絲還沒來得及做任何事，還沒來得及喘口氣，或是擺出什麼特定的表情，兩位警探就已下了車，大力打開後門，車外的嘈雜聲如猛烈的大浪向他們襲來。傑斯把他的小手輕放在她手裡，克麗絲強逼自己不要甩開他的手。接著，他們下了車，三個人跟著警探們衝進記者築成的人海，被閃光燈照得睜不開眼。

「我們對賈諾莉的事感到很遺憾！」呼喚的聲音中盡是狂躁超然的語調，話語中的情感顯得虛偽。他們非但不感到遺憾，反而顯得非常歡欣愉快。「她是怎麼樣的一個人？」「和我們聊聊她吧！」「兩天前的晚上發生了什麼事？」「你覺得是誰謀殺了你的女兒？」

湯森警探領著他們走上門廊的臺階，帶著他們進門，然後砰的一聲關上了身後的大門。剎那間，庭院傳來的喧鬧聲變得低沉微弱。克麗絲鬆開傑斯的手。

「他媽的那是怎樣啊？」比利吐了口口水，用顫抖的手指直指著前門。

「比利，」克麗絲厲聲說，將頭轉向傑斯。她在兒子前面彎下腰，雙手環住他的手腕，眼睛盯著他襯衫的領子，因為她無法直視他的雙眼。「傑斯，你能自己回房間玩一下嗎？」其實，她並不關心比利使用的不當語言；她只想讓她的兒子盡可能地遠離那些警探。

「可是……」傑斯說。「我要做什麼？」

「你要不要用你的彩色鉛筆畫畫呢？還是去玩Lite Brite發亮插棒玩具。看你想做什麼。」

萊克斯警探清了清喉嚨。「如果你需要安排人看著他——」

「不，」克麗絲說。她不想讓一些陌生人在身旁徘徊、不停地問問題。「他不會有事的，他一個人獨處一會兒沒關係。」

她轉身面向傑斯，拿出她前一天收拾好的金剛戰士背包。他接過包包，盡責地將他的兩隻小手臂穿過背包背帶。

他消失在門口後，萊克斯警探轉向比利。「雅各布斯先生，」她說。「我昨晚確實有試著警告你了。這恐怕會是個重大的新聞，昨天我們開記者會的時候——」

「你——什麼？為什麼要開記者會？」

那些警探全都露出了毫不掩飾的表情。「這麼說吧，」萊克斯緩慢地說。「這是一項謀殺案調查，這是標準做法。」

克麗絲揉了揉太陽穴。他們早該預料到這一點，她現在意識到了，但他們在警察局和旅館裡是如此孤立隔絕；電視一整天都播放著傑斯的卡通頻道。即使他們已經準備好了，這麼多記者蜂擁而至，這一切遠比她想像的更令人不安。

「聽我說，」萊克斯說。「我們知道，那些媒體記者可能讓人壓力有點大。但新聞廣為宣傳的話，我們就能從大眾獲得更多內部情報與訊息。歸根結底，我們都只是想抓到壞人——」

門鈴的聲響打斷了她的話。

拉克斯耐心地微笑著，背在身後的雙手緊扣著。

當克麗絲和比利都未有應門的行動時，她說：「你們有誰要去開門嗎？」

「喔。」克麗絲點了點頭。在那些警探身旁，她覺得自己就像個孩子，做任何事情都需要他們的許可。「當然。」

門口站著一群克麗絲再熟悉不過的女人——他們是賈諾莉舞蹈課那些小女孩的媽媽們，和克麗絲同一所高中畢業，卻比她早上五至十屆。「那群鳥兒」，她總是如此稱呼他們，因為他們總是身穿鮮豔衣著，自命不凡地在舞蹈教室裡飛來飛去，每一則八卦流言都像肥美的蠕蟲般被他們傳遞著。那群鳥兒站在她家前廊，滿臉憐憫地看著她，每雙手中都拿著一個特百惠容器。

「喔，克麗絲，」隊伍前方的鳥兒說，是特蕾西·米勒（Tracey Miller）。「我們真的感到很遺憾。」最後一個字卡在了特蕾西的喉嚨裡。

克麗絲覺得她內心有一部分變得冷酷麻木了——這些女人，她們的女兒都還健康安好地活著，克麗絲如此令人感受到仁慈及悲傷的故事，卻讓他們感到興奮不已。如果現在要殺了他們其中一人的女兒，好讓自己的女兒多活一天，她會相當樂意這麼做。

「我們簡直無法相信，」特蕾西說。「我們真的——**無法**。而且，我的天呀，有這麼多**攝影機**啊？」她瞥了一眼身後，看著車道盡頭那一大群媒體記者。「真是太不尊重你們正在經歷的苦難了。」

鳥兒們集體一邊搖著頭、一邊咯咯叫，接著特蕾西旁邊的雪倫·邁爾（Sharon Meyer）開口說話了。「我們不知道做什麼能減輕你們的痛苦，但我們想為你們帶來一些食物，至少讓你們暫時不必擔心這件事。」她拿出一個橙色的特百惠保鮮盒，配上一個不匹配成套的紅色蓋子。她在蓋子上頭貼了一張卡片，上面印著十字架與一隻飛翔的鴿子的圖像。草書文字寫著：**哀慟的人有福了，因為他們將得到安慰。**

克麗絲想像著自己以手用力拍掉雪倫．邁爾手中的特百惠保鮮盒，想像它砰的一聲落在前廊地上，通心粉沙拉掉得滿地都是。「你人太好了，謝謝你。」

那群鳥兒笑了笑，點了點頭，沒有要移動的意思。克麗絲很震驚地意識到，他們正等著她允許大家進門。她打開了大門。「我帶你們去廚房。」

她覺得自己就像個不情願的導遊，一隊鳥兒在她身後行進，他們看向比利和兩位警探。比利不安地在地板與那些女人們之間來回掃視。萊克斯警探和湯森警探目睹著這一切，看起來一派輕鬆。

克麗絲走過轉角進入廚房那一刻，突然停了下來。警探們向她保證他們的房子會恢復正常，但噴漆的字樣似乎是一件麻煩事。牆面只是被漫不經心地擦洗過，她的白色牆面成了令人毛髮悚然的粉紅色。她幾乎能隱約辨認出咖啡機上方**婊子**那個字詞。她轉身要阻止那些女人看見，但為時已晚。他們瞪大了雙眼，眼睛圓得如同銀幣一般。

他們迅速地自我審查，抿著嘴唇露出小小且得意的微笑，讓自己的目光變得空洞且友好，但克麗絲知道傷害早已造成了。如果鎮上人們還不知道這些噴漆留下的訊息，他們很快就會知道了，而那些文字終將會使她和家人們在人群中顯得與眾不同。

特蕾西領導著這項冰箱備貨計畫，她將這項計畫變成了一項完整的實際成果，以誇大的權威來挪動瓶裝果汁及牛奶，當佩吉・舒梅克（Peggy Shoemaker）試圖將她的玉米餡餅（Frito Pie）放入，早於瑞秋・考夫曼（Rachel Kauffman）的鮪魚砂鍋時，特蕾西斥責了佩吉，叫大家必須「先把大的放進冰箱」。

時間上感覺彷彿過了一輩子，克麗絲帶著緊繃的笑容領著他們回到外頭。當他們排成一列縱隊離開時，每隻鳥都握著她的手，承諾要為他們祈禱。當她終於關上身後那道大門時，她大呼了一口氣，閉上眼睛，將頭靠在門上。

當她再次睜開雙眼時，她發現自己是獨自一人，警探和比利已不見人影。走廊另一頭傳來比利的聲音，他一定是在講電話，因為她只聽見他的聲音。片刻低沉的談話後，她聽到聽筒放回支架時發出的喀嚓聲，接著是走廊傳來的腳步聲。

「警探們去哪裡了？」當他在入口處時出現，克麗絲問道。

「他們離開了，至少暫時離開了。他們說明天再聯繫。」

她嘆了口氣。歷經長達兩天的悲傷及審訊，似乎像是過了一輩子那麼久。她骨子裡都感覺得到疲憊。「電話上的人是誰？」

比利清了清嗓子。「一位電視製作人。是《**珊蒂・沃特斯的頭條新聞**》的製作人。」

「《**珊蒂・沃特斯的頭條新聞**》？」除了《20/20》和《**六十分鐘**》之外，《**珊蒂・沃特斯的頭**

**條新聞**》是電視上最熱門的犯罪調查節目之一。

他點了點頭。「他們希望我們接受他們採訪。」

「天啊。」

「我覺得我們應該要去。」

克麗絲猛然地抬起頭。「你——**什麼**？你瘋了嗎？」

「那位製作人，她說新聞報導早已曲解了我們這個案件。《**麗莎和鮑伯的早晨**》的主持人在節目上中傷我們。」

「比利——」

「她說，如果情況變得更糟，如果我們其中一人……**被逮捕**，她認為我們無法得到公正的審判，在全國各地都一樣。因為，會有……偏見之類的想法。有可能，陪審團會看見我們如何體現表達，並且不想公平行事。她說我們需要控制劇情的走向——」

克麗絲翻了個白眼。「比利，她當然會這麼說，那是她的工作。」

「不，克麗絲。」他的聲音異常地堅定。「聽著。她說，她敢和我打賭，現在我們家外頭有十幾個新聞團隊，確實有，而且大眾正期待著我們對其中一家說些**什麼**，做出某種聲明。她說珊蒂將是有助於我們的最佳人選，讓我們塑造自己真正想說出的話。」

一直揉著鼻梁的克麗絲鬆開了手。「這並不是什麼好主意，比利。我們不知道現在警方是怎麼想的，我們也不知道電視主持人會問些什麼——」

但是比利打斷了克麗絲的話。「她說，如果我們不做些什麼的話，如果我們都不現身，只會顯得我們有所隱瞞。但我們現在不能表現得像是在隱瞞什麼。」

克麗絲瞪著他的雙眼。「我們**沒有**什麼好隱瞞的。」

比利緊盯著她，看了很長一段時間，她看得出來他並不相信她。「完全沒錯，」他最後說。「這正是我們應該要去上這個節目的原因。」

現實生活中，**《珊蒂．沃特斯的頭條新聞》**在紐約市的攝影棚實際上比電視上看更大。每當克麗絲觀看節目時，珊蒂和她的來賓看起來總是相當愜意，舒適安穩地坐在皮椅上，茶几上擺放著鮮花。但當她、比利及傑斯一同走進他們拍攝採訪的那個空間時，克麗絲發現這根本算不上是一個房間，而是一個由三面假牆組成的布景。原先第四面牆所在的位置，被滾動支架上的多個巨大攝影機所取代，戴著耳機的人們引導它們四處滑動。這個地方充滿了活力與自負。

才一進場，他們就面臨如一陣旋風般的自我介紹：先是介紹給製作人，製作人向他們簡要說明了預定的排程內容；再介紹給音控師，他在他們衣領上固定好小麥克風；再介紹給化妝師，她拿刷子輕輕刷了他們的額頭；最後，再向他們引見了珊蒂．沃特斯本人。不同於她的攝影棚，珊蒂本人看起來更為嬌小。像平時一樣，她那標誌性的紅髮噴上了髮膠，成了不可動搖的髮型。她穿著淡藍色的裙子套裝，戴著珍珠耳環。現在的她四十多歲，體現了完美的平衡狀態，腳踏實地而足以讓人產生親切感，同時具備專業度而值得被認真看待。

在所有人都握手示意後，他們四個人被安排入座，他們一家坐在沙發上，傑斯坐在克麗絲與比利之間，珊蒂則坐在他們對面的扶手椅上。珊蒂向鏡頭做了介紹，以簡潔的要點重述了賈諾莉的殘酷謀殺案件，接著介紹了她的特別來賓。

「歡迎光臨，雅各布斯一家，」她轉向他們時，以甜美的聲音說道。「謝謝你們今晚來上我的節目。」

克麗絲用力地點了點頭。在他們開始正式拍攝之前，珊蒂要他們別太緊張，因為這並不是現場直播，但克麗絲認為自己這輩子不曾如此緊張。她不想讓傑斯這樣做，但比利辯稱，他能讓他們看起來像個健康的家庭，就像他們原本應該要有的樣子。在不告訴他真相的情況下，克麗絲無法再堅持己見，最終屈服了，就在她告訴珊蒂的團隊不可提出任何針對傑斯的問題之後。接下來她所做的事，就是為他們一家三口預訂了這個週末前往紐約的機票以及機場附近的一家飯店，只能祈禱著，在這段漫長的調查過程中，相較於待在原地什麼都不做，一趟長達二十四小時的旅程，可以降低一些傷害。

當他們的飛機開始下降時，克麗絲透過橢圓形的小窗戶凝視著這座充滿希望與光明的城市，內心卻充滿了遺憾。長期以來，她一直夢想著來到這裡，逃離瓦卡魯薩以及死胡同般的婚姻，夢想著一種精采且耀眼的人生。這次旅行的情況是如此不同尋常。她的人生變得如此不一樣，與應該要有的樣貌相差甚遠。

「這個故事，」珊蒂身體微微前傾，繼續說道，「賈諾莉的故事，真是個悲劇，也是每一位父母最恐懼的惡夢。但除此之外，它也是一個令人困惑的惡夢。到目前為止，從我們在新聞中所看到的一切，調查過程看起來有點混亂。所以，今晚，我邀請你們來說出屬於你們的版本，陳述真相。」

克麗絲明白，珊蒂一開始所提出的幾個問題，是為了讓她和比利能卸下心防地談話：**賈諾莉是個怎麼樣的孩子？鎮民們的反應是什麼？你能聊聊當你發現她不見時的那個可怕早晨嗎？**最後一個問題，克麗絲早已向警方說明太多次了，即使在睡夢中或許都能重述這些回答。

「現在呢，」他們答覆完之後，珊蒂說。「我認為大多數美國人，包括我自己，都對賈諾莉的舞蹈很感興趣。」克麗絲感覺到比利在她身旁移動了一下。「到目前為止，大家都看過那些照片了。而那些服裝看起來似乎是如此……成熟。」

克麗絲的臉頰發燙，但她早就預料到了這件事，所以也早已排練過自己的回答。「媒體上那些照片是她穿過最為極端的服裝，大多數衣著也就是一般的兒童服裝，像是大黃蜂、瓢蟲之類的。」

「其中有一套是性感的水手服。」

克麗絲眨了眨眼。「賈諾莉喜歡跳舞。她非常認真地對待這件事，而這些服裝只是舞蹈世界的一部分。」

珊蒂瞇著的眼睛轉移至比利身上，接著又轉了回來。「但你們兩人真的完全不擔心女兒的舞蹈和那些服裝嗎？那不會是導致她死去的部分原因嗎？那不會引起某些尾隨作案者的注意嗎？」

克麗絲咬著臉頰的內側，聽見比利在她身旁吞口水的聲音。她早就知道他們不應該上這個該死的節目。無論她在浴室鏡子前排練答覆多少次，她都無法為此做好準備。不管他們說什麼，他們都像是在認罪，他們要不是將女兒打扮成活生生的誘餌，要不就是不相信殺死她的是個陌生人，這也只是將珊蒂的目光，甚至是全國各地人民的目光，全數轉移至他們身上。

「回想起這些事，」在一陣令人難以忍受的沉默之後，克麗絲開始說道，「我真希望當時選擇了不同的服裝。」

珊蒂坐了下來，似乎樂於讓這句話在空氣中停留更久一些。「說到了理論，我們回來談談目前進行中的警方偵訊，你們兩位都接受訊問了。我想多數的美國人，包括我自己在內，都不知道該如何看待你們兩位。」她銳利的目光掃視著克莉絲和比利。「一方面，你們看起來就像是平凡的好人。你們擁有一個農場，是一個關係緊密社群的一員。你們每個星期天都會上教堂。另一方面，警方表示你們的配合度有**一定的程度**，但他們也採集到兩位的指紋了，就是廚房牆面寫下可怕文字的噴漆外罐上頭。」

克麗絲僵硬地坐在座位上，四周一片寂靜。她怎麼會知道這件事？不到四十八小時前，湯森警探在訊問時向克麗絲提出這個問題，她現在和當時一樣感到震驚。湯森警探是否將這件事洩露給了該節目的製作人？警方是否想要陷害他們？這個念頭讓她的脊背發涼。

不過，還沒等她開口說話，比利就清了清喉嚨。「買那些噴漆是為了農場即將進行的一個改造計畫。我們正在補穀倉大門上的油漆。」

「嗯。」珊蒂瞇著的雙眼從他臉上移至克麗絲。「那你呢？」

「前一個星期我去了穀倉，」她聲音微弱地說，「想去找除鏽潤滑劑來處理鉸鏈發出噪音的問題。我翻箱倒櫃地翻找，就移開那些噴漆了。」當然，這不是真話，但當初湯森警探問起時，她就是這麼回答的。

「嗯。」珊蒂又說了一遍，然後面向傑斯。

克麗絲的心臟快停止跳動了。她堅持不讓珊蒂提出問題質問他，這是她唯一提出的條件。

「傑斯，我想聽聽看你的意見，」珊蒂以一種既親切又堅定的聲音說道。「你是否能從你自己的角度告訴我們，那天晚上發生了什麼事？」

克麗絲滿心恐懼，腎上腺素在她的血液中流動得如此之快，快得令人疼痛。她張開嘴巴，又閉上了。她有什麼辦法呢？傑斯縮著身體躲進她懷裡，她卻有種想跳離他身旁的衝動。她的眼角閃現突然的動作，引起了她的注意，她瞥了一眼，看見稍早時向他們說明環境的製片人，正對著一個移動攝影機後方的人指手畫腳地示意。從她的手勢來看，她似乎希望攝影師放大克麗絲與傑斯的畫面。**他媽的**。克麗絲想都沒想到，為時已晚，她以僵硬的手臂摟住了自己的兒子。

就在此時，傑斯終於開口了，他以一種平淡且莊嚴的聲音說話。「我不喜歡談這件事。」

「為什麼呢？」珊蒂問道，充滿耐心與理解。

「我就是不喜歡。」

「我知道這件事可能很可怕，當姐姐已經不在時，談論她會令人難過，但有時聊聊會有幫助。」

傑斯猶豫了一下。克麗絲好想一把抓傷珊蒂那張臉。她聽見自己的心跳聲在耳邊迴盪著。

「我不喜歡談這件事，」傑斯終於說道，「因為我不想惹麻煩。」

——

那天晚上，當她、比利和傑斯睡在紐華克機場附近一家骯髒旅館的房間裡時，克麗絲突然驚醒。她感覺有什麼觸碰到她的脖子，是冰涼柔軟的指尖。她伸手朝著空中摸了摸，卻什麼也沒有。她在黑暗中眨著眼，看見她的床邊站著一個人影，當她的眼睛適應黑暗時，她意識到是傑斯。

她猛吸了一口氣。「傑斯？你在幹什麼？」

但他只是站在原地。要不是她臉上感覺到了他的呼吸，她可能會認定他根本不存在——只是她想像中的虛構人物，一個出沒的幽靈。「傑斯？」

「關於賈諾莉的事情，我很抱歉，媽媽。」

這句話像刀一般刺痛了她，她的胸部和腹部隨著穿刺的力量而收縮。在賈諾莉去世後的這五天之中，克麗絲將那天晚上的記憶深深地埋在了腦海深處。而如今，在黑暗中，在她兒子的道歉之後，一切都如潮水般湧來。

克麗絲記得的第一件事，是碰撞的聲音。

幾個小時前，當她準備上床睡覺時，她服用了一顆安眠藥，就像過往這四年中幾乎每一晚一樣。在結婚以及成為母親之前，她從來不曾有失眠問題。晚上，她像青少年一樣無憂無慮地休息，早上醒來時，她的生活充滿了活力與可能性。但轉眼之間，她就嫁給一個她幾乎不熟識的男人，還成了有兩個嬰兒的十九歲媽媽。突然間，光是純粹地存在，就已像她無法獨自負荷的重擔。孤獨，就像是刺穿她胸膛的利牙，是她始終如一的伴侶。她發現，酒可以幫助鈍化邊緣，但藥片是最好的：煩寧（Valium）可以讓她熬過白天，而晚上可以服用安眠藥。也許，這麼多年過去了，她已經對白色的小藥丸太習以為常，又或者那碰撞的聲音太不尋常了，但不管原因為何，那天凌晨，克麗絲在服藥後的一片迷霧中清醒過來。

她從床上坐了起來，心跳得很快。農舍有時好像有生命力一樣，在夜裡不斷發出吱嘎聲，但這個撞擊聲卻有所不同。她瞥了一眼比利的背影，但他沉靜無聲，一動也不動。

悄悄地，她溜了下床，躡手躡腳地走進浴室，在睡衣之外套上一件睡袍。她沿著走廊向樓梯走去，在雙胞胎的房間外停了下來。撞擊聲聽起來很遙遠，從房子深處的某個地方傳來，但她知道自己的孩子安全地睡覺，就會感覺好多了。然而，當她從房門口探頭望向賈諾莉的房間時，床上看起來空無一人。克麗絲眨了眨雙眼，試圖趕走那揮之不去的睡意。賈諾莉的夜燈是會旋轉的小燈，緩慢地將圖案投射至外圍的紙盒上，那些馬兒、花朵及兔子夜復一夜地來回折返。那些圖案在房間裡舞動著，圖樣扭曲、閃爍不止，讓人難以看清。克麗絲走近床邊，但賈諾莉仍然不在床上。她不在床底下，不在她的衣櫃裡，也不在走廊的浴室裡。當克麗絲發現傑斯也不在他的房間裡時，她開始驚慌。

她急忙地下樓，腳下的老舊木板吱吱作響，影子在她身旁聚集又略微挪動。當她走進廚房時，一些不尋常的事引起了她的注意：地下室的門開著，入口處一片漆黑。那一刻她曾想去客廳，拿出木箱中一支比利的槍，但那裡太遙遠了。此外，如果孩子們在樓下的話，她也不想讓他們看到自己的媽媽從黑暗中現身時，手裡正拿著獵槍。

在地下室樓梯頂端的第一階，克麗絲感到不安，那就像有冰冷的指尖緩緩爬上了她的脊椎。樓下感覺……不太對勁。她強迫自己呼吸，然後往樓梯間看去，但最下方三扇橫拉窗已被夜色染成一片漆黑了。她試探性地走向老房子的深處，緩慢地邁出步伐。就在這個時候，月亮從雲層後方鑽了出來，這空間突然被照亮了。就在此時，她看見了。

就在那裡，賈諾莉就躺在樓梯的最下方。

克麗絲無法正常呼吸。女兒雙眼緊閉，身體筆直，一動也不動。她的白色睡衣在月光下閃閃發光，栗色的頭髮散落在頸背上。然而，她的臉色看起來不太對勁。皮膚浮腫並呈現灰白色，嘴唇異常地僵硬。克麗絲低頭看著她，她感知到真相了，有如心中的一塊大石般肯定：她的寶貝女兒死了。

傑斯就蹲在她毫無生氣的屍體旁。

當克麗絲盯著她腳下那個可怕的畫面時，她的腦海裡只剩下一個詞：**不**。她聽見了一個聲音，一種輕柔、如喉音般的嗚咽聲，然後這才意識到那聲音正從她自己口中發出。

傑斯一定也聽見了，因為他將身體挺直了，慢慢地轉頭望向肩膀後方，冷漠的目光將她如蝴蝶般釘在軟木板上。他沉靜地盯著她看了一會兒，接著才開口說話，小男孩聲音所說出的話語，有如刀刃般劃在克麗絲的腹部上，切開了皮膚、腸道，及子宮。

「媽媽，我們明天可以一起玩嗎？只有你和我好嗎？」

# 十九、瑪戈特，二〇一九年

在她的旅館房間裡，瑪戈特確實扣緊門鏈鎖。她相當確定那個赤褐色頭髮的女人沒有一路尾隨她至芝加哥，但雅各布斯穀倉上所寫的文字以及留在她擋風玻璃上的紙條，至今仍在她腦海中揮之不去。**她不會是最後一個。對你而言，這裡不安全。**特別是現在，在娜塔莉·克拉克的屍體被發現的消息傳出後，只是把自己安全地鎖在房間裡，竟讓瑪戈特感到安心。她知道，自己並未面臨像娜塔莉或賈諾莉那種危險，但她顯然已成了某人關注的焦點，她不確定對方想要什麼，也不知道為了達到目的，他們會做到什麼地步。

瑪戈特一把抓起筆電，坐到床上，背部靠在枕頭上，廉價的床單粗糙地貼著她的腿部。自從前幾天，她開始深入研究賈諾莉的案件後，她花了好多個小時試著在網路上搜尋傑斯，卻毫無結果。一旦發現他來到了芝加哥，她以為就能夠縮小搜索範圍，卻仍然毫無成效。所以，她一到芝加哥、住進旅館後，她所做的第一件事，就是去法院申請所有有傑斯名字的法律文件。這不是確切有成效的事，但可能會找到谷歌無法找到的結果。

後來，這做法果然奏效了。法院書記員寄送給她的第一組文件只有兩頁，是一份報告，寫著二〇〇七年傑斯．雅各布斯因企圖傷害及毆打罪遭警方逮捕，這至少證明了傑斯一直都在芝加哥，但除此之外沒別的了。但隨後，當她再次閱讀這些報告時，這次更是放慢了速度，她看到了。在第二頁上，在她之前曾瀏覽的部分文字，有一行的標題為「已知化名」（Known Aliases）。下方寫著一個名字傑．溫特（Jay Winter）。她低頭看著它時，所有一切徒勞無功的搜尋終於有了意義，原來傑斯早就把名字改了。

於是瑪戈特申請了所有包含「傑．溫特」這個名字的檔案，這次，她拿到的文字檔案是如此厚重。當她翻閱這些檔案時，發現這涵蓋了他兩年來的犯罪行為，從在公共場合酒醉鬧事到擾亂社會秩序罪，罪行無所不包。第三頁上有一張臉部照片。傑斯．雅各布斯站在白色的混凝土牆前方，一頭凌亂黑髮，綠色的眼睛毫無視線焦點，傑斯．雅各布斯回望著她，扭曲的嘴角顯露出一抹奇異的微笑。

在她飯店的床上，瑪戈特不耐煩地用指尖敲打著鍵盤，等待它甦醒過來。離開瓦卡魯薩後，她有部分思緒在擔心著叔叔，儘管她告訴自己，為了這篇報導以及她的事業，正確的選擇就是來到芝加哥，這也是幫助叔叔的最佳方式，但她仍被愧疚感所折磨。她只想找到傑斯，和他談談，然後儘快回家。幸運的是，有了他的新名字，要找到他應該不是難事。現在這個時代，想要消失得無影無蹤，幾乎是不可能的事。

瑪戈特先從社交媒體開始，但每個都一無所獲，不論是臉書、Instagram、Twitter，或是LinkedIn。這個世界上有幾個傑．溫特，但都不是她正在尋找的那一個。她轉而進行更廣泛的搜索，用谷歌搜索**傑・溫特**和**芝加哥**，仍然沒有任何結果。沒有一張照片、沒有任何一個工作地點的紀錄，就連熟識他的人也沒有。事實證明，傑斯這件事做對了。

瑪戈特再次倒回枕頭上，看了看筆電上的時間。已經下午三點多了，她和傑斯之間的距離並未因為過了三個小時而拉近。當她再也沒有方向可繼續搜尋時，還能怎麼進行調查呢？她所知道關於傑斯的一切，幾乎全來自二十五年前的一項案件調查。除此之外，她還知道他的犯罪紀錄，也知道他十年前的長相。她知道他有暴力傾向，高中時曾吸食大麻，每年都會去賈諾莉墳前獻花示意。然而，最後一件事是她唯一能探究的路徑，她也調查過了。離開法院大樓後，瑪戈特直接開車去了小凱花店，就是傑斯購買那束白玫瑰的地方。但櫃檯後方的女人只是對著傑斯的照片茫然地搖搖頭。她解釋說，她只是兼職員工，多數時間都是老闆在看顧花店，但他現在不在城裡。

瑪戈特緊閉雙眼，試圖進一步挖出任何她尚未探索的訊息，但她所能想起的，只有皮特提出的警告。**他不是什麼好人**。她用手撫摸著自己的臉，發出一聲沮喪的嘆息。

但緊接著，她的腦海中突然浮現了伊萊曾說過的一句話。**他喜歡藝術、繪畫之類的**。這是隨口說說的一句話，但這並非瑪戈特唯一聽聞傑斯喜好的描述。比利當時是怎麼和她說的呢？那個傑斯喜歡**藝術相關的事物**？瑪戈特的腦海中形成一個不周密且模糊的念頭。

她坐起身來，調整了一下筆記型電腦，接著在搜索欄位中輸入：**藝術與芝加哥**。最先出現的幾個結果有芝加哥藝術學院、當代藝術博物館，以及該城市幾家評價最高的美術館。瑪戈特瀏覽了他們的網站和社交媒體帳號，找尋任何傑斯存在的線索，但她並未抱持太大的希望。當你試著要銷聲匿跡時，不會選擇去那些地方工作。她花上更多時間瀏覽那些小型畫廊的網站，但一個小時後，她仍然一無所獲，於是她將搜尋文字從**藝術**轉換為**繪畫**。

「哼，」當新的搜尋結果出現時，她出聲。第一個是名為「瓶刷畫室」（Bottle & Brush）的地方，她看照片就可以立即判斷出這裡是在做什麼生意。印第安納波利斯也有一個類似的地方，叫希拉工作室（Syrah's Studio），一個為非專業畫家開設的連鎖繪畫工作室。那裡可以舉辦新娘告別單身派對，一邊喝酒，一邊在一個半小時內完成自己繪製的莫內大師畫作。講師都是想要賺外快的藝術科系研究生，這是迅速又順暢的賺錢方式。這裡是你可以從事藝術工作並低調匿名的地方，也可能會吸引傑斯這種人。

瑪戈特點進去兩家分店中的第一個，接著就出現了工作室的照片。多數照片都顯現了坐滿人的教室，人們不是拿著自己完成的畫作合影，就是坐在畫架前，一手拿著畫筆，另一隻手拿著酒杯。她掃視了那些臉龐，那些有可能是講師的人，那些站在教室前、穿著濺滿顏料工作服的人。多數人似乎都和傑斯年齡差不多，二十多歲或三十出頭。有個深褐色頭髮的女孩，頭髮巧妙地盤在頭上，繫著印花大方巾。有個留著雷鬼髮辮的黑人，還有一個戴著粗框眼鏡的白人。但她仍然沒看到傑斯。接著，她按了倒數第二張照片，就此停了下來。

這張照片中，全班同學分散在空間各處，他們正在畫布上進行最後的潤飾，或是在酒快要喝完時聚在一起聊天。瑪戈特發現，照片後方有個男人站在類似工業風的水槽旁，身上穿著圍裙，手中拿著一大把畫筆。從他似乎靜悄悄地從人群中溜走的樣子看來，她猜他應該是助手之類的。

他稍稍地側身背對，所以看不見他的臉，但他的棕色頭髮和傑斯那張罪犯檔案照的髮色一樣。在這張照片中，頭髮更長一些，長度超過了他的下巴，被塞到了耳後。她將照片放大，他的臉變得更加模糊了，但足以辨認出臉形與膚色。

瑪戈特的心跳加速。她急忙拿開大腿上的筆記型電腦，大步走向她的背包，拿出從法院取得的檔案文件。她爬回床上，雙腳盤坐，將傑斯的檔案照高舉在螢幕旁，和那個男人的模糊照片左右對照。她的眼睛來回掃視，打量著那兩張面孔。沒錯，檔案照中的傑斯看起來較為年輕，沒錯，當時他的頭髮更短一些，但瑪戈特幾乎可以確信他們就是同一個人。

幾個小時後，瑪戈特在瓶刷畫室外頭玻璃門窺視裡頭。右側長長的牆面上掛滿了許多業餘的畫作：戴著花冠咧嘴大笑的美洲駝、許許多多《星夜》的名畫仿作、盆栽靜物，以及有橄欖裝飾的馬丁尼。這個地方黑暗且空曠。

瑪戈特從他們的網站上得知，今晚七點有「畫你家狗兒」的課程。她五點多就到了，希望在學員到達之前碰見那裡的一些員工，但她似乎來得太早了。她大聲地敲了敲門，接著將手掌拱成望遠鏡的形狀，擱放在玻璃門上向內張望。一點回應也沒有。她等著，再敲了一次門。遠處有一扇門，一間員工專用的空間，但那道門仍然關著。

「該死，」她說，準備轉身離開。在人們開始陸續到達之前，她只需要在車裡等待就好了。要花上好幾個小時，追尋一個她甚至不知道會不會成功的線索，這實在太令人沮喪了，但卻是她唯一的線索。

走下人行道時，她聽見身後有門打開的聲音。「你需要什麼協助嗎？」

瑪戈特內心抱持著希望而焦躁不安。此處的營業規模不大；所有的員工肯定都認識彼此。如果傑斯在此工作，那麼現在站在門前的人就會知道。她轉過身來，正要開口解釋，但隨即愣住了。站在她面前的人，有棕色的頭髮、明亮的綠色雙眼，以及立體深邃的五官，有如賈諾莉．雅各布斯的男性版本。

當他下意識地將頭髮撩至耳後時，瑪戈特才意識到自己一直盯著對方看。「是的，你好。」她的聲音聽起來有些喘不過氣來。「嗯……」

他歪著頭。「你想來上課嗎？但我們現在沒有營業，且今晚的課程人數已滿，不過我可以給你一張課程行事曆。」

「喔，謝謝你，但其實……」她感到頭暈目眩。一看見他，她的腦海裡便浮現了童年時期的模糊記憶，在他家後院跑來跑去，在小學操場上玩捉迷藏。「其實，我是來見你的。」

「抱歉，你說什麼？」

她猶豫了一下。「你是傑斯．雅各布斯，對吧？」

他臉上寫滿了驚慌，接著便轉身離開。

「等一下！我的名字是瑪戈特．戴維斯。我以前住在你家對面。我和賈諾莉是朋友。」

傑斯猶豫了一下，慢慢地轉過身來。目光充滿戒備了。「瑪戈特？」

她給了他一個試探性的微笑。「你還記得我嗎？」

「其實，我還真的記得。」

這讓她感到相當訝異。由於發生在他們身上的悲劇，他和賈諾莉在她腦海中留下了烙印，但她認為自己早就從他的記憶中消失了。

「你是怎麼找到我的？」

她聳了聳肩膀。「這件事真不容易。」

「而且……你為什麼要來這裡？」

「你知道上星期六你家農場發生了什麼事嗎？寫在穀倉外頭的文字訊息？」她仔細端詳著他的臉，想要尋得一些他顯露的跡象。

他的下巴繃得緊緊的，眼睛斷然直視，就好像猛然關上了一扇窗戶。突然間，她看見了他檔案照上的那張面孔。

「你是記者之類的嗎？」

「我只是想要找你談談。」

他發出一聲尖銳的笑聲。「他媽的難以置信。」

「傑斯，求求你——」

「我現在叫做傑，」他厲聲說道。「你那些調查研究沒告訴你這件事嗎？」

「傑，我只是想要瞭解那則穀倉的文字訊息，和你姐姐的遭遇是否有什麼關連。對於那天晚上所發生的事，我只是想聽聽你的版本。」

「瑪戈特，很高興再見到你。」他轉身離開時一邊說道。

但瑪戈特不能讓他就此離開。如今她離他那麼近了，不是放棄的時候。是的，她想要一篇報導，她想再次成為一位實實在在、有資格的記者，但遠遠不止於此。這關乎她想要瞭解那天晚上發生在好友身上的事，在對街臥室窗戶裡所上演的事。這關乎如何解開賈諾莉與娜塔莉．克拉克之間相關的線索。這關乎確保再也不會有小女孩被擄走，一天後出現卻成了冰冷的屍體。瑪戈特握緊拳頭，用指尖輕撫著散落於手掌上的半月形疤痕。

「你聽說娜塔莉．克拉克的事了吧？」

傑斯止步，回頭瞥了一眼。「什麼？」

「娜塔莉．克拉克，」她重複說道，仔細看著他的臉，看是否有任何跡象顯現這個名字對他有什麼意義，但他無動於衷，幾乎是面無表情。他是在演戲，還是真的對那個小女孩的事一無所知？對瑪戈特來說，如今娜塔莉的名字幾乎和賈諾莉一樣熟悉，但這件事一點也不正常。多數人對新聞的關注程度還不及她的一半。

「她住在納帕尼，」她繼續說道。「五歲了。前幾天在兒童遊戲區被帶走，今天早上警方發現她的屍體。她就像賈諾莉一樣被謀殺了。」

傑斯直盯著她看。難道自己和他姐姐的死因有什麼關係嗎？或是娜塔莉的死因？瑪戈特的腦海裡盤旋著許多關於他的矛盾畫面：傑斯在雅各布斯家後院玩捉迷藏、傑斯將腳下的鞋子在那隻死鳥身上施壓、傑斯毆打其他小孩、傑斯在他姐姐的墳前獻花。瑪戈特不知道該如何看待眼前的這個男人。她只知道，她需要讓他開口說話。

「傑斯——傑，你姐姐的事又重演了。而我試著在其他女孩受害之前找出幕後黑手。」如果他是無辜的，或者如果他想**表現得**清白無辜，那麼現在拒絕與她對話只會顯得不妙。瑪戈特明白這一點，也明白他也清楚這件事。

傑斯就這麼靜止地站著很長一段時間，他最終嘆了一口氣，轉身面對她。「我現在沒辦法和你聊聊。我必須把工作室準備好。」

「好的。」

「那在這之後呢？十點三十分左右呢？」

她點了點頭。「你有想到什麼地點嗎？餐廳或酒吧之類的地方？」

他朝人行道的一個方向瞥了一眼，然後又朝另一個方向瞥了一眼。「不。我不想在公共場合說話。你可以來我家。」

對傑斯這個人，瑪戈特還未下任何定論，而在晚上獨自前往他的公寓，特別是在一個她毫不熟悉的城市裡，她覺得不是個好主意。但她會發簡訊給皮特，告訴他詳細的訊息。不論如何，坐在一位有潛在危險的男人對面，聽著對方說故事，這也不是她第一次了。她抬頭對著他微笑。

「把你家的地址給我吧。」

# 二十、瑪戈特，二〇一九年

瑪戈特敲了傑斯的公寓大門並等待著。她的喉嚨因期待而感到緊繃，究竟是因為她覺得自己即將能瞭解賈諾莉的故事了，還是因為她要與傑斯單獨相處而感到緊張，她並不確定。

那扇門打開時，瑪戈特盡量不去盯著看，但是這麼多年之後站在對街那個男孩的面前，感覺如此不真實。傑斯與賈諾莉長得非常相像。不過，與他姐姐不同的是，他之前的表情有那種令人不安的茫然，當他猜到她是一位記者後，他也有那種相同的表情。

「嗨，」他說。「進來吧。」

當瑪戈特跨過那道門時，她立即聞到一股泥土味及些許的花香氣味。她發現茶几上有逐漸化成灰燼的一炷香，旁邊有一個打火機、一個小玻璃管，以及一本《虛榮的篝火》（*The Bonfire of the Vanities*）*的平裝本。

「你想要喝什麼飲料嗎？」他說。他的語調聽來緩慢且扁平，幾乎像是花了心思斟酌每一個用字，就好像他這一輩子都努力地抑制著自己的情緒。也許他真是如此。

「有的話就太好了，謝謝。你有什麼我就喝什麼。」

他轉身走向那個又小又陳舊的廚房，然後轉身回去。「你想坐就坐吧。」他對著沙發點頭示意。

當他在冰箱裡仔細翻找時，瑪戈特坐了下來，環顧四周。住處總能洩露許多關於居住者的祕密，從他的居所看來，有老舊且不匹配成套的家具、裸露的米色牆壁，窗前掛有紅橘相間的掛毯作為暫時取代的窗簾，她猜想他每個月都花光了薪水，將剩餘的錢全花費在大麻上。

「給你。」傑斯帶著兩瓶啤酒回到了客廳。他用開瓶器打開了兩個瓶蓋，接著將其中一瓶遞給瑪戈特。

「再次感謝你同意與我會面，」當他在她對面的扶手椅坐下時，她說道。「你介意我——」她從包包裡拿出手機開始錄音。

他盯著她手機看了一會兒，接著說：「我不想被錄音。我可以和你聊聊，但僅此而已。」

「好的。」她將手機塞回包包裡。「沒問題。」在其他的情況下，她可能會進一步說服對方。引用匿名的消息來源，遠遠不如具名的消息來源更加有效，當消息來源是傑斯．雅各布斯時，特別是如此。但他的語氣如此堅決，臉色鐵青。「我明白，在你經歷了這一切之後，你可能對媒體

---

* 湯瑪斯．沃爾夫（Thomas Wolfe, 1900-1938）的暢銷小說，以紐約為背景，描述政治與社會關係中的諷刺現象。沃爾夫為二十世紀前期美國小說家，與海明威、費茲傑羅齊名，三人並列為傳奇編輯柏金斯曾經手的重要作家。沃爾夫的文風與作品深深影響「垮掉的一代」的作家們，並生動地反映當代的美國文化。

有些反感。」

「六歲時，我不過在電視節目上說了兩句話，如今人們在網路上仍會叫我『撒旦的產物』。我會改名字，也並非平白無故。」

瑪戈特眨了眨眼。「瞭解。」多年前，她曾看過雅各布斯一家上珊蒂．沃特斯訪談的影片。**我不喜歡談這件事**，傑斯曾經這麼說，稚嫩的幼童聲音聽來扁平且嚴肅。**因為我不想惹麻煩**。

「那我能問你一件事嗎……你為什麼要和我對話？」

傑斯低頭往下看。「我不知道那個名叫娜塔莉的女孩。我不在乎你的報導，但如果可以幫你抓到殺她的凶手，那麼……」

他的話音剛落，瑪戈特的腦子裡便飛快地思考著他話語中的含義。他認為賈諾莉是被入侵者所殺死的嗎？有奇怪的陌生男子回來了嗎？又或者他只是假裝自己是這麼想的？她端詳著他的臉，卻讀不懂他的心思。

稍早時，在旅館房間裡，瑪戈特有條不紊地準備了她的問題，打算讓傑斯輕鬆地進行對談，就像她之前和比利那樣。但他太擅長於躲在面具後方了，她得突破這個困境。

「我看見你放在賈諾莉墳前的花束了，」她說。傑斯猛然揚起下巴，顯然感到相當驚訝。「花束很漂亮。你每年都會這麼做，對吧？」

傑斯猶豫了一下，接著便點點頭。

「為什麼？」

「為什麼你需要思考這件事？」

她搖了搖頭，目光平穩，不裝腔作勢。「我不知道。」

他盯著她看了很長一段時間。然後，他堅硬的外表慢慢地開始卸下心防。「我這麼做是因為……我想，我覺得自己很糟糕。當她還活著的時候，對她來說，我不是個好弟弟。」

瑪戈特等著他繼續說下去，見他停了下來，她又說：「為什麼這麼說呢？」

「老實說，我嫉妒她，因為她，嗯，她……總是**散發著光芒**。但我從來就不是如此。」他以一個苦澀的眼神看著她。「你可以想像吧……」瑪戈特再次沉默地等待著，片刻之後，他繼續說了下去。「每個人都那麼愛她，你知道吧？我的父母——他們甚至沒有像愛她一樣那麼愛我，連假裝都不假裝了。」

瑪戈特的目光掠過他的臉龐，她所瞭解關於他的一切，全都在她腦海中迴盪著。學校洗手間發生的火災、那隻死鳥、讓另一個男孩受傷送醫，那厚厚一疊文字上寫著一長串的罪行清單。他之所以做這些事，難道都是因為他的父母不愛他嗎？嗯，她想，當然是這樣。這不就是人們搞壞的原因嗎？就是因為覺得自己不被愛。如今瑪戈特的心智還算正常，唯一的原因就是路克。

「你能告訴我那天晚上發生了什麼事嗎？」她說道，聲音如此輕柔。她不想打破他卸下心防後的魔咒。「一九九四年的時候？」

傑斯喝了一口啤酒，接著放在茶几上，發出玻璃碰撞玻璃的聲音。「我在半夜時醒來……」

瑪戈特感覺血管中都充滿了期待。據她所知，這是他第一次公開談述這件事。在調查過程中，他和他的父母一遍又一遍地重複著同樣的臺詞——他們三個人睡了一整夜。

「我不知道自己被什麼給吵醒，或是自然地醒來了，而我就起床走去了賈諾莉的房間。就像我剛才所說的，我**當時**很嫉妒她，但我們也很親密，你知道的，我們是雙胞胎。」他看著瑪戈特，而她點了點頭。「每隔一段時間，」他繼續說道，「我們其中一人會突然醒來，接著就會爬上另一個人的床上，例如我們做惡夢的時候。所以我就走進她的房間，但她不見了，這讓我很害怕。」

「害怕？像是她出了什麼事一樣嗎？」

傑斯搖了搖頭。「不。只是小孩會有的那種恐懼。她人應該在那裡才對，卻不在那裡。我記得我偷偷溜進父母的房間，但她也不在那裡，所以我就下樓去找她了。」

「等一下。你那天晚上也進了你父母的房間裡嗎？他們兩個人都在嗎？你還記得這件事嗎？」

「是的。他們都在睡覺。」

「你爸爸，**還有**你媽媽？」

他用困惑的表情看著她。片刻之後，他說，「喔，因為你認為我媽媽殺害了賈諾莉吧。」他輕描淡寫地說，似乎對這個想法習以為常。「好吧，她沒有。那天晚上她和我爸爸睡著了。我看見他們在睡覺。」

瑪戈特努力維持著平靜的表情。直到現在，她都不確定他是否在說謊，賈諾莉的死他是否該負責任，但如果是的話，他也不過是白白浪費了自己手上最能掩飾事實的故事。當全世界都相信克麗絲殺死自己女兒時，他要讓母親獨自承擔責任太容易了，特別是她現在已經過世了，無法為自己辯護。就瑪戈特看來，傑斯為克麗絲開脫罪責，幾乎等同於為自己洗脫罪名。

「總之，」他說。「我下樓後，來到了廚房，看見地下室的門開著。地下室的門一向都是關著的。」他深深地吸了一口氣。「我走到樓梯的頂端，就是通往地下室的那個樓梯時，我向下看，就看見了她。她一動也不動。」

瑪戈特睜大了雙眼。傑斯那天晚上就發現姐姐的屍體了？就在屋子**裡面**？她一直以為賈諾莉被殺害的地點是某個溝渠裡。

「我當時六歲，」傑斯說。「根本不明白到底發生了什麼事。一開始，我以為她只是在睡覺。我想叫她起床，因為我們不應該待在地下室。但我不敢下樓，所以我就走到廚房的桌子旁，我之前把蝕刻神奇畫板放在那裡。」他看了瑪戈特一眼。「蝕刻神奇畫板，你記得那種東西吧？」

「當然。」

「好的。所以，總之，我就拿了畫板把它扔下樓梯。太愚蠢了，我知道，但我試著叫醒她。蝕刻神奇畫板掉下樓的聲音很大聲，天呀，我現在還清楚記得那個聲音。地下室的臺階是水泥材質，當四周如此沉靜時，那聲音就如同槍聲般響亮。儘管如此，賈諾莉仍然動也不動。」

「那時候我才走下樓梯。我記得她看起來如此平靜。我當時還以為她只是在睡覺。她的臉看起來……很安詳，而她手中拿著她嬰兒毛毯的一小塊。是我們出生時爸爸送我們的，賈諾莉很喜愛她的毛毯。當時媽媽已經洗了毛毯太多次了，只剩下一小塊。總之，我試著搖了搖她的手臂，我還記得那種奇怪的觸感，十分柔軟，同時又相當僵硬，我不知道該如何解釋那種觸感。」

他似乎迷失於回憶之中，目光呆滯地盯著茶几上的某一處。

過了很長一段時間，他仍然沒有繼續開口說下去，瑪戈特趁機詢問一個問題，這問題從他一開口就一直困擾著她。「你真的將這一切記得如此清楚嗎？」

他聳了聳肩，突然看起來相當疲憊。「很清楚，也不太清楚。二十五年來，我每天都對自己講述同樣的故事，但我不確定我的大腦是否記得這一切，因為它太痛苦了，又或者只是填補了記憶的空白。那天晚上，有些事情再清楚不過了，像是蝕刻神奇畫板的聲音，或看見樓梯下方賈諾莉的那一幕。但是，這一切並非是一段連貫的記憶，更像是一塊又一塊的記憶。」

瑪戈特點了點頭。「你還記得接下來發生什麼事嗎？」

「我彎下腰，想檢查她是否睡著了，卻看見她的鼻子開始流血。我以為她的鼻子流血了，所以才躺下試著止血。這就是我們媽媽教我們流鼻血時所做的事，將頭部向後仰。我記得當時自己彎下身子去觸摸血液。我其實並不明白我為什麼要這樣做，但我記得這件事，因為當我看到手指上沾有血液時，我嚇壞了。我只想把血擦掉，我一向都很怕血，也可能是在那次之後我就開始怕血了，我不確定。」

他喝了一口啤酒，而這正是瑪戈特生平第一次，她終於親眼看見了所有奇怪的證據全都湊在一塊了。她以為他正要告訴她，他將血跡擦在自己的睡褲上了。

「我用睡衣把血給擦掉了，」他說。「就在那時，我聽到身後有一些聲響。我一轉身，就看見我媽媽站在樓梯上方，這部分我記得相當清楚。她臉上的表情是……我甚至無法形容。那表情太可怕了，混合了恐懼及憤怒。所以我——」他的聲音戛然而止。

「所以你……」

他搖了搖頭。「也沒做什麼。我只是……我為她感到難過。我記得，那時的我想做一些事讓她心情好一些，但我不知道該怎麼做。你介意我抽菸嗎？」

最後一句話他說得太突然了，瑪戈特一時沒聽懂他問了什麼。「喔，不，當然不會。」

他一把抓起桌上的菸斗，點燃菸杯，接著抽了一大口。「想來一點嗎？」他問道，嘴裡吹出一陣陣瀰漫的菸霧。

她搖了搖頭。對她而言，放鬆並不是最糟糕的事情，但她想要頭腦清醒一些，更何況她已經喝啤酒了。「那之後發生了什麼事？」

他乾咳了一聲。「那之後發生的事……什麼事也沒有。接下來我只記得就到早上了。多年來，我一直認為賈諾莉是被在廚房牆面上寫字的人給帶走的，因為那正是我父母告訴我的事，但我後來才知道那不是真的。」

他接著告訴瑪戈特，十年前，他曾寫信給他媽媽，他們開始通信，談論那天晚上發生的事。「她告訴我，當她發現我站在賈諾莉的屍體旁時，她以為是我殺了她。這真是一團亂了，對吧？」他苦笑著。「不過，我站在那裡，衣服上沾滿了賈諾莉的血跡，看起來一定很糟糕。但是，我想我媽媽比我意識到的更愛我，因為她決定要保護我。」

「她動了手腳，讓場景看起來像是闖空門，以轉移警方的注意力，讓他們無法查明『我做了什麼』。」在最後一段話，他一邊說一邊用手指比畫著引號。

「她在穀倉裡找到一把錘子，想從戶外打破地下室的窗戶，讓那裡看起來像是入侵者闖入的地方。當她將錘子放回去時，看見了噴漆並想到一個主意。她知道寫下那些文字訊息是有風險的事，也明白這會讓情況變得複雜，但這正是她認為自己必須要做的事。所以她在牆上寫下了這些該死的字句，又將把噴漆放回穀倉，然後……」

他的聲音逐漸減弱了，喝了一口啤酒。「她移動了賈諾莉的身體。她將她放進後車廂裡，開到那條溝渠旁，接著將她扔在那裡。這就是所有證據都指向她的原因。就是因為我，全國的人才會認定我媽媽是凶手。」

傑斯的故事為瑪戈特帶來了極大的震驚。這太不可思議，也令人難以置信，卻解釋了一切。這解釋了一切，除了指出真正的凶手之外。

「你爸爸呢？」她問。在與比利面談期間，她懷疑他一直隱瞞著關於克麗絲及傑斯的事情。他是否知道妻子對於兒子的懷疑嗎？他是否知道她為了保護他又做了些什麼？「他知道些什麼事？那天晚上，他是否有幫助你媽媽呢？」

傑斯搖了搖頭。「據她所說，整個過程他都在睡覺，但這就是她所說的一切了。不過，我無法想像他並未對我或她有所懷疑，我並不確定。那天晚上之後，我們所有人都崩潰了……在你還沒提問之前，我就先說了，我並不喜歡我的父親，他不是一個好父親，但他並不是殺人犯。就像我剛才所說，他愛賈諾莉，比愛我還要多。新聞媒體讓我們一家看起來都像是精神錯亂，但我們也不過是個家庭而已。我們或許不太快樂，但我們都很正常。」

他們彼此靜靜地對坐了一會兒，然後瑪戈特說：「那麼，你認為到底發生了什麼事？如果你沒有殺死賈諾莉，你的媽媽或爸爸也沒有的話，那麼會是誰呢？」

他身體前傾，抓起了桌上的菸斗，又抽了一口。「我一直猜測是別人，某個……瘋狂迷戀她的男人。我的意思是，警方說當他們到達那裡時，側門並未上鎖，當時是一九九四年的瓦卡魯薩。大家睡覺時都會把門鎖上，不然就會有人直接走進家門。最諷刺的一件事是：我媽媽想讓所有人都相信的故事，正是真實發生的事，但那天晚上她將一切給搞砸了，我們永遠都不會知道兇手到底是誰了。」

如果那是真的，那天晚上真的有個陌生人闖進雅各布斯家，也可能正是幾天前在穀倉上寫下那些話的人，也可能將娜塔莉．克拉克從納帕尼的兒童遊戲區帶走，也可能在瑪戈特車上留下那張字條。

「所有這些事你都不曾告訴警方？」

他發出一聲短促且毫無幽默感的笑聲。「我把這件事告訴湯森警探。我媽媽過世後的幾個月，我將她寄給我的所有東西都給他看了。」

「發生了什麼事？」

傑斯聳了聳肩。「沒發生什麼事。顯然地，他並不相信她寫那些事是真的。他說，除了她搞砸了犯罪現場之外，這些信件並未透露任何具體事項。他說現在她都過世了，甚至也無法確認那是她的筆跡了。對警方而言，我說的話從來就沒有太高的可信度，這點讓我很憤怒，好吧，在那之後，我精神萎靡了好一段日子。」

瑪戈特的腦海中閃現那一長串的罪行。「你是否還記得，童年時是否有什麼人對賈諾莉特別展現出興趣嗎？在她表演或練習時是否有不應該出現的人？或出現了奇怪的人嗎？」

「不。相信我——我已經思考過這件事了。我不記得有什麼陌生男人潛伏在附近。」

「那麼，女人呢？」

他挑了挑眉毛。「一個女人嗎？」

她點了點頭，腦海裡浮現出那個赤褐色頭髮女人的樣貌。傑斯那天晚上所說的一切都無法解釋她的存在。

「呃……我並不覺得有這樣的一個人。」

「賈諾莉是否曾談到誰呢？她當年是否曾經時常提及哪個人呢？」

「天啊，我不知道。她曾提到舞蹈課上的其他女孩。她會提到她的舞蹈老師，摩根小姐或梅根小姐之類的。好像還有一位叫艾波小姐。我不清楚。喔，她有一個假想的朋友，」他帶著諷刺的笑聲說道。「你對這個人感興趣嗎？他曾去看她的舞蹈表演，和她一起在公園裡玩耍。她叫他大象之類的，因為她說他有一對大耳朵。」他笑著回憶起那段故事，當他再次開口時，他的聲音因懷念而變得溫柔。「她還為他編了一個有趣的姓氏。天呀，到底叫什麼呀？大象……大象……」他慢吞吞地捻了手指兩下，劈啪作聲。「喔！是大象華萊士！」

有那麼一會兒，傑斯大笑了起來，看起來快樂且輕鬆。然而，隨後他似乎想起了他為何會開始談論賈諾莉的隱形朋友，隨即收起了笑容。他又再次顯得疲憊不堪。

「聽著，瑪戈特，我很希望能為你提供更多協助。但事實上，直到幾年前，我都很厭惡自己，到了我無法理性思考的程度。我現在明白了，這就叫倖存者內疚（survivor's guilt），但當我真的身處其中時，我所能想到的就是**該死的應該是我**。我六歲、七歲、八歲時，我真的希望死的是自己，而不是她。」

「然後，有很長一段時間，我都試圖掩蓋所有這一切。我試著酗酒和吸毒，卻沒有一種方法能讓那種感覺消失不見。我曾被逮捕、也撒過謊，我也曾欺騙他人。我的意思是，我現在已經好多了——好吧，不完全好了，但也沒關係。我要說的是，那個夜晚他媽的毀了我的人生。當然，我曾思考究竟那個人會是誰。我每天都想著這件事。但我**不知道**。」

瑪戈特點了點頭，保持沉默。讓他再次經歷這一切苦痛，她感到羞恥。而且，在她內心深處的某個地方，有什麼在她腦子裡困擾著她。他說的話觸動了她內心的某些東西，但究竟是什麼，她也無法確切地說明白。

「抱歉，」過了一會兒傑斯說道。「我不是故意要……那天晚上發生的事情奪走了我的一切。它奪走了我的姐姐、我的童年，從那以後，就再也沒有人可以和我當朋友了。後來，當我最終將真相告訴媽媽時，她是我第一個訴說的對象，卻也讓我失去了她。」

瑪戈特搖了搖自己的頭。「等一下。你這是什麼意思？」

「她收到我最後一封信的那一天，就是她自殺的那一天。她之所以選擇自殺，因為那就是她搞砸這一切的道歉方式。如果我沒有告訴她真相，她今天可能還活著。」

瑪戈特滿腦子都是克麗絲被洩露遺書的字句，**傑斯，我為這一切感到抱歉，我要糾正這件事**，接著，另一塊拼圖就此放到正確位置上了。克麗絲結束了自己的生命，並非基於殺害女兒的罪惡感，而是出於搞砸這一切的愧疚，因為她竟懷疑自己的兒子是殺人犯。

「而且，我竟然讓她從我的指縫間溜走了。在她寫的每一封信中，她都要求和我見面，但我從不答覆。我甚至不給她我的地址，讓她將回信寄至郵政信箱，當時的我真他媽的充滿怒氣。現在……」傑斯的聲音漸漸變得減弱，他搖了搖頭。「瑪戈特，我真的希望你能找到這個人，不管他是誰。我希望你能找到他，我希望他在地獄中被焚燒折磨至死。」

那一整個晚上，瑪戈特持續有一種奇怪的感覺，有些什麼在腦海中縈繞不去。但那究竟是什麼，或是傑斯說了些什麼才因而觸發，她也無法確定。那感覺遙不可及，就像埋藏在一層又一層垃圾之下的舊有記憶。當她刷牙時、當她鑽進飯店被窩裡時，那感覺都拉扯著她的腦袋。

不過，她的潛意識顯然整晚都在努力工作，因為當她第二天早上醒來時，她意識到賈諾莉想像的朋友大象華萊士，對她來說有非凡的意義。這個名字，那雙大耳朵，這一切都令人感到相當熟悉。但怎麼可能呢？賈諾莉曾向瑪戈特提到他嗎？多年前，瑪戈特是否曾被介紹認識這位看不見的陌生人呢？很久很久以前，她、大象及賈諾莉，是否曾一塊坐下來喝茶呢？不知何故，她並不這麼認為。但是，還會有什麼其他的解釋嗎？

當她將東西扔進背包打包，去櫃檯辦理退房時，這件事仍持續困擾著她。然後，終於，像是被擊中了一般，記憶猛烈地撞進了她的意識之中，有如大貨車的力道。這件事發生時她正在高速公路上，回家的半路上，她差點開到了隔壁的車道上。

傑斯搞錯了。大象華萊士不是虛構的朋友，他的名字「大象」也並非出於捏造的想像。瑪戈特如此確定，是因為她知道他是誰了；她甚至知道他住在哪裡、長什麼樣子，還有一對大耳朵。三年前，她曾為了波莉・利蒙的案件採訪過他。當時，艾略特・華萊士正是嫌疑犯之一。

# 二十一、克麗絲，一九九四年

珊蒂．沃特斯的訪談適得其反。它不僅未能恢復雅各布斯一家的形象，反而成了美國人民用來宣告他們有罪的彈藥。大家都說，比利流太多汗了；傑斯是個令人毛骨悚然的孩子，看起來知道一些事卻未說出實情；克麗絲是個不稱職的母親。對於她不情願地用手臂摟住傑斯的畫面，媒體多次地嚴厲批評，這段長達三秒的片段相當知名。《**麗莎和鮑伯的早晨**》中展現了克麗絲當時的臉部快照，她的眼神如此嚴厲，下巴緊繃不動。「我並不是說那是一張殺手的臉，」麗莎說。「但那看起來確實像是一張隱藏著祕密的臉。」克麗絲不需要更多的素材來表達她對比利的怨恨，但藉由強迫她上了《珊蒂．沃特斯的頭條新聞》節目，她肯定有了理由。一夜之間，他們家門口再也不曾出現砂鍋菜了，也再也沒有更多慰問信寄來了。當克麗絲去食品雜貨店時，那些曾經自稱是她朋友的人，只會冷冷地將目光從她身上轉移開來。

另一方面，警探仍一如既往地堅持不懈。

特別是湯森警探，他似乎對克麗絲心存疑慮，他那雙冰冷的藍色眼睛不斷地留神觀察著。有一次，他和萊克斯警探請她去警局談話，他們當場拋出震撼彈，表明他們的獵犬鎖定了她的後車廂，聞到了腐爛的氣味。後來，當法醫進行搜查時，他們發現了賈諾莉去世當晚所穿睡衣的纖維。

克麗絲告訴警探們，她時常將孩子們的東西放在後車廂裡，尤其是賈諾莉的舞蹈用品，當時她甚至感覺得到自己的襯衫滲出了汗水。在高溫之下，那些衣物氣味變得難聞，這或許能解釋氣味從何而來。至於纖維，就如她剛才所說的，她後車廂裡一直擺放著女兒的衣物。「我不斷地向你重述，」她用顫抖的聲音補充說明。「賈諾莉的死和我沒有任何關係。你如果要談，應該找那些潛伏在她比賽場合的那些男人。」自調查的第一天開始，克麗絲就從不曾偏離她的故事走向。那就是某個入侵者、某個陌生人，某個壞人所為。

訊問之後的那幾天，克麗絲就像繃緊的彈簧，等待著湯森警探和萊克斯警探來敲他們家門，帶著逮捕狀來抓她，但他們從未這麼做。日子從幾天變成了幾個星期，最終，警探們談論此案件的急迫性逐漸消失，最終變得聽天由命。湯森不再當她是隻他想捉住的動物這樣關注著她，而是開始將她當成一隻逃跑了的動物。幾個月過去了，毫無任何新進展，轉眼之間，這世界進入了另一個新世紀，這變成不了了之的懸案。

對克麗絲來說，歲月在抗焦慮藥物及安眠藥帶來的一片混沌之中過去了。當她出門時，她仍會穿著適合教堂場合的衣服並化上妝容，但她的腦子裡永遠都是一片空白，麻木是她唯一的解脫，遠離自己失去女兒的悲痛，以及和一個殺害她的男孩、一個從來不是她所需要的男人一同生活的折磨。

然後，在二〇〇四年，也就是失去賈諾莉的十年後，發生了一些事情，讓日子可以過得去。有生以來，克麗絲第一次墜入愛河。

這一切都始於秋季的一個星期四下午。像往常一樣，克麗絲花上一整天的時間出門辦事，漫不經心地完成那些構成生活的瑣事，當她在五點左右把車停在農舍時，她發現自己無法下車。隨著時間的流逝，她只是茫然地坐在車上，一動也不動。一想到要解開安全帶、打開車門，走進她與傑斯、比利一塊居住的房子，她覺得自己根本辦不到。完全不思考自己到底在做什麼、要去哪裡，於是她轉動鑰匙啟動車子，倒車離開了車道。

半小時後，克麗絲來到了南灣，把車開進了她找到的第一家酒吧停車場。她走進前門時，很長一段時間以來的第一次，大家不會回頭將目光轉向她，讓她感覺到臉上發燙，她也沒聽見身後傳來熟悉不過的竊竊私語。這是一個老舊破敗的地方，燈光昏暗，遠處的牆邊有個自動點唱機。唯一算得上裝飾的就是天花板，上面布滿了牙籤，牙籤末端包裹著彩色塑膠紙。克麗絲很喜歡。

她輕巧地坐進一個卡座沙發，紅色塑膠布黏在她的牛仔褲上，她向女服務生點了一杯灰皮諾白酒，沉浸於一種未被認出的輕鬆解脫中。雖然這種感覺並未持續太久，當她聽到有人叫她名字時，她已經在喝第二杯酒了。

「克麗絲？」她身邊傳來一個聲音。「是克麗絲．雅各布斯嗎？」

克麗絲的心一沉，抬頭看了看。她只希望能有個夜晚得以遠離他人的批判、試探的目光，有個夜晚能讓她好好呼吸。她認為，在南灣被認出來代表著這個人絕對在新聞上看過她，而一個陌生人可能比瓦卡魯薩的鎮民更加惡劣。然而，當她看到眼前的人時，克麗絲驚訝地發現那並不是一張陌生人的臉。「噢，」她說。「你好。」

「我是裘蒂。」女人的手輕撫著自己的胸膛。「當時就讀北湖高中，我現在姓帕爾默，我當時的名字是裘蒂．迪恩納。」

「喔，是的。我記得你。」

裘蒂開口像是想要說些什麼的樣子，克麗絲為無以避免的狀況做好準備了。在那次聲名狼藉的電視採訪之後的幾個月，人們曾這麼對她說，**你看起來真美**，他們的語氣如此開朗，卻充滿了譴責。**如果我經歷了你所經歷的一切，我就再也起不了床了，更不用說化妝了**。但當她一轉身，她就會聽到他們竊竊私語，**我簡直不敢相信，她竟然還敢出門露臉**。

但當裘蒂開口時，她只是說了一句：「我的天，你看起來一點都沒變。」

克麗絲仔細打量著裘蒂的臉，表情既老實又坦率。「你看……」她說。「你看起來……太棒了。」克麗絲記得裘蒂是社交場合中的壁花。她一直是又高又瘦的身材，但她肩膀略微下垂的舉止，使得人們的目光總會從她身上跳過。她有一頭接近深棕色的金色頭髮，毫無活力地垂在臉上，她從不化妝，也不穿任何可能引人注目的衣服。如今站在克麗絲面前的女人看起來像是另一個人。她穿著一件奶油色的真絲扣領襯衫，塞進合身的藍色牛仔褲裡，除了擦上一些睫毛膏之外，只見她一臉素淨，頭髮盤在耳後，看起來似乎不再躲避這個世界了。「我的意思不是說你高中時看起來很糟糕，」克麗絲急忙說道。「對不起。」

但裘蒂只是笑了笑。「不會、不會，我明白你的意思。」她先是開口，又閉上嘴巴。「嘿，你是否介意……」她對著克麗絲對面空著的座位點頭示意。

「喔，不會。請坐。」這讓克麗絲迫切地想要有人陪伴，但她很久以前就明白了，被多數人們認定為殺小孩的殺手，這意味著她得要有無懈可擊的舉止行為。

裘蒂將她一直拿在手中的啤酒放在桌子上，然後滑進了座位。「那麼，你最近都在南灣嗎？」

「不，我剛好來這裡辦一些差事。我們還住在瓦卡魯薩。」

裘蒂揚起眉毛。「真的嗎？哇。我只是假設在這一切發生後……」再次地，克麗絲等待他說一些冷嘲熱諷的言論，卻始終沒有發生。

「我們曾考慮要搬家，」她一邊聳聳肩一邊說。「但是瓦卡魯薩就是家呀。」她一邊強顏歡笑，好配合這個老掉牙的謊言。事實上，她曾懇求比利讓她離開。對她而言，搬家並不如離婚般吸引她，但她不知道要如何獨自生存。除了多年前她在穀倉的暑期打工外，她從未做過任何一份真正的工作，更何況，如果和比利分開了，她不知道自己該拿傑斯怎麼辦。她一直無法忍受離開兒子的想法，卻也不想和他單獨生活。因此，她要求搬家。她渴望在城市裡生活，在某個大城市裡匿名過日子，但比利拒絕了。他說，如果他們真的有罪的話，搬家才是他們會做的事。如果他們是無辜的，他們就該昂首挺胸地留在瓦卡魯薩，而他們確實是無辜之人。

裘蒂的目光在克麗絲的臉上掃過，只是輕輕地笑了笑。「喂，你知道我最近在想什麼事嗎？六年級時，有一次達斯蒂・史蒂芬斯（Dusty Stephens）競選班級總務股長，他在學生餐廳發表了演說，從頭到尾都把運動衫給穿反了，你還記得嗎？」她和克麗絲都開始因為這段回憶而咧嘴大笑。「說真的，你認為他有發現這件事嗎？他是故意的嗎？這到底是為什麼呀？袞蒂開始大笑，克麗絲也忍不住跟著笑了起來。很快地，她們倆都笑到全身顫抖。

喝完那杯酒以及另一杯酒的剩餘時間裡，這兩個女人回憶著共有的過往，克麗絲已經好多年不曾感到如此輕鬆了。

「你一定要離開嗎？」有一次，袞蒂偷看了自己的手錶一眼，接著問道。她說話的語調聽起來隨性，但一想到這個夜晚要結束了，就讓她的胃絞痛不已。她已經很久沒有感覺這麼開心了。「我就不耽誤你去做其他事了。」

「抱歉，但我可能應該要離開了，我需要為晚餐做些準備。我丈夫現在應該已經到家了，他就是需要有我在他身邊牽著他的手才行呀。」她翻了個白眼，笑了起來。

克麗絲笑了笑，但感覺很緊繃。「當然，別擔心。」

「但也許……」袞蒂猶豫了一下。「我們或許能再約個時間吧？」

她的聲音裡帶著些許的緊張，克麗絲的心沉了下去。她的老朋友或許比多數人友善，但袞蒂顯然還是認為自己坐在一名殺手對面。「謝謝，但你應該不想和一個殺人犯在城裡四處走動。」她試著讓自己聽起來很輕鬆，但她的雙眼感受到刺痛。

袞蒂仔細地看了她一眼。「克麗絲，我不認為你會殺死自己的女兒。」

淚水突然從克麗絲的臉頰上滑落下來，像是被打了一記耳光。袞蒂所說的話語，就像是歷經一個漫長且黑暗的冬季之後，有一道陽光照在皮膚上。「那好吧，」她說著，用手指擦拭著眼睛下方。「我把我的電話號碼給你。」

下個星期，這兩個女人又一起喝酒，再兩天後又去喝了咖啡，很快地，她們幾乎是每隔一天見面一次。藉由談話的內容，克麗絲得知裘蒂高中時期也曾為了想要逃離瓦卡魯薩而焦灼不安。畢業後，她搬到了南灣，去上聖母大學（Notre Dame）的秋季課程，從此再也不曾離開。她在那裡學西班牙文與藝術史，並遇見了她的丈夫——**這真的太務實了，對吧？**大學畢業幾年後，他們就結婚了，雖然裘蒂的夢想是從事藝術工作，但不久之後她就懷了第一個孩子。一年後，第二個孩子出生了，而當她生下第三個孩子時，她已經是一位全職媽媽了，腦子裡塞滿了餵奶與睡眠的時間表，無法處理其他任何事物了。多年來，裘蒂和她的丈夫感情越來越疏遠，最終她覺得兩人有如友好的同事，只不過有時值班時間有所重疊。**我仍然愛他**，她曾有一次這麼告訴克麗絲，**只是我已經很久沒有戀愛了**。對克麗絲而言，裘蒂的故事再熟悉不過了，這讓她對這位新朋友感到心疼。他們的人生，最終也只是微不足道的悲劇。

裘蒂身上有種開朗且不裝腔作勢的氣質，克麗絲在她身邊時總能輕易地放鬆下來，很長一段時間以來，她都未能與任何人以這種方式相處。當她和她在一起時，她胸前的緊繃得以放鬆，肩膀與下巴也不再緊繃了。多年來，她一直強逼自己擠出緊繃的微笑、強迫自己真誠親切，忍受著隱含譏諷的恭維。但和裘蒂在一起時，她會微笑，有的時候，她甚至可以遺忘一些事物。

他們在南灣偶遇後約莫三個月後的某天早上，克麗絲在廚房，手機響起，是裘蒂發來的一則簡訊。**這個星期六孩子們去同學家過夜，所以我要犒賞自己一個居家度假的機會！想要當天晚上一塊在飯店裡享用晚餐嗎？也許之後在房間裡戴上面具呢？**

至此，當克麗絲看到裘蒂的名字出現在手機上時，她產生了一種近乎於古典制約（Pavlovian response）的興奮反應，她在回覆簡訊時感到自己忍不住笑意。**呃！我會帶面具和酒去。**

這個星期剩餘的時間，每當她想到他們的計畫，克麗絲都會有點興奮，當夜幕降臨時，當他們在飯店的餐廳用餐時，空氣中充滿了電流。過去幾個月，克麗絲感覺到他們之間正在形成一些感受，儘管她不知道那究竟是什麼。她上一次有類似的感覺，已是高三那個夏天，不是因為比利，而是因為戴夫。她與裘蒂之間的友誼，感覺就像是一股顫動、一陣眩暈、一種真正的火花。然而，每當她的大腦朝著那個方向前進時，它又會停頓下來。她並不是同性戀，所以這或許是擁有一個真摯好友的感覺。也許，她身邊已經太久沒有人陪伴了，所以才分不清陪伴與浪漫之間的區別。

那天晚上吃晚飯時，他們一塊喝了一瓶酒，然後咯咯地笑著搭電梯上樓，來到裘蒂所在的房間樓層。當門打開時，裘蒂走了出去，但克麗絲這才注意到自己襯衫上有一顆鈕扣解開了，突然止步停了下來。

「喔，不，」她笑著說。「我一整晚都這樣嗎？」她摸索著那顆鈕扣，一抬起頭來便看見了裘蒂，她的手指緊貼著嘴唇。當他們四目相視時，裘蒂哼了一聲便笑了出來。「喔，我的天呀，」克麗絲咯咯地笑著說。「一整晚！」

裘蒂舉起手。「我發誓，我完全沒有注意到。」但隨後她又爆出一陣笑聲，電梯門開始關上時，笑聲變成了尖叫聲。「門！」她伸出一隻手臂，抓住克麗絲的手，將她拉出門外。

他們走近裘蒂的房間，然後跌跌撞撞地走了進去，笑得喘不過氣來，彼此的手指仍緊緊交纏在一起。那道沉重的房門在他們身後關上，他們倚靠在門上，身體顫抖著。最終，笑聲逐漸慢了下來，他們屏住了呼吸，唇邊掛著笑意。本來應該很自然地放開彼此的手的那一刻到來了，但兩人都沒放手，這一刻很快地消逝，接著時間一分一秒地過去了。

「嗯。」裘蒂轉向克麗絲，她的肩膀仍然壓在房門上，眼睛低垂著。「你介意我試著——」她的聲音戛然而止，突然將身體前傾，嘴唇貼在克麗絲的下巴及耳朵之間。

克麗絲急促地呼出一口氣。她的身體融化了；她的思緒在旋轉。「你有沒有，嗯……」她的聲音沙啞，上氣不接下氣。「你以前做過嗎？我的意思是，和女人？」

裘蒂把頭向後仰，好看著她的雙眼。她點了點頭。「你有嗎？」

克麗絲吞了吞口水，搖了搖頭。

「你是……你想要嗎？」裘蒂的目光掠過克麗絲的臉龐，在她的唇上徘徊著。

但克麗絲說不出話來。她只是點點頭，突然間裘蒂的嘴已貼上了她的唇，克麗絲不再在乎自己並非同性戀，也不在意如何定義自己對這個女人的感受。他們之間的火花，已經燃起了熊熊火焰，而現在，她只能投降了。

幾天後他們再次見面，約在南灣吃午餐時，裘蒂邀請克麗絲過來家裡，在前門關上的那一刻，他們就開始親吻了。對克麗絲而言，他們的關係既吸引人卻又令人感到安全，當裘蒂在一個月後告訴克麗絲她愛她時，克麗絲毫不猶豫地回覆她也愛她。

雖然一開始她擔心比利會發現她的祕密，但事實證明，只要是同性對象，要向他隱瞞婚外情相對容易。她只是簡單告訴了他真相——她和以前學校的同學裘蒂・帕爾默有了聯絡，而兩人開始建立友誼。只要他早上醒來時看見她在家，只要冰箱裡有食物，他似乎就不會懷疑任何事情。與此同時，傑斯已經長成一個反覆無常的少年，時而陰沉、時而憤怒，總是在惹麻煩。克麗絲時常懷疑，多年前自己保護他是否是正確的事，她早就明白，要對付他的最好方法，就是走阻力最小的那條路。看來，如果她不過問他的生活，他也不會管她的生活。然而，她和裘蒂知道，並不是每個人都會那麼盲目，所以他們會各自單獨進出飯店房間。他們只在關上門之後才碰觸彼此。

歲月流逝，他們的戀情很快發展成為穩定的關係。雖然他們沒有住在一起，但如今與克麗絲分享人生的人是裘蒂，而不是比利。她唯一沒有和對方分享的，就是她的祕密。

但隨後，在二〇〇九年時，發生了一件事，從此改變了一切。

那是一個星期六的早上，比利在農場工作，而克麗絲在洗衣、打掃。她剛把郵件拿進門，扔至廚房餐桌上，正要轉身走上樓梯，將洗衣機裡的床單放進烘乾機裡，這時有一個信封引起了她的注意。回郵地址是一個郵政信箱。信封中央，有整齊且傾斜的字母潦草地寫著她的名字。她的心在胸腔裡劇烈地跳動，她已經有很多年沒看見傑斯的筆跡了。

四年前，傑斯十七歲時，他走下樓梯便對她說他要輟學並搬離家中。他沒說自己要去哪裡。

到午餐時間，他已打包好行李，當克麗絲看著他老舊的掀背車從車道上開出去時，她感到如釋重負，膝蓋幾乎要彎曲而跪倒。面對這個奇異、如幽靈般的生物，她不知道自己該如何當他的母親，這個男孩殺死了自己的姐姐。卻沒想到，她胸口有另一種奇怪的悔恨之情擴散開來。她不知道自己該怎麼做才能做得更好，但不知何故，她總覺得自己做錯了什麼。

現在，克麗絲站在廚房裡，盯著信封上兒子的字跡，看了好長一段時間。接著，她伸出自己顫抖的手，將那封信從那疊信件中抽了出來。信裡面的手寫字，是以藍色墨水寫下。

媽媽：

幾年前我離開時，我覺得自己再也不想和你或爸爸說話了。但我現在正要完成一項計畫課程，而我應該要修補關係。但老實說，我真的不認為自己需要你的原諒。我對你所做的一切，根本無法平衡我們之間的天平。沒錯，我知道自己搞砸了，但我就是個孩子。你是個成年人了，你應該做得更好才對。

我知道，對你來說，失去賈諾莉很令人難過，她是你的女兒，但這對我而言也很難受，而且我一直不明白的是，為什麼她的死亡，卻代表著我得要失去自己的母親。請不要假裝自己不明白我的意思：這十一年來，你甚至不曾正視我的雙眼。我應該不必告訴你這件事有多麼不公平吧？我還活著，但你唯一關心的人是賈諾莉。

在她過世之前，我就明白你愛她的程度勝過愛我。當你帶她去上那麼多的舞蹈課時，卻將我塞到角落。而且，在她死後，我就好像不復存在了。請不要誤會我的意思，但爸爸也一樣糟糕。他從來就不理解我，因為我和他不一樣。但你不一樣，我們之間有機會相處，而你卻放棄了。沒有什麼感覺，會比不被自己的媽媽愛更糟糕了。

我明白，光是這封信就搞砸了所謂「修補關係」的程序，但我真的不在乎。我這輩子總是表現欠佳，但我認為你需要我的寬恕，遠勝於我需要你的原諒。

J

信件從克麗絲手中飄落下來，掉在桌面上，像傷口一樣裂開來。多年來，她一直思考著這一天的到來，她的兒子打破沉默的這一天，如今這天到來了，她卻不知道該如何回應。當他說他「搞砸」時，她不知道他所指的究竟是什麼，那是否代表著他招惹的所有麻煩呢？像是抽大麻、學校洗手間的火災、多次打傷某個男孩並害他送醫治療，只因為那個男孩說他的家人們全是殺人犯。或者他的「搞砸」是指殺死了自己的姐姐？或許他說的沒錯，克麗絲想著，或許她確實需要他的寬恕，但她毫無疑問地明白，他也需要她的原諒。

慢慢地，她把信件折好，塞進了牛仔褲的後口袋。一整天，當她茫然地處理家務時，她的手不停地撫摸著牛仔褲的布料，就像兒子的信件是個有生命、有脈搏的物件。然後，那天深夜，比利上床睡覺後，克麗絲坐在廚房的餐桌旁，手裡握著筆，開始寫起信。

親愛的傑斯：

謝謝你的來信。這封信要讀下去很困難，但我很高興你寫信來了。我將永遠是你的媽媽，與你所認定的事似乎不同，我將永遠愛你。

你怎麼能這麼想呢？我那天晚上所做的一切，**所有的一切**，都是為了你而做，為了保護你。我怕你會從我身邊被帶走，被扔進某個少年拘禁機關，不然的話，你會一輩子都被貼上殺人犯的標籤，我承受不了這種事。這是我做過最糟糕的事情，但我還是願意再做一次，為了你。

我承認，後來我不知道該如何當你的媽媽了。每次我看著你，我都會想起你對賈諾莉所做的一切，那讓我心碎。我確實設下心防了，但不僅僅是因為我失去了我的女兒，我也失去了我的兒子。然而，在那些年裡，我從未停止愛你。所以請不要說我沒有，因為我的生命證明了我對你的愛。我曾犯了很多錯誤，對於那些錯誤我很抱歉，但從來就不包括我不愛你這件事。

我可以找個時間給你打電話，或是我們能見個面嗎？我很想見到你。至少，請你回信。

愛你的媽媽

第二天早上，克麗絲將她的信件塞入鎮上的郵筒，接下來幾天，她像是著了迷一樣不停檢查信箱。她非常急迫地想知道他會說什麼，因為那是一種生理上的渴望，像飢餓一樣真實且刺痛。然而，對於他最終在一星期後回信的內容，她毫無任何準備，不過是幾行潦草的文字，就讓她的世界發生了翻天覆地的改變。

媽媽，對我而言，你的信件完全不合理。那天晚上，你為我做了些什麼？你為什麼會覺得人們認定我是凶手？我不知道你認為賈諾莉發生了什麼事，但我不是那個殺了她的人。

# 二十二、瑪戈特，二〇一九年

瑪戈特立即以破紀錄的速度從芝加哥回家，從艾略特．華萊士的名字突然出現在她腦海中的那一刻起，她就一路超速行駛了十五英里，回到了瓦卡魯薩。因為這就是關鍵了：艾略特．華萊士正是她一直在尋找的關聯性。作為波莉．利蒙案的嫌疑人，**他**是她、賈諾莉，及現今娜塔莉．克拉克之間的連結。在瑪戈特這一輩子的想像之中，**他**是那個沒有面孔的陌生人，那個漫步在她童年的街道上，溜進她家對街房子的男人。

瑪戈特衝進叔叔家的前門，發現路克正坐在廚房餐桌前，端著一杯咖啡，做著填字遊戲。儘管她迫切地想要追蹤華萊士，但眼前的景象讓她鬆了一口氣。

「路克叔叔，」她說，眼睛一陣刺痛，她感到相當羞愧。她只離家了一晚，皮特前一天下午發簡訊告訴她他曾來訪，一切都很好，不過，當她一看到他時，整個人就放鬆了下來。「你好嗎？你沒事吧？」

「我認為問題在於……」路克端著咖啡，苦笑著說道。「我才要問你是否沒事吧？」

瑪戈特笑了起來。毫無疑問地，她看起來就和她的感受一樣瘋狂。在她的腦海中，艾略特．

華萊士這個名字如擊鼓聲般砰砰地重擊著。「我很好，只是有些工作要做。我知道我才剛到家，但是……」她搖了搖頭。「你確定你沒事嗎？」

「孩子，你的行為有點瘋瘋癲癲的。你去做自己該做的事吧。」

她又發出一聲輕笑。「好的。」她朝走廊走了幾步，然後轉身走進廚房，一隻手搭在叔叔的肩膀上，吻了吻他的太陽穴。「回來真好。」

在她的房間裡，瑪戈特身體撲至地板上，抓出包包裡的筆記型電腦快速打開。電腦啟動時，她不耐煩地用手指敲打著邊緣。啟動時，她便打開了雲端資料夾。當她滑動瀏覽她一長串的資料夾，尋找標著波莉．利蒙名字的資料夾時，她試著回憶這女孩案件中的細節。

三年前，波莉在俄亥俄州代頓市的一個購物中心停車場失蹤時，她只有七歲。根據波莉母親的警方報告，那個秋天下午，他們兩人逛完街一路走回車子停放的位置。波莉跑在前頭，但當利蒙太太走到車子旁時，她的女兒不在那裡。她在一小時內向警方通報波莉的失蹤，警方持續搜尋了五天，直到女孩的屍體被發現，在距離她被帶走位置不到一英里的溝渠裡。警方報告說明，有性虐待及頭部受傷的跡象，但實際的致死原因是勒頸窒息。

不同於賈諾莉及娜塔莉的案件，波莉的搜尋以及隨後對她凶手的搜查，都未引發太多大眾的關注。就在她被通報失蹤的那段時間，哥倫布的一所中學發生了大規模的槍擊事件，瑪戈特記得，不論是當地或是全國性的新聞，這七名槍擊案受害者的面孔是唯一的焦點。這就是瑪戈特一開始能夠如此接近這個案件的原因，因為其他的記者都在七十英里之外。

在她報導這個故事後的那幾個星期，她無法抹去腦海中波莉及賈諾莉兩起案件之間的相似之處。他們年齡相仿，都在溝渠裡被尋獲，頭部都曾受到外傷。代頓距離瓦卡魯薩不是太鄰近，但車程也不會超過四小時。兩起案件的凶手都還未找到。

坐在她叔叔舊辦公室的地板上，瑪戈特終於找到了那個資料夾。她連續按了兩次電腦滑鼠的按鈕，然後瀏覽一系列子資料夾，瀏覽至最下方時，她才找到了命名為「艾略特・華萊士」的資料夾。

資料夾裡的東西不多，有一份筆記檔案以及瑪戈特採訪他的錄音檔。她雖然感到很失望，卻不意外。不論是警方的偵查或是她自己的調查，艾略特・華萊士的線索很快就走進了死胡同。一位當地的婦女通報了警方，她是波莉青少年馬術課程中另一位女孩的家長，表示艾略特・華萊士可能是嫌疑人。根據這位婦女表示，孩子們練習期間，他有多次潛伏在馬廄附近的紀錄。警方多次訊問華萊士，但由於欠缺直接證據，無法證明他與謀殺案有關，最終只能將他釋放。

瑪戈特打開了筆記檔案，結果內容只不過是關於艾略特・華萊士的基本資訊，或者至少是三年前的他。波莉被謀殺時，華萊士已經四十八歲了。他來自印第安納波利斯，一直住在代頓市，在一個封閉式住宅社區擔任保全人員。他的父母早已去世，唯一的家人是住在印第安納波利斯的妹妹，華萊士很少與她往來。

在這份基本資料的文件下方，瑪戈特當時附上了一張華萊士的照片，是在網路上找到的。在照片中，他有一頭旁分於一側的棕黃色金髮、尖銳的下巴，以及帶著笑意的棕色雙眼。不過，他最突出的特徵是他的耳朵，大得不成比例，以某個角度從腦袋延伸出來，讓他看起來有點像一頭大象。儘管如此，從各種標準來看，他仍是相當有魅力的人，而且這張照片讓她猛然認出了他。她還記得自己曾在他家客廳裡坐在他正對面。他身材又高又瘦，修長的手指交叉放在膝蓋上，修長的雙腿交叉於膝蓋上。在他們的訪談過程中，他看起來輕鬆自在，而且始終彬彬有禮。

現在當她凝視著他時，她的胸膛和脖子感受到一陣熱燙。她內心深處感覺到了，這個人就是殺害這些女孩的人，她正盯著一張凶手的臉龐。

她開啟檔案，選擇了錄音檔，然後按下播放。不一會兒，房間裡就充滿了她自己的聲音。

「所以你在代頓市住了多久？」瑪戈特聽到自己提問。

「喔，我想看看，」另一個聲音說道。艾略特．華萊士有流暢的說話節奏，幾乎像音樂一般。他若有所思地嘖了一聲。

「沒多久，一年左右吧。其實，從印第安納波利斯搬來這裡，我想現在應該更接近兩年的時間。」

「那你結婚了嗎？有小孩嗎？」

「很遺憾，都沒有。我想，我一直都很想結婚，卻始終沒有出現合適的女人。我偶爾會去約會，但隨著年齡增長，約會這件事的難度就越來越高了。我想，某種程度上，人總是會被自己給困住吧。」他笑了。「至少我就是如此。」

瑪戈特閉上眼睛，專注於華萊士所說的話。她還記得，她當時想著，他多麼地鎮定、多麼地泰然自若。她在此審問著他關於一個小女孩的謀殺案細節，他卻能夠如此保持冷靜並配合。現在，瑪戈特聽出他話語中帶有表演性的輕快語氣，但當時坐在他對面的自己卻未能察覺。她是因為現在所知道的一切而產生了偏見，還是當時的她太盲目了？

「你最近被警方訊問了，」她在錄音檔中的聲音繼續說道。「關於波莉·利蒙的謀殺案件。」

「沒錯。」華萊士的聲音頓時變得凝重起來。

「他們為什麼會認定你和這件事有關？」

「噢。」華萊士嘆了一口氣。「因為，我以前會去那個女孩進行訓練與比賽的馬廄。老實說，我不責怪那些向警方通報的媽媽。我意識到了，在這個時刻、這個時代，我是個單身的成年男人，可悲的事實是，這造成的觀感……不是太好。不幸的是，我當時去馬廄時並沒有考量到這一點。我現在明白自己讓這個女人感到不自在，如果我能倒轉時光的話，我就不會去了。但事實上，我熱愛這項運動，我也喜歡馬。當馬廄沒有人的時候，我就時常會去。」

「當你去馬廄的時候，」瑪戈特聽到自己說，「你是否曾和波莉·利蒙談過話？」

「在新聞上看見她的名字之前，我根本都不知道她是誰。她的臉看起來有點眼熟，但如果新聞上沒有提及她上馬術課的話，我不確定我是否會聯想到我曾見過那張臉。」華萊士嘆了口氣。「發生在她身上的事情太可怕了。正如我所說的，我自己沒有孩子，但我想沒有任何事會比失去自己孩子更糟糕的了。」

「你能告訴我五月三日的星期二晚上你在做什麼嗎？」她問道。現在的瑪戈特不記得這個日期的意義何在，但她推測那是波莉屍體被發現的前一天晚上。

「可以。一般而言，我不會清楚記得自己的行蹤，但是，由於警方才剛問過我相同的問題，所以我馬上就想到。」當他說到這句話時，語調中帶有一絲寒意，微妙卻清晰地表達了被質問時所感受到的憤慨。「那天晚上我上班到六點左右，接著回家為自己準備晚餐。只是簡單的義大利麵料理，沒什麼特別的。之後，我去了邦諾書店（Barnes & Noble），在那裡買了一本《黑暗之心》（*Heart of Darkness*），我正在研讀一些經典作品。接著，我就回家了，當晚剩下的時間都待在家中。」

「所以，那天晚上你沒有不在場證明？」

「好吧，有一位書店店員可以確保我當時去了書店。我很肯定她記得我，因為我找不到《黑暗之心》，所以當她帶我走向那一區時，我們針對閱讀經典作品的好處進行了一場友好的爭論。我記得，她比較喜歡奇幻小說。他稍稍地停頓了一下，瑪戈特想像著對方對著她微笑。「正如這位店員確切告訴警方的實情一樣，我在書店裡看書看了好一段時間，或許直到八點三十分吧，或許更久一些，我不記得了。接著我就回家了，又看書看了一陣子，然後就上床睡覺。所以除了那位店員之外，我沒有不在場證明了。」他語調略帶苦澀地補充說明。「真是遺憾，我很希望**不要**捲入凶殺案的調查之中。」

瑪戈特現在靠在摺疊沙發床上，閉上雙眼，搖了搖頭。就她看來，就連他的不在場證明也似乎經過精心策畫。它脆弱得令人覺得隨意，卻又夠牢靠，足以證明他說了實話，並讓他夜裡其餘的時間保有開放詮釋的狀態。

「賈諾莉．雅各布斯呢？你認識**她**嗎？」

瑪戈特的雙眼猛然睜開，她不記得自己曾向對方提出這個問題。她記得自己曾向亞德里安娜提出她串起了兩起案件關連性的理論，但她不記得自己真的向華萊士提出了這個問題。現在坐在此處的她，對年輕的自己充滿了感激之情，幾乎要感到暈眩。

「賈諾莉．雅各布斯？」華萊士重述了一遍，口氣聽起來非常驚訝。

「沒錯。」

「嗯，我的意思是，我當然知道她這個人是誰。大家都知道吧？」

「你是否曾見過她呢？」

華萊士冷笑著。「呃……沒有。」雖然他的語氣中帶有憤慨，但聽起來也有些許的慌張。

「不好意思，但你講這話是什麼意思？」

「你去過瓦卡魯薩嗎？」瑪戈特問道。

「瓦卡……」他的聲音消失了。「我不知道。或許有吧。我不確定。」

「你不確定自己是否去過印第安那州的瓦卡魯薩嗎？」

「我四十八歲了，這輩子去過許多地方旅行，所以我有可能去過。但真要老實說的話，不，我並不確定。不幸的是，現在我得要忙其他事了。我預約要去看醫生，在半小時內要到達。」他深吸了一口氣，接下來開口時的語氣聽起來較為平靜，也較為鎮定。「瑪戈特，感謝你花時間報導這個犯罪事件，祝你撰文順利了。我希望警方抓到這個混蛋，並且很快就落網。這種殺害無辜小女孩的人，依我看，就應當把他給吊死。」

隨著麥克風的移動，先是傳來一些沙沙聲，接著是低沉的低語聲。然後錄音檔就此停止了。

瑪戈特坐著，背靠在摺疊沙發床上，一股寒意沿著她的脊椎向上竄起。華萊士早已精心潤飾那些關於波莉的問題了，聽起來像是經過多次排練。他承認自己曾參觀她進行練習的馬廄，但在她死去的那一晚，他有一個站不住腳的不在場證明。當瑪戈特提問關於賈諾莉的事情，他突然變得驚惶失措並結束了訪談，但在此之前他承認自己這輩子時常去旅行。他或許不記得自己曾去過哪些地方，但她至少想到了幾個：瓦卡魯薩、代頓以及納帕尼，分別是賈諾莉．雅各布斯、波莉．利蒙，以及娜塔莉．克拉克的家鄉。

那時的瑪戈特還不知道，但現在的她足以確信這一點，那信念深刻地入骨：三年前，她與一個殺人凶手握了手，坐在他對面，還聽信了他的謊言。

她的思緒飛速地運轉。她不想倉促地進行研究或太早報導，而將這個故事給搞砸，這意味著她有很多事情要做。因為現在，就三個案件而言，她手上只有將艾略特．華萊士與其中兩起案件串連起來的間接證據。從波莉．利蒙去世的時間，她可以對照到他當時就在俄亥俄州代頓市，而他在錄音帶中也承認自己曾參觀她騎馬的那個馬廄。除此之外，瑪戈特獲得了傑斯．雅各布斯提供的消息，儘管他拒絕錄音記錄，卻串起了華萊士與賈諾莉之間的關聯，那一位假想的朋友。雖然這讓她確知自己有所進展，但顯然不足以將他活剝生吞。瑪戈特心裡就想著要這麼做：將他切成薄片，放在銀色淺盤上送給警方。

就在她還來不及做任何事之前，就聽見門外傳來一聲巨大的撞擊聲。然後，喊叫聲開始了。

# 二十三、瑪戈特、二〇一九年

瑪戈特大力推開臥室的房門，急速跑到走廊。

「混蛋！」路克的吼叫聲響徹了整間房子。

她順著聲音走進廚房，突然停住了腳步，震驚地瞪大了雙眼，關於案件的一切都從腦海中消失了。她唯一能注意到的就是眼前廚房的景象。她在自己的房間裡躲了多久了？她待在房間裡不可能超過一個小時，但她才離開廚房沒多久，如今她卻完全認不得這個廚房了。

廚房裡有一把椅子被推倒在地，瑪戈特猜想那就是撞擊聲的來源，每個抽屜和櫥櫃都敞開著，空空如也，但櫃檯上卻堆滿了東西。堆得高高的一疊盤子上放了一堆隔熱手套及隔熱墊。除此之外，還有她叔叔所有廚房用具，有牛排刀、奶油刀、叉子、湯匙、大型湯勺、長柄勺等。雜物抽屜裡各種隨機物品，像是一個快艇骰子掌上遊戲機（Yahtzee）、一束鉛筆、一把舊刷子、一把生鏽的剪刀等，已經全被重新插放在他那些杯子內。實在很難想像，廚房裡一下子塞滿的這一大堆東西，曾安然被收納在廚房各處。路克背對著她，站在廚房這一切的中心。

「路克叔叔？」瑪戈特試探地說道。

路克憤怒地轉過身，他的眼睛睜得大大的，看起來失控瘋狂。他的手裡拿著一罐醃黃瓜。「我找不到！」他吐了一口口水。

她輕輕抬起手掌。「好的、好的。你什麼東西找不到？」

「嗯，你覺得呢？那該死的芥末醬！他將裝有醃黃瓜的罐子重重摔在放滿東西的廚房檯面上，把一大袋Fritos玉米片和一個噴霧塑膠瓶裝的通用清潔劑推到一邊去。他拿起一疊塑膠餐墊，看了看餐墊下方，接著又放回去。

瑪戈特迅速掃視了芥末醬是否在廚房檯面上，但她完全沒看見。「我來看看能不能幫得上忙，好嗎？」她覺得喉嚨發緊，心臟狂跳。

「我不明白為什麼你能找到，而我卻找不到。」他轉過身，掃視著廚房的另一側，然後將目光鎖定在烤箱上。他大步地走過去並打開它，彎下腰查看裡面。

「你或許說得沒錯，但我可以幫你看看。」當路克關上烤箱，接著打開她身後空蕩蕩的廚櫃時，瑪戈特悄悄地大步走向冰箱，但裡頭沒有芥末醬。除了一瓶牛奶外，其他所有東西都不見了。奇怪的是，中間的層架上擺放著路克的家用無線電話。瑪戈特偷偷地拿出來並放於一疊紙盤上。

她接著檢查冰箱的冷凍庫，立即發現一盒冰淇淋後方藏著芥末醬時，路克走到冷凍庫的另一側，將冰箱門大力甩上。但瑪戈特正好在冰箱門前，塑膠層架的尖角狠狠地撞在她臉頰上。冰冷而灼熱的痛感撕裂著她。瑪戈特喘著氣，用一隻手拍著臉頰。

路克繞過冰箱，而冰箱門在撞到她之後又大力彈開了。「蕾貝卡？」他盯著瑪戈特，眉頭皺了起來，身體卻一動也不動。

隨著痛感加劇且集中，瑪戈特的呼吸變得急促了起來。她感覺自己好像被利刀割傷了一樣，手指觸摸臉頰時感覺滑溜溜的。當她抽開自己的手時，手上沾滿了鮮血。

「蕾貝卡？」路克又說道。這一次他的聲音裡帶著一絲顫抖。「你是——」

他話都還沒說完，前門就響起了敲門聲。

「該死，」瑪戈特咬牙切齒地說。她在廚房裡四處尋找廚房紙巾，發現烤麵包機和攪拌機之間夾著一卷紙巾。她撕下一塊，貼在自己抽痛的臉頰上。

前門又響起了敲門聲，這次更用力更大聲了。

「來了！」瑪戈特一邊喊著，一邊擦拭著自己滿是鮮血的臉頰，將捲成一團的紙巾扔進垃圾桶裡，接著大步走向大門。當她伸手要開門時，門外的人又再次敲響了門。「我的天啊，」她小聲且生氣地說，大力地把門甩開。「**是怎樣呀？**」

皮特站在門口，驚恐地眨著雙眼。

「噢。」瑪戈特的臉變得更燙了。「是你啊，你怎麼會來？」

「呃。」他挑了挑眉毛。「我也要問你為何在這裡。」

「什麼？」然後她恍然大悟了。「喔，該死。你是來查看路克狀況的，對不起，我忘記傳簡訊給你了。我從芝加哥回來了。」

皮特點了點頭。「我現在知道了，但你流血了。」

瑪戈特用手指撫摸自己的傷口。「沒事的。」

皮特越過她的肩膀往房子裡瞥了一眼。「我進來一下子吧？我今天不用值班巡邏，所以有幾分鐘的時間。」

「皮特，現在不是個好時機。」

「是啊。」他看了她一眼。「我也發現這件事了。」

沒等她回應，皮特從她身旁走過入口玄關。他看見廚房時，頓時驚訝地瞪大雙眼，但在路克走近時，便很快修正了表情。

「嗨，」皮特愉快地說。「我是皮特・芬奇。」他伸出手，路克輕快地握了握他的手。叔叔面對皮特時，從他微笑卻帶著茫然的表情中，瑪戈特得知他已不記得昨天曾來訪的皮特了。「我是瑪戈特的朋友。」

「很高興認識你，」路克說，他的聲音聽起來異常地小聲。接著，他看著瑪戈特。「孩子？你流血了。發生什麼事了？」

瑪戈特搖了搖頭。「沒事，我很好。」

在她身旁的皮特朝著那個有如災難的廚房看了一眼。「所以，」他拍了拍手，「你們正在打掃環境嗎？你們需要幫忙嗎？」

接下來兩個小時，瑪戈特、皮特和路克一起收拾廚房並恢復原狀。不過，大部分的工作都落在了瑪戈特身上，因為她是唯一知道或記得物件收納原處的人。一整個下午，他們三個人一直穩定且閒散地談天，多數是皮特長篇大論地談辦公室裡發生的瑣事。瑪戈特明白，他之所以會這樣做，正是為了她著想，讓她的叔叔在她打掃時可以專注在其他事上。整個過程中，她不知道自己是該尷尬，或是更感激才對，該感到尷尬的是，正是因為她過於專注於案件，甚至不知道自己房門外的叔叔來到了失控邊緣；瑪戈特也感謝不太熟識的他竟如此良善體貼。

等他們忙完，已經五點多了，他們都餓了，瑪戈特就訂了一個披薩。雖然她擺好了三個人的餐具，路克見狀，仍開口說道：「你們兩人一起敘舊聊聊吧？我一邊吃一邊看電視。」但當他拿著兩片披薩去客廳時，瑪戈特可以看出，他真的只是需要休息一下。他看起來疲憊不堪。她漸漸明白，這都是那些失序的插曲造成的結果。

瑪戈特看著叔叔癱倒在沙發上，打開電視，咬了一口披薩，他的眼睛直盯著螢幕。當她再次將視線轉回廚房時，她看見皮特從冰箱裡拿出兩瓶啤酒。

「要啤酒嗎？」他說。

「當然，開瓶器在那個抽屜裡。」

皮特彈開了瓶蓋，遞給她一瓶，然後癱坐在她對面的椅子上。

她喝了一大口。「他的情況越來越糟了。」

皮特的目光掃視著她的臉，落在她腫脹的臉頰上。「是他造成的嗎？」

瑪戈特稍早時已清洗傷口並貼上ＯＫ繃，但傷口仍抽痛著。她搖了搖頭。「那是個意外。」

「有什麼是我能做的事嗎？」

她看了他一眼。「你認真的嗎？你今天下午已經幫很多忙了。」

「我之前和你說過了。我經歷過這些事，這……很不容易。」

她仔細端詳他的臉好一會兒。「其實，確實有你可以幫忙的事。」她遲疑了一下。「你能幫我找到一個名叫艾略特．華萊士的人嗎？」

「那個人是誰？」

因此，瑪戈特將這一切都告訴了他，皮特仔細聆聽，臉上難以置信的表情像是嚇呆了。

「我的天。」聽她說完後他說道。他的視線落在桌面上，目光四處徘徊，像是視而不見，最後看著手上那塊吃了一半的披薩。他皺著眉頭盯著披薩，像是很驚訝它在此一樣，然後將它扔在紙盤上，輕拍著雙手。

「我知道，」瑪戈特說。「絕對有什麼不對勁的。我感覺得到。」

「是啊……是啊，我認為你說得沒錯。老天爺呀。」

「那麼，你覺得你能幫我鎖定艾略特．華萊士人在哪裡嗎？我記得我們上次見面時他住在代頓市，但我不記得在哪裡了，也不確定他是否仍住在那裡。」她知道，他以前住的社區地點可能深埋於她腦海深處，而他家就在一個四處長得都一樣的郊區，在她以前不曾造訪的一個城市中。而且，都已過了三年。他有可能已經搬家了。

皮特抓了抓下巴。「要這樣追蹤某人可能會是個漫長的過程。光是等待收到聯繫窗口的回覆，就可能需要花上幾星期時間了。也就是說，如果我光明磊落地這樣做的話。」

瑪戈特猶豫了一下。「如果你**不那麼**光明磊落的話呢？」

皮特發出一聲笑聲。「是的，那不會花那麼長時間，但我正在思考的是……這麼說吧，你確定這是你現在想做的事嗎？」

瑪戈特歪著頭。「你這是什麼意思？」

「我只是想說——」他點了點下巴，指向她身後的客廳，客廳裡的路克將電視音量開得特別大聲。「你還有很多事情要做。」

「好吧……當然。但我還是要做好自己的工作。」她並未告訴皮特自己被解雇的事，但她現在也不打算坦誠。他或許願意為一位有可靠線索的記者稍稍打破規則，但他現在如果知道她背後沒有報社為她撐腰的話，可能就不會幫忙了。更不用說，如果她告訴他這件事，她會感到多麼羞愧。但她不需要讓這件事發生，要應對的事物已經夠多了。

「我知道，」他說。「但是你就不能寫另一個報導之類的嗎？一篇不需要你在中西部四處追逐奔波的報導。」

「關於他的事，我已經盡我所能了，皮特。」瑪戈特試圖讓自己的音調維持平穩，但顯然不太容易。

「我明白，我真的明白。但就他目前的情況，將他獨留在家過夜是很危險的事。」

一股熱氣如皮疹般在她胸膛上燃燒。「你在跟我開玩笑嗎？」

「嘿，你聽我說。我並不是要指正你該如何照顧家人，而是——」

「不，我明白，」她厲聲說，急迫地起身，她的椅子快要在她身後倒下了。「你認為我應該待在家裡，而不是在外頭工作。」

「我……」皮特高舉起雙手。「哇。瑪戈特，我不是這個意思。」

「真的不是嗎？」

在她旁邊的桌子上，她的手機因為收到通知而響了一聲。本能地，她抓起桌面上的手機，瞥了一眼螢幕。「他媽的！」她先前的房東漢克以Venmo系統發出了轉帳要求，要求她支付七月租金，一共一千二百美元。這幾天，瑪戈特多次打給她的轉租房客，但這個人似乎消失了。現在她別無選擇，只能付錢。

「一切都還好嗎？」皮特猶豫地問道。

瑪戈特將手機放回桌面的動作有點用力。「一切都很棒。我只是要付錢支付一個我根本不再居住的地方，但是，沒錯，也許我應該辭去工作，整天和我叔叔待在家裡。」她覺得自己愚蠢又不誠實，如此捍衛一份她其實早已失去的工作，但她的臉正抽痛著，而路克的事讓她不知所措，她覺得自己離生命中最重要的故事報導只有一步之遙，只要她能抽空釐清各種證據的話。

「對不起，」皮特一邊說著，一邊站了起來。「我不是有意要——」

「沒關係，真的。但我想我現在應該收拾廚房了。」

「我……」他嘆了口氣。「當然，好的。」

皮特離開後，瑪戈特將剩下的披薩放入冰箱，又再次清理了廚房，接著將費用匯給漢克。然後她從房間裡拿出筆記型電腦，和路克一塊坐在沙發上。

他給了她一個含糊且空洞的微笑，接著轉頭回去看電視。瑪戈特的胸口隱隱作痛，她明白皮特的建議對她打擊如此之大的原因，不是因為其中有任何性別歧視的意味，而是因為他的譴責，正是她在人生低谷時對自己所說的話。她將工作看得太重了，沒有在家人需要的時間陪伴左右。畢竟，在這當下，就在路克至今最惡劣的狀態發作之後，她卻滿腦子都是賈諾莉的案件。也許皮特說的沒錯，或許她應該去找分服務生的工作，僱用一位兼職的看護人員，直到她找到更賺錢、更省時的工作為止。但是呢……但是呢……

她腦海中迴響著艾略特．華萊士的名字，就像在嘲諷她一樣。她坐在他對面，聆聽著他的話語，看著他的雙眼，他卻欺騙了她。自始至終，他都假意地關切波莉．利蒙的謀殺案，卻僥倖地逃脫了罪罰。他早已逃脫了賈諾莉的謀殺案，如今在娜塔莉的謀殺案之後也即將逍遙法外。瑪戈特是唯一知道他有罪的人，她心裡太清楚這一點了，堅定得像她知道自己有多麼關愛叔叔，堅定得像她知道自己注定要成為一位記者。這些認知具有分量與密度，堅實如骨。

在客廳的沙發上，瑪戈特將筆記型電腦放在大腿上，將它打開來。如果皮特不幫她，她就親自處理這個混蛋。但她該從哪裡開始呢？她心不在焉地瞥了一眼路克正在看的節目，是關於大型貓科動物的動物紀錄片，她試著回憶起傑斯所說，關於賈諾莉「假想的朋友」的一切。他曾說過，大象華萊士和賈諾莉在兒童遊戲區一起玩，對吧？那個華萊士曾參與她的舞蹈表演會嗎？

瑪戈特突然想到了一個主意，她開了一個Google畫面，在搜索欄位中輸入了「賈諾莉・雅各布斯」以及「跳舞」等文字，然後選擇了圖像過濾功能。一般來說，這種情況下要找照片就得前往那女孩的舞蹈室，或者聯繫她的父母。不過，賈諾莉的案件太聞名了，瑪戈特知道，自從網路發明以來，每一張相關照片都在網路上傳播開來了。果不其然，幾秒鐘就出現了結果，吐出成千上萬張照片。

前十五張照片都是同一張，也是該案件中最著名的照片：賈諾莉身穿海軍風主題的服裝，栗色的頭髮梳了起來，帶著鮮紅的唇色。

之後還有幾十張相似的照片：賈諾莉穿著舞蹈服裝，獨自擺著姿勢，上了唇膏的嘴唇微笑著。其中夾雜著案件的相關照片：比利、克麗絲及傑斯三人，在新聞記者會上、在珊蒂・沃特斯節目的沙發上，或是在他們家外頭。在那些照片中，他們的神情全帶著凝重及驚懼。瑪戈特向下捲動瀏覽。

她點擊的第一張照片在搜索結果中長達十二頁。這是賈諾莉表演中的一個廣角鏡頭，捕捉了一整個舞臺和幾位觀眾。瑪戈特拉近鏡頭，仔細審視那些觀眾的腦袋，但拉近來看，他們就成了一片模糊。她按了一下返回搜尋結果頁面。

不知道時間過了多久了，瑪戈特終於找到一些東西了，直到路克猛地轉頭看著她時，她才意識到自己倒吸了一口冷氣。

「蕾貝卡？」他說。「你沒事吧？」

瑪戈特點點頭。「沒事，我很好。抱歉。」她向他微微一笑，然後迅速轉身繼續查看筆記型電腦上的照片。

毫無疑問地，這張照片的拍攝地點是賈諾莉舉辦舞蹈表演會的某個禮堂。賈諾莉位於畫面中央，懷裡抱著一大束白玫瑰。她身後有一大群人，包括其他盛裝表演的小女孩、家長們、兄弟姐妹，以及叔叔阿姨們。最右邊的角落，即使渺小且模糊，她也能認出那個身影，是艾略特・華萊士。他獨自站在那裡，雙眼一眨不眨地盯著賈諾莉的後腦勺看。

瑪戈特找到他了。

她瞪大雙眼，心跳加速，幾乎難以相信這件事。人們總說瑪戈特搞錯了，不論是她的前任老闆、萊克斯警探或湯森警探，但如今她得以證實自己的推論了。

不過，當她隨後盯著她確信為凶手之人的臉龐時，另一件事引起了她的注意，照片邊緣有個熟悉的紅色小點。

「不。」她以耳語般的音量說著。

這不可能。這一點也不合理。一直以來，路克都說自己不認識比利或克麗絲。而且，他肯定也不認識賈諾莉，所以他沒有理由去參加她的舞蹈表演會。但是，為什麼現在瑪戈特會看見他出現在此，顯然是在賈諾莉某場表演後拍下的照片中呢？雖然他的臉被鏡頭切掉了一半，但她可以清楚看見他的樣貌。他比艾略特・華萊士更靠近鏡頭，她看得見他的耳朵、下巴，以及洩漏他祕密的關鍵：脖子上纏著他最喜愛的紅色印花方巾，即多年前瑪戈特贈送的聖誕禮物。

她的耳朵充血發熱。瑪戈特轉身看著路克，感到難以呼吸。他正盯著她看，臉色和傑斯一樣面無表情且嚴肅。

「對了，」他說。「你最近有見到瑪戈特嗎？」

瑪戈特吞了吞口水。「為什麼這麼問？」

他瞇起雙眼，幾乎像是帶著懷疑般看著她，接著又轉頭看著電視。「我很擔心她。她最近問了許多關於賈諾莉的事情，我擔心她發現到底發生了什麼事。」

# 二十四、瑪戈特，二〇一九年

瑪戈特僵硬地坐在沙發上，難以呼吸，手心刺痛。她盯著叔叔的側臉，叔叔則盯著電視看。雖然只有幾步的距離，但兩人之間的距離卻像是一條無法逾越的鴻溝。

瑪戈特這一生，路克一向教導她要誠實真摯。在一個看重表相多於真相的小鎮上，毫無警戒之心、不做作的叔叔成了她的拯救者。路克從不隱瞞自己是怎樣的人，至少她一直是這麼認定的，但她顯然錯了。和鎮上其他鎮民一樣，他顯然也戴著面具。多年來，他一直堅稱自己不認識賈諾莉，也不認識雅各布斯家族的人，但他現在卻出現在那女孩舞蹈表演會的一張照片裡。

瑪戈特的目光，從照片中的叔叔轉向坐在沙發上的叔叔。「路克叔叔？」

但是她的聲音聽起來如此微弱，他肯定沒聽見，因為他的眼睛直盯著電視。她清了清嗓子。「路克？」

他轉過頭，揚起眉毛，從他眼中模糊的神情，瑪戈特看得出來，他認不出她是誰。她疑惑著，對他而言，她現在是誰？她是他已故的妻子，或是個陌生人？

「你擔心瑪戈特會發現什麼事？」她問道。

路克皺起了眉頭。「什麼？」

「你剛才說你擔心瑪戈特，因為她一直在問賈諾莉的事。你說你害怕『她發現到底發生了什麼事』。你指的是什麼意思？」她覺得，利用他的症狀來獲取訊息就像是一種背叛，但話說回來，是他先背叛了她。

路克的眉頭皺得更深了。

「路克？」她過了一會兒說。「你剛才說的是什麼事？『發生了什麼事』究竟是什麼？」

「嗯？」他用力眨著眼睛、搖著頭，好像在試圖清除前方的蜘蛛網。「你在說什麼啊？」

就在此時，電視中傳來一聲巨響，兩人一塊轉頭看過去。螢幕上，有一頭獅子撕咬著一隻被開膛破肚的動物，牠的口鼻與鬃毛全沾滿了鮮血。

「天呀，我真喜歡這個節目，」路克說。「你不喜歡嗎？」

但瑪戈特說不出話來。她的腦海裡盤旋著叔叔相互矛盾的不同版本：在賈諾莉舞蹈表演會上的路克，告訴瑪戈特自己不認識雅各布斯一家人的路克，擔心她會知道到底發生什麼事的路克。她用顫抖的手闔上筆記型電腦，夾在手臂下。她需要離他遠一點。當她起身站起來時，這才意識到自己的身體顫抖著。

「馬上回來。」她說，路克要不是沒聽見，就是根本不在意。瑪戈特走出客廳時，他繼續看著電視。

當臥室房門在她身後關上的那一刻，她立即鎖上，然後向後靠在門上，讓身體下滑坐在地板上。到底發生了什麼事？一分鐘前，她正串連起艾略特．華萊士以及波莉．利蒙、賈諾莉的關係，以為自己破案了，但現在——**到底是怎麼一回事？**她到底認為叔叔曾做了什麼事？只因為路克去了賈諾莉的舞蹈表演會，也並不代表他殺了她，她理性的大腦想插手管這件事。但是，這些年來他為什麼要說謊呢？

瑪戈特覺得自己所認知的一切，她的一整個世界，都被徹底顛覆了。她下意識地抓起褲子口袋裡的手機，想打電話給某人，盯著螢幕看了好一會兒，後來將手機摔在地上，按壓在地毯上。像這樣的時刻，她會打電話給路克。

她坐在那裡，背靠著門，目光茫然地掃視著這間由辦公室改造的小客房。片刻之後，她的目光鎖定了路克的舊書桌。小時候，那張桌子是她叔叔及嬸嬸家中唯一不讓瑪戈特碰的東西。根據路克的說法，裡頭有他所有的工作資料，他不希望東西被弄亂。但現在她回想了一下，她真的不記得他曾使用過它那張書桌。

她站起來，再次仔細檢查門是否鎖上了，然後快步走到書桌前，坐進桌前的人造皮椅中。桌上擺有一台連著有線鍵盤的電腦、一個玻璃花瓶，裡面裝有鋼筆、鉛筆及螢光筆，還有一盞看起來很廉價、可任意彎曲的檯燈。瑪戈特按了桌面上的電源按鈕，等待電腦啟動時，她先靜悄悄地打開抽屜。位居桌面的中央處有一個淺托盤，其中散落放著迴紋針、便條紙與圖釘等物件，她發現其中有一把金色的小鑰匙。

就在瑪戈特伸手去拿時，電腦響亮地發出聲音，她坐直了身子，伸長脖子聽著另一個房間是否有動靜。她不禁懷疑，如果他發現自己正在窺探他書桌的物件，他會怎麼做？昨天，這個問題肯定會讓瑪戈特發笑。現在，這問題卻讓她感到害怕。

她將自己的注意力轉向螢幕，螢幕中央有個輸入密碼的小方框。她一邊想著，一邊輕咬自己的口腔內壁。路克曾經是一位會計師、一個對數字敏感的人，卻也有感性的一面。她輸入了嬸嬸的生日，但小方框不以為然地抖動了一下，於是她又嘗試了他的生日，結果同樣令人失望。她刪除了數字，接著緩慢地輸入自己的生日。當她按下輸入鍵時，電腦發出一聲愉快的響聲，她叔叔的電腦桌面映入眼簾。瑪戈特的胸口繃緊了。在接下來的一個多小時，她搜索了每一個她找得到的檔案及資料夾。但是，時間一分一秒地過去，她毫無任何發現。她決定要繼續檢查其餘的書桌抽屜，但正當她要拉開另一個抽屜時，她聽見了，她門外某處傳來一聲巨響。

瑪戈特猛然站起來，她的手僵止在半空中，雙眼直盯著書房的門。那聲音聽起來像是腳步聲，或者是跌倒的聲音。她一動也不動地聽著，卻未聽到其他聲音。她靜靜地從椅子上滑了下來，走到門口，屏住呼吸，將耳朵貼在門上。但她所聽見的也只有電視的聲音，不過是她太多疑了。

她回到叔叔的書桌前，繼續翻找著抽屜，但接下來每個抽屜裡的東西都比前一個更平庸無趣。路克保留了車子的相關記錄與收據，包括最後一次換油。關於房子的也一樣，他保有屋頂維修、管道爆裂的修理單據等。其中還有一堆亂七八糟的散亂文件，有一張很久以前的購物清單、一張一九九九年的陪審團傳票，一疊瑪戈特搬離瓦卡魯薩後寫給他的信，上頭都是她青春前期的凌亂筆跡。

最後，瑪戈特來到了最後一個了，右下角那個高長的抽屜。但是，當她試著打開時，它卡住了。她又用力拉了一下，絲毫不為所動。接著，她看見上方有個金色的小鑰匙孔，便想起了那把鑰匙。她又連忙打開第一個抽屜，拿出裡面那把鑰匙。

瑪戈特心跳加速，試著用那把鑰匙打開抽屜，結果很容易就打開了。但是當她用力拉開時，感覺到自己胸口沉重。她不知道自己期待要找到什麼，但裡面只不過是一組歸檔資料夾。當她快速地流覽資料夾時，她的失望情緒越來越蔓延；那不過是路克客戶們的財務紀錄。她想著，將這些資料鎖起來也是合理的事。她再次坐回那張巨大的椅子上。她應該可以鬆口氣了，她不希望她的叔叔隱藏著一些有罪責過失的祕密，她當然不希望如此。但她想要的是真相，足以解釋他為何出現在賈諾莉表演會的那張照片之中，但這些財務文件做不到。

但後來，她注意到了一些剛才沒注意到的事。從外面看，抽屜本身的深度和裡頭的檔案夾深度似乎有些差距，大約還有三、四英寸的空間。她猛然坐直身體，大力拉開抽屜。然後，她特意讓自己小心翼翼地動作，取下了固定檔案的金屬框架，手掌按著抽屜的木質底板。她摸了摸底板的表面，觸及其中一個角落時感覺到輕微的傾斜，接著砰的一聲。她的心都要跳出來了，那塊木板只是假的底板。

然而，正當她取出那塊木板之前，又聽到了另一個聲響。和剛才一樣的巨響，像是有人移動的腳步聲或肘部撞側牆面的聲音，但這次聽起來像是從外面傳來的聲響。

她衝到窗前，透過百葉窗向外張望。現在肯定比她意識到的時間更晚了，因為戶外的天色已昏暗，唯一的光源來自一顆光線微弱的燈泡。瑪戈特掃視了叔叔小小後院的每一寸土地，但四處不見人影。她伸長脖子想仔細聆聽，但除了電視傳來的低沉聲音，什麼也沒聽見。是否路克正是發出聲響的來源，他就是那個四處移動的人？

她走到房門前，輕輕推開門，輕巧地以側身走出房門。她躡手躡腳地走至走廊上，在客廳入口外停了下來，將頭部靠在角落。但是路克動也不動。他坐在沙發上，面對著電視。現在螢幕上有一隻母獅子正在狩獵，從容不迫地圍著獵物轉圈圈。瑪戈特掃視了客廳其餘的空間以及相連的廚房，沒有任何異狀，沒有事物不對勁。她唯一能聽見的聲音是紀錄片中的旁白，解釋著對抗四周的獅群的牛羚毫無任何勝算。瑪戈特轉身走回自己的房間。

一鎖上身後的房門，她嘆了一大口氣。她覺得很荒謬，家中並沒有發生什麼不祥的事情，她的叔叔並沒有注意到她對自己的看法。而且，就此而言，也許她甚至沒有什麼需要關注他的必要。也許，有一個不傷大雅的理由足以解釋那晚他參與賈諾莉舞蹈表演會的原因。現在，她需要關注的人是艾略特·華萊士，而不是她的叔叔。不過，緊接著，她腦海中閃現路克曾說過的話。**她最近問了許多關於賈諾莉的事情。我擔心她發現到底發生了什麼事。**瑪戈特用雙手撫摸著自己的臉，大腦一片混亂。

回到她叔叔的辦公桌前，她一屁股癱坐在椅子裡，身體前傾要拆下那抽屜的假底板。或許她應該將精力集中在華萊士身上，但首先，她需要先劃掉清單上的這一件事。看來，路克想盡了辦法要將這抽屜裡的東西藏起來。瑪戈特將木板放在腳邊鋪有地毯的地板上，然後將注意力轉向下方的東西，她完全無法呼吸了。

一時之間，她動彈不得。她唯一所能做的就是目不轉睛地凝視著，她的心跳又急又重。然後，她伸出顫抖的手，拿出那一疊折疊好的文件，小心翼翼地放在大腿上。

當她翻閱那些製作簡陋的表演節目表時，淚水讓她的雙眼感到刺痛。每一張的封面上都有相同的剪貼圖樣：一位穿著芭蕾舞裙的芭蕾女舞者，她的雙臂在頭頂上優雅地畫了一個圓圈。上頭有一排拱形排成的文字：**艾麗西亞舞蹈學院演出……**舞者下方有每個特定節目的標題：**九四年春季回顧展**、**九三年秋季矚目之星表演**。每一張節目表都寫有賈諾莉的名字。

瑪戈特緊閉雙眼。她的叔叔，這世上她最喜歡的人，竟是個騙子，而且情況還有可能更糟糕。他聲稱自己和她素不相識，卻去參加這小女孩的表演活動，他能有什麼解釋呢？在這二十五年中，他為什麼一直要藏著這些表演節目表並牢牢上鎖呢？

**砰**。

這次，瑪戈特清楚聽見聲音了，絕對沒有聽錯。有人在屋外。她將那些節目表塞進抽屜裡，放回假底板與金屬框架，然後用力地關上、鎖上，接著將鑰匙扔回原來的位置。她快步走向門口，雙手握成拳頭放在身側。

瑪戈特悄悄溜出門，躡手躡腳地走到客廳邊緣，在轉角處張望著，以為路克已經離開了，但他就在那兒，坐在沙發的另一端，身體對著電視。瑪戈特仔細觀察他一會兒。他的呼吸太急促了，這是她的錯覺嗎？但是聲音是從外面傳來的，至少她是這麼認為的，而他似乎也不可能離開又走了回來，她卻完全都沒聽見。

瑪戈特走到前門，把大門完全打開。然而，在門廊燈泡的昏暗光芒之外，只有黑暗。她站在那裡，等待眼睛適應光線，只聽見飛蛾輕敲她頭頂上那顆燈泡的聲音，**啪**、**啪**。瑪戈特凝視著夜色，但什麼也沒看見。她又聽了聽有什麼其他聲音，但夜晚是如此寧靜，她的血管裡的腎上腺素逐漸緩和下來。

然後，當她轉身要進門的時候，有東西引起了她的注意：她鞋底下有一張折疊過的紙張。儘管有些字母被她踏住而看不見，但顯而易見地，紙張的正面出現了她的名字。瑪戈特慢慢彎下腰，用顫抖的手拾起。她又看了四周一眼，接著打開了紙張。

這張字條的筆跡就和留在她車上的那張一模一樣，但雖然第一張可以解釋為一則警告——**對你而言，這裡不安全**——但目前這張是一項命令。然而，僅僅用了三個字，它便清楚明白地傳達了訊息：**滾出去**。

# 二十五、克麗絲，二〇〇九年

星期六深夜，比利早就睡著了，克麗絲坐在廚房的餐桌旁，桌上有一杯滿滿的白酒。傑斯的上一封信在她手中顫抖著，他的話語就在她眼前：**我不知道你認為賈諾莉發生了什麼事，但我不是那個殺了她的人**。

那句話讓她的思緒一片混亂，它彷彿蠕動並鑽進了她的大腦，她所知道的一切重新洗牌。她喝了一大口白酒，腦海中重演了那個可怕的夜晚，感覺像是她此生中的第一百萬次了：地下室的門開著，那之外一大片無邊無際的黑暗。站在賈諾莉屍體旁的傑斯、自己身體逐漸發冷的感覺，以及那句怪異又無情的話語再度爬上她的脊椎：「媽媽，我們明天可以一起玩嗎？只有你和我好嗎？」

那段記憶感覺很牢靠，像是編入她DNA中的一條絲線。傑斯怎麼可能不記得了？他在說謊嗎？但又是為什麼呢？她早已知道真相，也保護他了。他把這一切記憶都抹去了嗎？他當時只有六歲，年紀幼小且腦子糊塗不清。然而，他肯定不可能忘記殺了自己姐姐這種事。無論是什麼年紀，這種事必然會在身上留下印記，在你的靈魂留下無可磨滅的傷疤。

僅是傑斯沒有殺死賈諾莉的可能性，就好像有人顛覆了她的人生，讓她既是感到欣慰，卻又感到羞恥。一方面，這意味著她的兒子不是一個怪物；另一方面，這也代表她平白無故地疏遠了他。

克麗絲得瞭解實情。她深吸了一口氣，拿起一支筆，在一張白紙上寫下了她所記得關於那天晚上的每一個細節，她所做的每一件事。接著，她也要求傑斯做同樣的事情。第二天一早她就將信件寄了出去，當她隔一個星期收到他的回信時，她甚至沒等進屋內就開始閱讀。她在信箱旁撕開信封，心跳加速地翻閱著一頁又一頁。當她讀到最後時，很明顯地：要不就是傑斯在撒謊，要不就是這十五年來，關於這一切，她全都搞錯了。

回到廚房後，克麗絲拿起牆面上的電話，用顫抖的手指撥通了裘蒂的電話號碼。這個週末，比利去了一個辦在印第安納波利斯的農業設備大會，所以她在何處說話或說了些什麼都無所謂。

「哇，嘿，」一聽見克麗絲顫抖的問候句時，裘蒂說道。「發生什麼事了？怎麼一回事？」

「我可以去你家嗎？現在？」克麗絲瞥了一眼廚房牆上的掛鐘。那天正是星期五，她和裘蒂已安排好那天晚上稍晚時的活動。裘蒂的丈夫與兩個兒子去參加某個過夜的足球體驗活動，女兒去參加睡衣派對。比利也出城了，難得家裡都沒人，也難得他們有個完整的夜晚可共處而不被打擾。但是克麗絲應該要六點才能過去，而現在才四點。

「男孩們已經離開了，」裘蒂說，「但艾蜜莉亞還在這裡。我打電話給舉辦睡衣派對的那位媽媽，看看我能不能早點開車送她過去，好嗎？我一分鐘後回電給你。」

就在裘蒂回電並請她來訪的那一刻，克麗絲立即抓起她的旅行包，跳進了她的車裡。半小時後，她就站在裘蒂家的門口了。

「嘿。進來吧，」裘蒂說著，把大門敞開，帶著她進入屋裡，他們漫不經心地擁抱並親吻了一下。「發生什麼事了？」

「我收到一封來自傑斯的信。」

「啊。」裘蒂點點頭。儘管克麗絲從未對她說，她有多怕自己的兒子，在傑斯青少年時期最糟糕的歲月裡，裘蒂是握住克麗絲雙手的人，每當傑斯惹了麻煩時聆聽她說話的人，也是克麗絲倚靠著肩膀哭泣的那個人。

「我認為是時候了。」克麗絲的眼睛飛快地盯著地板看。當她再次抬起頭來時，她深吸了一口氣，說道：「我能告訴你那天晚上到底發生了什麼事嗎？賈諾莉死去的那個晚上？」

「喔，克麗絲。當然可以。」

裘蒂開了一瓶葡萄酒，他們端著酒杯走進客廳，克麗絲坐在沙發上，裘蒂坐在茶几前的地毯上。然後，這是克麗絲生平第一次，說出了十五年前那一夜的真相。裘蒂睜大雙眼聽著克麗絲解釋這一切，從她聽到撞擊聲而醒來，接著發現傑斯站在賈諾莉的屍體旁，一直到她將屋內布置成像是被破窗闖入的樣子。

她一說完，「天呀，」裘蒂說道。她的聲音聽起來悲傷而不安，但毫無批判的意思，克麗絲心中充滿感激之情。在內心深處，她知道裘蒂聽完這個故事後，不會以不同角度看他，但這一點最終得到證實後，她鬆了一口氣。「我很遺憾。」

克麗絲喝了一口酒，點了點頭。她原以為重溫那一夜，會像往常一樣，讓她因悲傷及憤怒而覺得動彈不得，但實際上，與裘蒂分享這段經歷後，卻產生一種淨化作用。自一九九四年以來，她的胸口就好像有一條緊緊纏繞著的鬆緊帶，如今，她第一次感覺到那開始緩緩地鬆開了。

「比利知道嗎？」裘蒂問。

「那天早上他發現我睡袍袖子上有噴漆，但我告訴他我可能只是碰觸到牆面了。我不確定他是否完全相信我，但就算他在那之後對我或傑斯有任何懷疑，他也從未說出口。你是我第一個說出真相的人。」她搖了搖頭，思考著。「而現在，有了傑斯寄來的這封信，我……我想我可能搞錯這一切了。他說他沒有殺她，而且——我不知道——我想我是相信他的。他沒有理由要對我說謊。至少，不會在我為了保護他而做了這一切之後還說謊。」

「確實如此。」

「天呀。如果我已搞砸了這一切，該怎麼辦？如果警方一直無法找到凶手的原因就是我，該怎麼辦？如果為了要保護傑斯，我卻讓某個瘋子殺了人還逍遙法外，這該怎麼辦？她一隻手使勁地往沙發扶手一拍。天啊！他媽的！」她的胸口因洩氣不定的呼吸而起伏著。然後，片刻之後，她說，「這還不是全部。」

裘蒂抬起頭來。

對克麗絲來說，突然告訴裘蒂真相，就像是一種強迫症，某種具有淨化並讓她恢復完整力量的宗教儀式。她閉上眼睛，深深地吸了一口氣。「比利不是雙胞胎的生父。」

裘蒂眨了眨眼。「**什麼**？」

「高中畢業後的那個夏天，當時大家都在舉辦各種派對，你還記得嗎？」

她搖了搖頭。「我一畢業就搬到這裡了。」

「喔，也對。好吧，那個夏天，我、比利與戴夫的關係非常親密。我們三個人經常一起出去玩，但偶爾，當比利不在的時候，我和戴夫有時會上床。老實說，我沒有特別思考這件事，我的意思是，我知道比利喜歡我，但我並不認為我們兩個是認真的，而且這也只發生過幾次。但我後來就懷孕了，我去找比利要墮胎的費用，因為我認為戴夫沒有錢，結果比利當時就求婚了。」

「哇……你確定讓你懷孕的人是戴夫，而不是比利嗎？」

克麗絲點點頭。「我的經期在比利之後、戴夫之前，他是唯一可能的對象。即使雙胞胎出生之前我不太確定，但雙胞胎出生之後我就知道了。他們有一些特質……都不太像比利。」

「他們看起來也長得像他，我是指戴夫。」裘蒂的目光凝視著某處卻未聚焦，彷彿她的腦海裡浮現了這三個人的畫面。「如果你不告訴我，我想我永遠不會聯想到這種可能性，但現在整件事拼湊起來了。」

「這正是我如此害怕的原因。所以我們才不再和戴夫往來了，我和他漸行漸遠了，因為我怕人們發現真相。」克麗絲將她的頭埋在手掌中。她仍然記得當她和戴夫劃清界線時他臉上的表情，隨著理解出現卻感到受傷的表情。

那是一個星期日的上午，雙胞胎出生的五個月後，他們一家四口才剛從教堂回到家中。前一天晚上，當比利睡著時，克麗絲一直搖哄著哭泣的傑斯，那天早上她不想去教堂，但比利說服了她。

「你認為大家不會發現我們結婚八個月後雙胞胎就出生了嗎？」他說。「我們沒有空間再犯下任何錯誤了。」

一聽見這句話，克莉絲感覺到自己心裡有些想法轉變了。她現在瞭解了，他說的沒錯，鎮民們可能已經猜到這對雙胞胎是非婚姻狀態下誕生的孩子，但似乎沒有人懷疑比利不是他們的親生父親，現在還沒有。她需要維持這種狀態，需要確保她沒有給人們任何說閒話的理由。她起身下床，洗了個澡，然後幫雙胞胎穿上他們去教堂的正式盛裝。

過了兩小時，主日禮拜結束，當他們踏上家中的礫石車道時，戴夫正坐在他們家前廊的臺階上。雖然現在才上午十一點，但他指間夾著一瓶晃來晃去的啤酒，腳邊放著一手裝啤酒剩餘的幾瓶。

「克麗絲！」當他看到他們時，他叫道，臉上露出大大的笑容。「雅各布斯！」他們走近時，他將一隻手拍在膝蓋上並起身。「好久不見。」一看見他，克麗絲的胸前立即燃起了一陣恐慌。光是讓他靠近她的孩子，就是一件危險之事。他們的五官最近開始轉變，也更加突顯，現在每當她看著他們時，她都看得見戴夫的影子，像是他們的波浪捲髮、他們下巴的顎裂特徵，但她和比利都沒有。她不確定人們是否會看出他們的相似之處，但如果戴夫就在身邊，時常陪伴在他們身旁，那麼被發現的可能性就會高上許多。

在克麗絲旁邊的比利突然精神一振。「戴夫！」他一邊喊道，一邊快步沿著車道走去，將克麗絲留在了身後，她正用雙人嬰兒車推著雙胞胎。

「天啊，老兄，」比利走到門廊時說，把他們的朋友拉進懷裡。「你到底都去哪裡了？」

戴夫聳了聳肩。「在附近呀。搞失蹤的是你們這些人吧。」他的目光掠過克麗絲的臉。過去這幾個月，他曾打過幾次電話，要求探望這對雙胞胎，但每當他提起時，她都回應他們很忙。比利在農場裡忙得不可開交；她因為孩子們而忙碌得無法抽身。這不是謊言，但並非全然是事實，從戴夫的眼神看來，克麗絲猜想他已經發現了。她只是希望他認為這一切只是因為她和他上床的愧疚感。「不過呢，別太擔心，」他低頭往嬰兒車裡看了一眼，眨了眨眼說。「身邊有這兩個小傢伙，很快就會氣消了。」

他彎下腰，將喝了一半的啤酒放在門廊上，大步走了過去，一看見並肩躺著的一對雙胞胎，他的雙眼立即透出了光芒。賈諾莉睡著了，她的粉紅色小裙子束在腰間，臉龐天真而安詳。在她身旁的傑斯怒目而視。

「嘿，小傢伙。」戴夫向傑斯伸出一根如彎勾的食指，但他沒有理會。「他們就是這世上最棒的兩個小東西，對吧？」

克麗絲笑了笑，但她的喉嚨因緊張而感到緊繃。她的眼睛在比利和戴夫之間來回掃視著，確信她的丈夫最終仍會看清真相，但他只是咯咯笑著。「如果你得和他們住在一起的話，可能就不會這麼說了。」

戴夫咧嘴笑了笑，向克麗絲瞥了一眼。「我可以抱他嗎？我想我可以進來坐坐，待一會兒。我幫大家帶來足夠的啤酒了。」

比利張開了嘴，但被克麗絲搶先了一步。「抱歉，他們的午睡時間到了，而且，我還有一堆事還沒完成。我得收拾打掃，接著還得準備晚餐。」她轉向比利，將一隻手放在他的肩膀上。「我想問你，到底能不能將水槽管線給修好呢？我們的水費肯定會是天價。」

比利眨了眨眼。她看見他的沮喪表情中閃現一絲困惑，但她料想他是行事得體的人，會選擇避免爭端，或至少不在他人面前爭吵。果然，他臉上露出笑容並說道：「好吧。」他轉向戴夫。「對不起，好兄弟。或許下次再約吧。」

戴夫咧嘴一笑，那是他令人熟悉的輕鬆笑容。「沒問題。」但當他將目光移至克麗絲身上時，她看見了因理解而閃現的苦澀。他終於明白意思了——他必須遠離他們。她的胃因內疚而扭曲，她的目光從他身上轉移開來。

「啤酒你們留著，」戴夫拍拍比利的肩膀對他說。「你可能比我還需要。」一說完，他便轉身離開了。

「我想他和比利在那之後可能又見了幾次面，」克麗絲對裘蒂說。「我們當然會在鎮上碰見他，但頂多就這樣。」她喝了一口酒，忽然間像是想到了什麼事。「我覺得我必須告訴他。」

在她對面的裘蒂看了她一眼。「告訴誰？**戴夫**嗎？跟他說他就是雙胞胎的生父嗎？」

「是的。」

「為什麼？」

「裘蒂，這個祕密我已經保守二十多年了，而我現在才開始瞭解它所造成的傷害。」

「但是，」裘蒂一邊搖著頭，「克麗絲，你認為告訴他這件事，可以達到什麼目的？」

克麗絲緊張地用手梳理著頭髮。「我不知道。只是……」即使對自己，她也很難好好地解釋，為何突然間需要清除她內心多年來的所有謊言。「如果我和傑斯能早點告訴對方真相，如果我早點明白他所經歷的事，那麼就有機會——」她吐了一口氣。「我想，我只是認為戴夫應該知道。另外，傑斯逐漸成熟長大，當我們經歷有如陌生人般的這段時間後，他主動聯繫了。這是我改正錯誤的機會，讓我能彌補我曾搞砸的一切。我可以幫他與他的父親建立關係，他**真正的**父親。」

裘蒂端詳著她的臉。「你也會告訴比利嗎？」

「不，告訴他只會為他帶來痛苦，一點意義也沒有。但是戴夫……他有權利知道。」

裘蒂盯著她看，臉上帶著焦急的表情。「我不喜歡你這麼做，」她說，輕輕咬著下唇。「我認為你不應該告訴他。」

「為什麼不呢？」

「我的意思是，我知道你和戴夫關係親密，但那也是幾年前的事了，你已經不認識現在的他了。」

「那有什麼關係嗎？」

「克麗絲，你要從他的角度來思考。你和這個人曾是朋友，也和他上床了，然後你不加解釋地將他從你的生活中驅逐，讓他和自己最好的朋友從此斷絕關係。我理解你當初這麼做的原因，但當你告訴他，你已經騙了他二十年時，你認為他會作何感想？你好像以為，過了二十年之久，當他發現自己有一對從未有機會好好認識的兒子和女兒，他會很高興。但是，他如果不太高興呢？萬一他生氣了怎麼辦？」

克麗絲回頭看著她的伴侶，她深愛著這個女人，比她所愛的任何人都深切，除了她自己的孩子之外。她知道裘蒂只是想要保護她，但克麗絲已經下定決心了。她打算將真相告訴戴夫。

# 二十六、瑪戈特，二〇一九年

瑪戈特站在她叔叔家的門廊上，手裡的那張紙條顫抖著，這個案件的所有訊息都在她的腦海中翻湧著。**那個婊子離開了。她不會是最後一個。滾出去**。

她知道，處理這張紙條的明智之舉，是立即開車帶著它上警局。留在她車上的一張字條可能是惡作劇，但出現在她叔叔家前廊的第二張字條呢？對方肯定是認真的。然而……

瑪戈特回頭看了一眼敞開的大門口，再度望向仍坐在沙發上的叔叔。正當此時，她覺得自己看見他的目光從她身上轉移至電視。他一直注視著她嗎？難道是她的幻覺嗎？

**他**肯定不是留下這些紙條的人，對吧？首先，那看起來不太像他的字跡，不過，當她低頭看文字時，卻很難辨別。那全都是大寫字母，看起來像是匆忙且潦草寫下的字。更何況，第一張紙條不可能是他寫的。它留在她車前的擋風玻璃上，就在雅各布斯家外頭，路克甚至不知道她去了那裡。但後來，瑪戈特有點震驚地意識到，他早就知道她會去那裡了。前往教堂前，她曾告訴他自己要去找比利進行訪談。

瑪戈特想著賈諾莉那一疊舞蹈表演節目單，想著一小時前他對自己所說的話：賈諾莉**到底發**

生了什麼事。

炎熱的七月夜晚，瑪戈特站在門廊前，將字條對折，塞進後方口袋。在釐清她叔叔到底有什麼祕密之前，她不會去找警方。

她關上並鎖上前門。「路克叔叔？」她說道。

原先看著電視的他抬起頭來。

「已經十一點多了，去睡覺吧。」

當他準備去睡覺時，瑪戈特關門、關燈，接著走進他的房間，確保他刷過牙並換上了睡衣。

瑪戈特簡短地向他道了晚安，接著回去自己的房間，靠在門上，雙手緊握成拳。她的指甲深深嵌進手掌，直到感覺刺痛為止，接著又繼續使力。這一切都得要有一個合理解釋。得要有一些合理的替代原因，取代她腦子裡不斷湧現的故事。她的叔叔是個好人，他不像艾略特・華萊士那種人。他永遠、永遠不可能傷害任何人，更別說是一個六歲的小女孩了。然而，自從她來到這裡之後，那是她第一次在夜裡鎖上了臥室房門。

第二天早晨，瑪戈特煮咖啡時，路克走進廚房，看起來好像一夜之間老了十歲。她覺得自己也是如此，他那些失序行為、這個案件、那些筆記，這一切都無比耗損。

「早安，孩子。」

「早安。」她對他露出了一個緊繃的微笑。「你睡得好嗎？」

她真正想問的，是他對賈諾莉有多麼瞭解，但她口中無法擠出這句話。今天早上他顯然相當清醒，就像多數早晨一樣，但是她的指控，將會對這種危險不安的狀態產生什麼影響呢？更糟糕的是，這將會對**他們**產生什麼影響？

後方口袋裡傳來的震動讓她嚇了一跳。她拿出手機，看了一眼螢幕，是皮特。瑪戈特猶豫了一下。她不想和他通話，他如此輕而易舉地發現並刺傷了她的弱點，對此她仍感到惱火。她拒接這通電話。

當她端著兩個杯子要倒入咖啡時，手機再次震動了，一樣是皮特。這次，她接聽了電話。

「我還以為你在躲著我呢。」他說。

她發出一聲介於嘆息與笑聲之間的聲音。「我的手機放在另一個房間裡。」她將咖啡倒入其中一個杯子裡，遞給了坐在餐桌旁的叔叔。

「這樣啊。」他的語氣已向瑪戈特透露了，他還沒有完全放下昨天發生的事。「那麼，你好嗎？」

「嗯，我很好。你呢？」

「很好。聽著，我打來是要和你說，我找到艾略特．華萊士的妹妹了。」一聽到這個名字，瑪戈特的心猛然一沉。她昨天這麼把皮特趕出家門，她以為他肯定不打算再幫她了。她原本看著已開始研究填字遊戲的路克，接著轉移了視線。「他更難追蹤了，」皮特說。「但我會繼續努力的。與此同時，我想你可能會很高興拿到她的地址，她的名字叫安娜貝爾．華萊士，住在印第安納波利斯。」

「喔，我的天啊，皮特。我欠你一個人情。說真的。」

「小事。」

他唸出了地址，瑪戈特寫在紙巾上。「謝謝你。聽我說，關於昨晚——」

「別擔心那件事，我不應該告訴你該怎麼過日子才對。」

「喔，好吧。嗯，抱歉。並再次感謝。」

他們說了再見，正當瑪戈特要掛斷電話時，她突然想到了什麼。「皮特！等一下。」她瞥了路克一眼，但他似乎全神貫注於填字遊戲上。儘管如此，她還是走出了廚房，快步走向自己的房間，隨手關上了身後的門。「關於可能將字條留在我車上的人，警局裡有任何發現嗎？」

「事實上，還真的有。昨天，有同事帶了幾個孩子回局裡。是即將升上高年級的三個男孩。我們沒有留下供詞之類的，但他們過往做了不少類似的鳥事。警官告訴他們，如果有類似事件再次發生，他們將會被嚴厲地懲處。「怎麼了嗎？」他問道，語氣突然驚慌了起來。「你該不會又拿到字條了吧，有嗎？」

「不，」她回答得太快了些。「我只是想知道而已。」

「好的，那就好。說到這件事，你描述的那個女人，我完全沒有任何發現。我希望這不代表什麼，但顯然地，如果你再見到她的話，一定要向警方通報。」

「好的。再次感謝你，皮特。」

她掛斷電話後，沒有走回廚房喝咖啡，而是去換衣服。她想儘快動身前往印第安納波利斯。她傾向在路克最為清醒且獨立的早晨時刻離家，但更重要的是，她現在迫切需要解決這個案件。一旦證明了艾略特・華萊士的罪行，不僅僅是取得了突破性的新聞故事，也足以釐清多年前對街發生的事件。甚至，重點也不是為了將華萊士繩之以法。現在，她眼前最急迫的事，只是確保她的叔叔與賈諾莉之死無關——確保他仍然是她所認識的那個人，仍然是她愛的那個人。

回到廚房後，她端起了馬克杯，將咖啡倒進外帶杯裡。「我要離開一會兒，」她對路克說。「我會在下午之前回來。」她想要微笑，但臉上特別緊繃，還沒正視他的雙眼，她便匆匆走出了家門。

三個小時後，瑪戈特敲響了安娜貝爾・華萊士的前門。艾略特妹妹的房子在印第安納波利斯的郊區，是一座兩層樓的紅磚房屋，大約是三年前瑪戈特去採訪艾略特時他那棟房子的兩倍大。安娜貝爾的家雖然算不上是新房子，但看起來維護得很好，有修剪整齊的草坪與整潔的園藝景色。

瑪戈特敲門後，只等了一下子，大門就打開了，出現一名四十多歲的女人，穿著合身的牛仔褲與白色襯衫。瑪戈特立即看出這個女人是安娜貝爾・華萊士。她和艾略特一樣，有著棕色的大眼睛和棕黃色金髮。但更重要的是，瑪戈特藉由耳朵認出了這個女人。那對異常大的耳朵從她頭部延伸出來，與她哥哥的耳朵有相同的銳角。

她給瑪戈特一個禮貌而敷衍的微笑。「有什麼需要幫忙的嗎？」

瑪戈特更加熱情地回以微笑。「你好。我是瑪戈特．戴維斯。請問你是安娜貝爾嗎？」

「我是。」

「很高興認識你。很抱歉這樣唐突地出現，其實我想找的是你哥哥艾略特。」

「他這次又做了什麼事？」瑪戈特張嘴想要回應，但安娜貝爾接著高舉起一隻手。「不，算了。我不在乎。我很抱歉，但我幫不上忙。我已經好多年沒和艾略特來往了。」

「喔，原來如此。」瑪戈特把視線轉向地面，假裝自己正仔細思考著這件事。當她再次抬起頭來時，擠弄著臉上的五官，希望自己看起來誠實無欺。「既然如此，你願意談談嗎？只需要花幾分鐘。我是一位記者。想要稍微瞭解一下你哥哥的事，可能有助於我找到他。」

這是一場賭局，以此作為籌碼。根據她的經驗，宣告自己是一位記者，不是激起人們的好奇心，就是讓他們設下防備之心。令她大為欣慰的是，安娜貝爾似乎是前者。

「記者？你正在進行的報導是什麼？和我哥哥有什麼關係？」

「嗯，我是一位犯罪記者，目前我正在報導幾個不同的案件。你曾聽過波莉．利蒙的案件嗎？」

瑪戈特一邊說話，一邊仔細打量著安娜貝爾的臉色，尋找任何跡象，但那個女人只是茫然地回瞪她。「誰？」

「她是俄亥俄州代頓市的一個女孩。我也在寫關於賈諾莉．雅各布斯的文章。」

一開始，當安娜貝爾聽到小女孩的名字時顯得相當驚訝，接著感到了困惑，然後慢慢地，她的表情轉變成了憤怒。「不好意思，你是在暗示我的哥哥是……我哥哥與那個女孩的死因有關嗎？因為如果你是這麼想的話，那就大錯特錯了。」

瑪戈特臉色平靜，但內心卻雀躍地跳著舞。終於，這個女人提供她完美的彈藥來進攻。她接著開口時，語氣裡充滿了同情。「關於賈諾莉的案件，如今發現了新的證據。有人挺身而出，說你哥哥參加了賈諾莉的舞蹈表演，還去了她玩耍的兒童遊戲區，這表明他可能與她的死因有關。」技術上而言，這並非謊言，儘管知道這項證據並對華萊士有所懷疑的人只是她一人。如果皮特信任她的直覺，或許還有皮特。「這並不代表他有罪，但這並不重要。這可能會演變成一場獵巫行動。這正是我試圖要阻止的事情。」

安娜貝爾皺著眉頭，打量瑪戈特好一會兒。然後她看了一眼手錶，一個精緻的銀色物件。最後，她嘆了一口氣。「一小時後我要去看牙醫。」

「我會長話短說的，」瑪戈特說。「我保證。」

她隨著安娜貝爾穿過玄關、走進客廳，客廳既漂亮卻又陳舊過時。深綠色的地毯讓實木地板變得柔和，安娜貝爾示意她坐在鋪著老式花卉圖案軟墊的沙發上，與厚重的窗簾相得益彰。瑪戈特面向壁爐架，上頭擺放著一系列鑲有銀色及金色相框的照片。在最大的相框中，有身穿淡藍色衣服的一家五口，坐在海灘的沙丘上方，他們的金髮在陽光下閃閃發光。

「謝謝你願意和我聊聊，」當安娜貝爾在她對面的扶手椅坐下時，瑪戈特說。「我知道你沒有太多時間，所以我們就直切重點吧。你似乎很確定你哥哥與賈諾莉的死因無關。你為什麼如此確定呢？」

安娜貝爾將雙腿交叉，深吸了一口氣，似乎是為了加強自己的力量。「艾略特就……」她搖了搖頭，「不是那樣的人。他不會做那樣的事。」

瑪戈特面無表情，但她知道安娜貝爾的話毫無分量可言。對於自己的家人，沒有人能抱持著客觀的態度。「那麼，你哥哥是什麼樣的人呢？」

安娜貝爾瞇起雙眼。「你剛說，你相信他是無辜的，對吧？這就是你試著要證明的事嗎？」

瑪戈特點點頭。她不喜歡對採訪對象說謊，但如果安娜貝爾得知瑪戈特對她弟弟的真實看法，她就不會開口了。

「好的。好吧，艾略特的……我不知道。該如何概括說明一整個人呢？」

「他在成長過程中是什麼樣的人？」瑪戈特一直認為，這是讓某人透露自身家庭的一個絕佳切入點。它無傷大雅，足以讓人們開口談論，卻同時有深切揭示問題所在的可能性。

「好吧。」安娜貝爾的視線轉向茶几，當她一邊回憶的同時，目光失去了焦點。「小時候，艾略特對於某些事物總是過於挑剔。例如，我永遠不能進他的房間，我永遠不能碰觸他任何玩具，但他本來就沒有很多玩具。」她抬頭看了一眼。「我們的母親是個全職主婦，父親是一位高中化學老師。我們並不窮困，但肯定算不上富有。我認為，艾略特總是覺得我們的父母應該做得更好才對。他總是在談論更了不起、更美好的生活。」

「你們兩個很親近嗎？」

她搖了搖頭。「不，沒那麼親近。他大我四歲，對他來說，我一向不夠有趣、不夠聰明，這點他表達得夠清楚了。他談論的話題一向是書籍、電影、藝術，與文化。我關切的事是獲得好成績和啦啦隊。後來，我上了大學，遇到了鮑伯，與此同時，艾略特已經從大學輟學了，正在做……嗯，老實說，我也不是太清楚。但是，你知道的，我們偶爾還是會通話聊天，我時常邀請他來和我們共度聖誕節。他一直都沒有來，除了某次他在這兒住了幾晚，我以為一切都很好，直到他離開後，我才發現我的鑽石耳環不見了，鮑伯的錢包也空了。」

「哇，這就是你們兩個失去聯繫的原因嗎？」

「那比較像是壓死駱駝的最後一根稻草。自從三十年前我嫁給鮑伯以來，艾略特就一直將我們當成銀行來提款。他會連續好幾個月不打來，但當他來電時，他會假裝是為了要和我聊聊近況。但隨後，不可避免地，他會在談話中談到他生活有多麼窮困，以及他多麼需要錢來做這件事或那件事。鮑伯總是說我個性太寬厚，很容易就屈服了，但是——」她聳了聳肩膀。

「據我所知，艾略特之前的工作是擔任保全人員，」瑪戈特說。「有一份穩定的工作，又不需要撫養孩子或配偶，不太可能陷入太嚴重的經濟困難，對吧？」

安娜貝爾揚起眉毛。「保全人員？」她發出了一聲尖銳的「哈」。「我想，或許可以做一陣子吧。但艾略特就是這樣，他很擅長找工作，卻不太擅長保住自己的工作。」

「你認為原因是什麼？」

「人們認識艾略特時，通常都會喜歡他。他可以很……魅力十足。當他關注你時，你會覺得自己像是地球上唯一的存在。他也很熱情，總是致力於某個計畫之中，但也容易感覺到無聊，渴望著一些新鮮事。小時候，他總會想到一些宏偉的點子並感到興奮不已，接著就不停地投入一個星期之久，或許是兩個星期，但最終，他會感到筋疲力盡並將目標轉向其他事物。」

「在工作方面，我可以想像他多麼擅長面試，但真要做每天朝九晚五的工作呀？對艾略特而言，他很快就會感到厭煩了。同樣地，他也無法在一個地點待太久。大學輟學後，他不斷地搬家。他會在北達科他州（North Dakota）住上幾個月，接著去伊利諾州（Illinois），然後又前往內布拉斯加州（Nebraska）。根本不可能掌握他的行蹤。」

隨著瑪戈特越來越瞭解艾略特・華萊士之後，她一想到他如此輕率地對待工作及職位，就如同他對待那些小女孩的方式一樣，前一秒執著又痴迷，下一秒就將她們給拋棄了，她因此感到憤怒。

「你記得他上一個居住的地方是哪裡嗎？」她問。

「嗯。」安娜貝爾看著天花板。「我想，我們上一次談話時，他人在威斯康辛州，但不記得是哪個城市了。已經是六年前的事了，我可以向你保證，他現在已經不在那兒了。」

瑪戈特點了點頭。她所知道的也就這麼多。「但你不知道他現在可能在哪裡？」

安娜貝爾發出了介於笑聲和嘲笑之間的聲音。「老實說，他有可能出現在任何地方。」她瞥了一眼自己的手錶。「不過呢，很抱歉要打斷你了，我真的應該出發了。我希望這對你有所幫助，因為他不應該被人們譴責。我哥哥或許不是完美的人，卻很容易成為代罪羔羊，只因為他與眾不同，但他絕不是個殺人犯，我向你保證。」

從安娜貝爾的眼神中，瑪戈特可以看出她深信自己所說的話。另一方面，瑪戈特現在比先前更加確信華萊士有罪。畢竟，魅力與智慧正是連環殺手的兩個特徵，而華萊士兩者兼備。她的腦海瞬間閃現了路克，她聰明迷人的叔叔，但她立即將這個想法拋到腦後。反而，她四處尋找其他事物來問這個女人，任何能引導她找到她認定為凶手之人的東西。

「再問最後一件事。你剛說艾略特時常從你這邊索討金錢，你是否曾把錢寄去某個郵政信箱或其他什麼地點呢？」

她搖了搖頭。「不。他如果在附近或經過此處的話，就會來訪，而我會給他現金。不過，我通常會直接把錢匯到他的帳戶。」

「嗯。他是否曾說過需要錢做什麼事呢？」如今瑪戈特不放過任何微小的機會，而錢可能會留下痕跡。如果華萊士借錢是為了支付房產或其他費用，至少她總有個地方能著手調查。」

「喔，」安娜貝爾揮了揮手。「太多事情了。有一次，他有一筆無法還清的醫藥費；有一次，他說他想買聖誕禮物給我的孩子們，而他真的這麼做了。每當他詢問時，我總是試著要拒絕，但我還是會屈服。這麼做比較容易，見鬼了，這麼多年過去了，我還在為他的儲物空間付費。所以呀，我丈夫才會說我對他太寬厚了。我不想再繼續付款了，但我不知道艾略特在裡頭放了什麼，我也不希望就這麼扔掉他的東西。就像我說的，他從小就不喜歡我碰他的東西，如果我扔掉他裡頭的東西，他可能會大發雷霆。總之呢，他就是家人。」

「他的儲物空間在哪裡？」

「喔，就在某個你不曾聽過的小地方。沃特福德米爾斯（Waterford Mills）。我認為，他就想擁有一個家園基地。你知道的，因為他經常四處搬移的關係。」

「這樣呀。」瑪戈特平靜地微笑著，但內心卻在跳躍著，因為她**曾經**聽過沃特福德米爾斯這個地方，那是個距離瓦卡魯薩不到十英里的小鎮。瑪戈特願意用她銀行裡所有錢來打賭，如果那裡有個儲物倉庫的話，應該也只有那一個。

「總之，」安娜貝爾說，「我看醫生要遲到了，我得走了。但我把電話號碼給你吧，萬一有什麼事的話。如同我剛才所說的，我和我哥哥或許不太親近，但他也不應該被那麼對待。如果你想要幫助他的話，我會盡我所能提供協助。」

瑪戈特無力地點了點頭。事實上，她為安娜貝爾感到難過。這個女人盲目地保護一個道德敗壞的男人，只因為接受自己的哥哥是個殺人犯的選項太可怕了，而她難以承受。

瑪戈特回想，過去這十二個小時裡，她也不斷說服自己叔叔是個好人，她感覺有些反胃。但這不能相提並論。她相信華萊士是有罪，因為證據將她引向了他，而不是因為他有罪，就代表著叔叔的無辜。儘管如此，當她最後一次起身站起來感謝安娜貝爾時，腦海裡突然閃現一個她預料不到的惡毒念頭：**你的家人最好是比我的家人好**。

事實證明，關於沃特福德米爾斯，瑪戈特的看法沒錯；這個小鎮只有一個儲物空間倉庫，她在返回瓦卡魯薩寺的路上繞路去看看。和所在的小鎮一樣，這個倉庫很小，儲物空間不超過一百個。瑪戈特繞過高高的鐵絲網圍欄，停在前門，大門上有粗鏈條以及鎖上的掛鎖，上面貼著一個牌子，寫著：**沃特福德米爾斯儲物倉庫**，下方有一組電話號碼。瑪戈特把車停好，拿出手機，撥通了電話。

「嗯。」響了幾聲後，一個粗啞的聲音回答。

「嗯，你好。這是——」

「是沃特福德米爾斯儲物倉庫，沒錯。」

「太好了。我的名字是瑪戈特．華萊士。我是您一位租客艾略特．華萊士的侄女。嗯，我打來是因為我叔叔幾個星期前去世了，我正在幫家人整理他所有的物件。」

這個謊言很容易就能被證明為不實的謊言，只要接電話的人打電話向安娜貝爾確認，或者在谷歌上簡單快速搜索一下，就會發現艾略特其實還活著，但瑪戈特知道，人們往往會相信你告訴他們的話。即使她被對方揭穿了，她現今的情況也不會比上一分鐘前更糟。

「我知道他在你們這裡租了一個儲物空間，」她說，「但我不知道這個儲物空間的號碼。你方便幫我查詢一下嗎？」

瑪戈特並非單純只想碰運氣，當她有了正確的租客姓名以及一個可信的故事後，她覺得這個男人不會意識到分享儲物空間的號碼會造成什麼危害，特別是在這樣的小鎮。果然，那粗啞的聲音說：「是的，好吧。你剛才說他叫什麼名字？」

「艾略特・華萊士。」

片刻之後，該男子又回到電話線上，並告訴她華萊士倉庫空間的號碼。她把它記在手機裡，感謝他抽空協助，一掛斷電話後她就立即打給皮特。

「瑪戈特？」他說。「嘿，有什麼事嗎？」從他的語氣中，她就知道了，對皮特而言，兩人之間敷衍的道歉早已平息了一切，對此她很感激。

「我找到了一條關於華萊士的線索，」她連開場白都不說了。「我們需要告訴州政府，請他們開出一張對沃特福德米爾斯儲物倉庫的搜查令。」

「哇、哇、哇。你冷靜一點。你在說些什麼呀？」

瑪戈特強迫自己深吸了一口氣，然後解釋了安娜貝爾告訴她關於哥哥那個儲物空間的事。「裡頭放了華萊士多年來的物件，」她吸氣後說。「萬一他藏匿了一些足以證明他有罪的東西呢？這就說得通了。連環殺手喜歡保留他們殺戮的戰利品，但華萊士四處短暫居住，無法在他每一步行動中隨身攜帶所有東西，如果他將那些東西儲存起來了呢？」

「好的……但是，等一下，瑪戈特。你對這個人唯一的瞭解，就是他是波莉・利蒙案件的嫌疑人之一，世上沒有任何一位警官會因此去麻煩法官開出搜查令。」

「事實並非如此。我還有——」

「喔，對了，」他打斷了她的話。「根據一位二十五歲癮君子的記憶，他說賈諾莉有一位假想的朋友，名字叫**大象**．華萊士。」

瑪戈特倒吸了一口氣。「華萊士參加了賈諾莉的舞蹈表演會。我有一張照片可以證明這一點，這並非巧合，他和兩名死去的女孩有關連。」

「我知道，我也同意你的看法。但我要說的是，沒有人會根據你手上的證據來批准搜查令的，我很抱歉。」

瑪戈特閉上了雙眼。「皮特，他就是這個案件的答案。我就是知道。」

「好吧，你繼續挖吧，我會就此盡我一切所能。聽著，我要去忙了，但如果我有什麼發現的話會再通知你。」

掛斷電話後，瑪戈特將手機重重摔在她旁邊的座椅上，發出一聲沮喪的呻吟，後來變成了尖叫。她抓住方向盤，使勁搖晃著。她非常確定華萊士就是這個案子的答案——但她到底應該如何證明這一點呢？

她鬆開方向盤，最後手掌拍擊了一下，然後向後倒向座椅。她就這麼坐了很長一段時間，讓呼吸逐漸平穩，心跳緩緩減慢。然後，終於，她坐了起來，轉動鑰匙。等她回到家時，已是黃昏，陰沉的天空呈現一片灰濛濛。瑪戈特又再次讓她叔叔長時間獨處了。再一次，她的胃因內疚而覺得擰了起來。她雖然早已習慣了這種感覺，但那種刺痛感不曾消失。

她把車停在車道上，然後穿越整片脆弱的草地，來到路克家門前的門廊，但當她試著扭轉門把時，門把卡住了。就在此時，她想起自己還沒去多打一支他家鑰匙。她幾乎都要完成了，那天早上她開車前往五金店，但中途被琳達打來提供傑斯線索的電話打斷，她因而分心了。然後，接下來的幾天，一系列的真相被揭露，複製鑰匙的事就這樣被她拋諸腦後。

瑪戈特又搖了搖把手，但仍然動也不動。她敲了敲門，等待著。一點動靜也沒有。「該死，」她低聲說。「路克叔叔！是我，瑪戈特！」

她側耳傾聽，但屋子裡一片寂靜。

「他媽的。」她又敲了敲門，現在敲得更重了。「路克叔叔！可以讓我進去嗎？」

她停下來仔細聆聽，這次，她聽到腳步聲靠近了。瑪戈特鬆了一口氣，但片刻之後，當大門被打開時，她的喉嚨卡住了。她體內的腎上腺素快速流動，感覺就像通過她血管中的電流一樣。她的視線先是凝定，接著轉移。

站在她面前的，是她最愛的叔叔路克，這個世界上她最愛的人。他手裡拿著一把巨大的獵槍，正瞄準了瑪戈特的臉。

# 二十七、克麗絲，二〇〇九年

克麗絲用顫抖的手打開家中大門，衝了進去，身後的門咔噠一聲隨即關上。她有一種被跟蹤、被追捕的感覺，但她知道現在不斷煩擾她的就是真相。

儘管裘蒂提出反對，克麗絲還是去見戴夫了，而如今見面之後，她卻不太確定這是否算是個好主意。如果說，傑斯信中告知克麗絲的一切，讓她的世界發生了翻天覆地的變化，那麼對戴夫而言，則會徹底毀壞他的世界。如今她明白了，她多年來保守的祕密造成了多大的傷害，又讓他人遭受了多大的痛苦與憤怒。

她想要——**需要**——改正這件事。

她將錢包扔在門邊，匆匆趕到廚房，那裡放有一疊紙與一支筆。克麗絲迫切希望能打電話給傑斯，但他仍拒絕提供自己的電話號碼，所以她拉出一把椅子，坐在餐桌旁寫信給他。然而，當她準備提筆時，她發現自己不知道從何開始，不知道該說些什麼。十五年來，她一直刻意避開自己的兒子，為了他根本不曾犯下的謀殺罪。她怎麼能只是在信中為此道歉呢？除了道歉之外，還有她如今必須好好解釋的事，以及她需要告訴他的事。這一切多得令人難以承受。

她顫抖著吸了口氣，接著潦草地寫下了一條簡短的字條：

傑斯：

我對這一切很抱歉。我要改正這件事。

我剛剛得知一些關於你父親的事情。他不是你所認為的那個人。

我再次於下方寫下我的電話號碼，你就可以打電話給我了。我們見面吧，我會解釋這一切。

我愛你

媽媽

她潦草地寫下自己的手機號碼後，急忙站起來，在他們的雜物抽屜裡翻找著信封和郵票，但她什麼也沒找到。

「該死！」她吐了一口口水，砰地一聲關上了抽屜。

她大步走向桌子旁，抓起那封信，然後快步走回前門。她要開車去裘蒂家，然後在那裡寄出信件。總之，她也想見到她的伴侶，和她談談這一切，讓一個人協助她決定下一步該怎麼做。她將這封信塞進她的包包，卻突顯地像一面投降的白旗，一看到上頭傑斯的名字，胸口就發出了一陣陣抽痛。

事實上，她的胸口很緊，她覺得自己好像處於心臟病發的邊緣，但很快就察覺那是什麼了。她並不陌生，恐慌有如一隻手，緩緩爬上她的脖子，扼住她的喉嚨。她需要她的藥，她只要去拿藥，接著就離開這裡。

上樓後，她猛力打開浴室櫃門，抓起了兩瓶藥，一瓶是舒緩焦慮藥物，另一瓶則是安眠藥。裘蒂不喜歡克麗絲過度依賴她的藥物，但她今天不得不處理這個問題。她的雙手顫抖著，她試了四次才解開兒童鎖並打開那瓶舒緩焦慮藥物，一打開，她便將兩片白色藥片倒在掌中，扔進嘴裡，接著以掌心接過水龍頭的水一口吞下。

隨著水龍頭的水流動著，她被什麼給驚醒了，於是她趕緊關掉了水龍頭。她認為她聽見了什麼，把手轉動的咔嗟聲，鉸鏈的嘎吱聲。她靜靜地站著，伸長脖子聽著，心怦怦地跳著。她一動也不動地停留一個、兩個、三個長節拍，但她沒有聽到任何其他聲音。屋子裡一片寂靜。

在鏡子的映像中，她和自己的目光相望，看見了她與戴夫會面所付出的代價。她的臉看起來又粗糙又蒼白，雙眼哭得通紅。而現在，最重要的是，她變得偏執了。她往臉上潑了冷水，用毛巾拍乾，然後用指節發白的雙手緊抓著洗手檯的邊緣，強迫自己的呼吸平穩下來。接著，正當她轉身準備離開時，她聽到了：屋子深處又傳來了聲音，是腳步聲。

克麗絲楞住不動，她的雙眼透過敞開的門口，瞥了一眼床頭的時鐘。上午十一點十三分，紅色數字亮起，這意味著她家中的人不可能是比利。他至少還要一個小時才會離開大會地點回家。她一動也不動地聽著，甚至暫停了呼吸。但是老農舍裡只有一片寂靜，她真的聽見什麼了嗎？

她飛快地走下樓梯。不管是否聽見了什麼，她都想快點離開那棟房子。到了門口，她抓起她的包包，將藥瓶扔了進去，然後把包包掛在肩上，但是當她伸手進去拿鑰匙時，鑰匙已不在包包的側袋裡。她一動也不動，皺著眉頭，她發誓她剛才放進去了。她發瘋似地翻找包包的底部，仍然一無所獲，這時她聽到身後傳來熟悉的聲音。

「在找這個嗎？」

克麗絲的脊背掠過一陣寒意。她轉過身來，胸口因恐懼而緊縮著。「呵——嗨。」她本來想表達出驚喜，但這個詞說出口時卻緊張得結結巴巴。

男人的臉，曾經在她眼裡是如此熟悉，現在卻像個陌生人，被憤怒扭曲得面目全非。她的目光從他身上移開，看向他手中鑰匙，最後又轉向遠處的客廳，他顯然剛從那裡走出來。在她大腦的某個黑暗之處，克麗絲想起客廳正是他們存放槍支的地方，多年來都未上鎖，就陳列在那裡。

克莉絲試圖要微笑，但她感到虛弱且搖搖欲墜。「你怎麼會在這裡？」

男人跨過隔開他們兩人的兩級臺階，將一隻手伸進身後褲子的腰帶裡。克麗絲轉身想要打開大門，但為時已晚。她眼角餘光看見開槍時的一道閃光，感覺到一陣冰冷觸及她的太陽穴。「你不應該對我撒謊的。」他說，接著，出現了一道刺眼的白色光束，之後，一切就結束了。

# 二十八、瑪戈特，二〇一九年

盯著叔叔步槍的槍管，瑪戈特驚慌失措。那種感覺，就像是胸口有鞭炮燃放爆發，她的血管噴射出火花，視野邊緣變得模糊、變得黑暗，她似乎無法呼吸。

「你想做什麼？」路克咬牙切齒地咆哮著。

「路……路克叔叔？」瑪戈特的聲音微弱且顫抖著。拜託，請你把槍放下，是我，瑪戈特，你的侄女。唯一的麻煩是，她並不確定，他現在拿著槍指著她的頭，是因為他不認識她，或正是因為他認識她。

她的腦海中浮現出一種可怕的可能性：他不知何故發現了她正在做的事，而她揭露了他過往一直想要隱藏的事。她毫不懷疑地知道叔叔愛她，然而，在過去二十四小時中，她得知了關於他的一切之後，她意識到自己根本不曾真正瞭解他。二十多年來，他一直保守著不讓她知道的祕密。她不知道，為了守護這些祕密，他現在會使用什麼樣的手段。

「你來這裡幹什麼？」路克再次厲聲說道。「你想要怎樣？」

他沒有放下槍，一寸不移，他眼中的神情又讓瑪戈特感受到一陣令人驚恐的顫抖。她真心希望自己當初沒有深入調查賈諾莉的案件。她希望自己對叔叔與對街小女孩的關係一無所知，希望自己對那張在舞蹈表演會中出現他面孔的照片、書桌裡鎖著的那一堆節目表都視若無物。如果她只是單純來到瓦卡魯薩，專注地為叔叔提供幫助，而不是追尋這起二十五年前謀殺案的答案，也許她現在人就不會在這裡，站在面對路克槍口的位置。

瑪戈特吞了吞口水。「路……路克叔叔？」

路克將肩上的步槍又拉得更高。她的叔叔一向算不上是個真正的獵人，但他們家鄉每個人都擁有一把槍，而從很久以前的打靶練習中，瑪戈特就明白那把槍的使用原理了。他擁有的是一把單發步槍，這代表他如果想要殺了她，他不需要上膛或做任何其他事。只要輕輕扣一下扳機，她就從此消失了。

她強迫自己深吸一口氣。「路克叔叔。」這次她的聲音更清晰、更穩定。「是我，瑪戈特。你的侄女。」

路克的眼裡閃過一絲疑惑，好像她所說的話不太合理。

「我小時候每天下午都會待在你家，」她說。「我會在你家的餐桌上寫作業，你會做墨西哥乳酪餡餅給我當點心吃。」

路克的眉頭緩緩地皺了起來，她從他眼底看見一絲絲的回憶湧現，彷彿想起了一段埋藏已久的記憶。

「我，嗯，有一年耶誕節我送你一條愚蠢的紅色印花方巾，當時我大概五歲吧。從此以後你就一直戴著它，而且……」瑪戈特絞盡腦汁想著一些事，什麼都好，只要能喚醒他的記憶。「我們會在星期五晚上點外送披薩、玩海戰棋（Battleship）。你教會我如何為自己挺身而出，也教會我每一個我所記得的入學測驗單字。」

路克仍然拿槍指著她，她繼續說道。

「你鼓勵我追尋自己的夢想，成為一位記者。你教我要誠實，永遠都要說真話。」

最後這句話的諷刺意味在她胸中隱隱作痛，但似乎起作用了。他的憤怒正在慢慢地轉變成其他情緒。

「我的名字叫瑪戈特，」她感覺自己第一百萬次這麼說著。「但你通常會叫我孩子。」

接著，她叔叔臉上的困惑神情終於消失了，像是他腦子裡有一盞燈光亮起，而他終於看得見了。「孩子？」

他握著步槍的手鬆開來了，而他低頭看去，彷彿是第一次見到那把槍。他的眼中閃過一絲恐慌，他一時手忙腳亂，槍從他的雙手滑落。

瑪戈特衝向那把槍，一隻腳越過門口，另一隻腳仍站在門廊上，在它掉落地面之前從他手中奪過那把步槍。她立即將槍口對準地面，然後走進屋內。路克本能地向後退去。

自從她十五歲左右，她就沒有取出叔叔步槍中的子彈了，當時他帶她去空曠的田野裡射擊可樂鋁罐，但她還記得該怎麼做。她先清空了彈膛，接著是彈匣，將子彈塞進她的口袋，然後把槍平放於地板上，塞在扶手椅後方。

轉身面對叔叔時，她的胸口縮緊了起來。他的目光一直盯著敞開的門口，彷彿還能透過槍口看見瑪戈特驚恐的臉龐。淚水順著他的臉頰流了下來。他的手顫抖著。她試探性地朝他走去，他轉過頭來看著她。

「對不起，孩子，」他淚流滿面地說。「我很抱歉。我不知道我怎麼了。」

看到自己叔叔心灰意冷的樣子，瑪戈特想要哭泣，卻又忍住了。她不想讓叔叔看見他讓自己多麼恐懼，不想再造成他更多痛苦。她溫柔地將一隻手放在他的背上，出乎她的意料，路克就順勢靠在她懷裡。他比她高了快三十公分，所以他的頭部甚至靠不到她的肩膀，但他卻在她懷裡抽泣，身體不停顫抖。

「噓，」她說，一隻手在他的背上揉了又揉。「沒事的。」

如今成為安慰叔叔的人，她感覺很奇怪，因為叔叔才是時常這麼安撫她的人。但擁抱著這個她仍心存疑慮的男人，感覺更奇怪了。因為雖然她內心深處認定正是艾略特・華萊士殺死了賈諾莉、波莉，可能還有娜塔莉・克拉克，但這也無法解釋路克去看賈諾莉表演，或是留存舞蹈表演節目單的原因，又為何要對這一切說謊。

今天下午，安娜貝爾・華萊士一定也同樣浮現了這種複雜的感受。這些年來，儘管她哥哥對她做了這些事，儘管她明白他被指控謀殺，但安娜貝爾仍會為他辯護，因為他是家人。如果事實證明是瑪戈特搞錯了，而路克就是那個殺人犯的話，她一定會恨他的。她會將他從生活中驅逐出去，而每當她想起他時，她就會滿腹憤怒。儘管如此，他仍是她的叔叔。在那一切憤怒與恨意之下，她知道自己永遠無法完全停止愛他。

他們兩個就這麼站了很久，維持很長一段時間，路克彎著腰，瑪戈特在他的重量下感到疼痛。最後，他的哭聲減緩了，接著停止了。

「我們今天就早點睡了，好嗎？」她說。「你去準備上床睡覺吧。」

她討厭把他當小孩子對待，也明白他同樣討厭如此，但他似乎已經筋疲力盡，根本也不在乎了。他只是挺直了身體，點了點頭，像個小孩子一樣用手背擦了擦鼻子。然後，她帶著他到他的臥室，在他刷牙與洗澡時在門外等著。她有一種想幫他蓋被子的衝動，但當他鑽進被窩裡時，她就只是站在門口。她等他躺好並關燈，在關上他臥室房門時，她早已聽見他因睡意而拉長的呼吸聲。

她關上身後的門，然後大步走向前門，走至屋外，一路走到人行道旁。當她覺得自己和叔叔家之間距離足夠的時候，她鬆懈下來了——過去這半個多小時以來，那些支撐她的剛毅與力量終於崩潰了。

她身體縮了一下，像是肚子被踢了一腳般，她將臉埋入顫抖的雙手裡。她已經忍著淚水好久了。第一天，當路克看著她，彷彿像是看著另一個人時，她沒有哭；當她被解僱或收到任何一張恐嚇紙條時，她沒有哭；當她看見賈諾莉那張表演活動照片中的叔叔時，她沒有哭。但現在，那些她不斷積累的淚水，一下子都湧出來了。她的呼吸開始變得急促，不停喘息著。

隱隱約約地，在自己的抽泣聲之外，瑪戈特聽見遠處傳來一輛汽車引擎的轟鳴聲。片刻之後，她意識到那聲音越來越大。即使是在漆黑的深夜時刻，她不想讓任何人看見她這個樣子，瓦卡魯薩這地方不大，無論開車經過的人是誰，肯定都能認出她，於是她轉身背對著馬路，拭去自己眼角的淚水。她如此心事重重、如此心煩意亂，幾乎沒有意識到汽車在幾英尺遠的地方停了下來，也幾乎沒有聽見車門打開的聲音。

突然有人出現在她身後，一隻手摀住了她的嘴，一隻手臂猛力摟住她的胸前，接著瑪戈特的世界開始旋轉，她被使勁地拖離人行道。她試著要掙脫，雙臂卻被固定在身體兩側。她試著要逃跑，但她的雙腳卻踩不到地面，她的腳盲目地舞動掙扎。她試著要尖叫，但她根本喘不過氣來。接著，她被拖行經過整條馬路，被扔進了一輛汽車的後座。

# 二十九、瑪戈特，二〇一九年

瑪戈特臉部朝下，摔進了一輛SUV的凹背座椅上，她的腹部用力地撞在扶手上而疼痛不已，讓她喘不過氣來。門砰的一聲在她身後重重關上，她轉身想開車門，但當她猛拉把手時，門卻發出咔噠一聲，只是白費力氣。她的眼睛四處掃視解鎖按鈕，但令她驚恐的是，一個按鈕都沒有。她衝向車的另一側，但車門也被鎖上了。然而，那位穿著海軍藍帶帽運動衫的綁匪，此刻打開了駕駛座的車門。轉眼之間，他已坐到了方向盤前，並且扭動鑰匙啟動了。

「搞什麼鬼呀媽——」瑪戈特大聲喊叫，但她的句子被打斷了，因為車子向前傾斜，身體撞向駕駛座的椅背上。她瞬間迷失了方向，卻很快地清醒過來，接著爬向汽車中控台。她沒有任何計畫，只能以雙手一把抓住她所觸及的一切，不論是那綁匪的手臂、肩膀或臉部，只要能阻止對方將她帶去目前要前往的地方就好。

但還沒等她伸出手來，那個人就伸出一隻手肘，抵住瑪戈特的嘴巴。她的頭部猛烈地向後仰，臉上疼痛難耐。「混蛋！」她喊道，用一隻手摀住了嘴。她舌頭上全是血的味道，嘴唇抽動著。

「對不起，」那位綁匪說道，就在此時，瑪戈特才意識到他其實並不是一位男性。綁架她的人是一個女人。

女人突然轉動方向盤，瑪戈特被甩到右側。她整個人跌至汽車的另一邊，她伸出雙手以減緩跌倒的力道。當她這麼做的同時，她看見那個女人的輪廓，瑪戈特認出她了，完全不出她的意料，正是她幾天前第一次在蕭蒂餐廳外頭看見那個赤褐色頭髮的女人，這像是幾天之前，又像是上輩子那麼久。

「是你。」她說，她流血的嘴唇因說話而刺痛著。

「沒錯。你冷靜一點。」

瑪戈特爬上她身後的凹背座椅時，眼睛瞪大怒視。「你先是跟蹤我，又將我鎖在一輛開得飛快的車子裡，剛才還肘擊我的臉，現在你他媽的叫我**冷靜一點**？」

「你只要等一下，」女人厲聲地說。「再給我一分鐘，我保證會回答你一切的疑問。」

瑪戈特皺起眉頭。這個女人打算要好好對話？難道那只是為了阻止瑪戈特再次攻擊她的一個手段？瑪戈特的目光掃視著車子，她的思緒飛速運轉著。她可以再次試著壓制那個女人，但正當這個念頭一閃而過的時候，瑪戈特意識到對方對她造成的傷害多麼微不足道。那個女人沒有將她給迷昏、沒有捆綁她的手腕，沒有將她打昏，甚至沒有蒙住她的雙眼。對綁匪來說，她是個毫無威脅性的人。

瑪戈特還沒來得及弄清楚這一切或決定做些什麼之前，女人就轉動了方向盤，柏油道路轉向了泥土路，岩石在輪胎下嘎吱作響。瑪戈特朝著窗外看了一眼，發現他們轉彎的那條路，一邊是一片玉米田，另一邊則是一小片樹林。唯一的光線是星星與月亮的光芒。片刻之後，車子的速度減緩了，然後停了下來。女人按下扶手上的按鈕，四道車門都發出喀噠一聲。她轉過身來面對瑪戈特。

「你看，車門都打開了。我沒打算要囚禁你，只是想要聊聊。」

瑪戈特抓住把手，推了推，車門咔噠一聲打開了。她坐在那裡，盯著車門及門框之間的夜色，凝視了幾秒鐘，接著又關上車門。然後她身體轉向駕駛座上的那個女人。「如果你只是想要聊聊的話，你他媽的為什麼要綁架我？」

「對不起。我只是想要保護你。我希望你能繼續寫你的報導，而我可以為你提供協助，但你在這裡不安全。更何況……老實說，我也不認為你會願意和我同行，我知道你看見我在跟蹤你了。」

瑪戈特搖了搖頭。「你想保護我？有誰會傷害我嗎？」

女人咬了咬下唇。

「老天啊。你說你保護我是因為我有危險，但你現在連什麼危險都不告訴我嗎？」

女人高舉雙手。「我會接著告訴你，我會的。但是，你完全不聽信我任何一次的警告，所以我認為你不可能現在就開始有所提防，除非你先瞭解一些事。你需要知道我是誰，以及我是如何發現我所知道的那些事。不然的話，我覺得你根本不會相信我。」

根本不需要確認，瑪戈特就知道是這個女人留下那些語帶威脅的字條、那些**警告**，她現在明白了。憤怒和沮喪的情緒沸騰著，她直盯著那女人的臉。這個女人已經恐嚇瑪戈特好幾天了，突然間要她冷靜地聽她把話說完？然而，車門現在仍未上鎖，她唯一的傷口是抽痛的嘴唇。現在，瑪戈特的恐慌開始消退，取而代之的是好奇心。「那好吧……你是誰啊？」

「我的名字是裘蒂．帕爾默。我曾是……克麗絲．雅各布斯的朋友，在她去世之前。」

瑪戈特瞇起了她的雙眼。這位女士說話的方式，讓她懷疑這件事並非完全屬實。「聽著，裘蒂，剛剛將我扔到汽車後座上的人是你，想要聊聊的人也是你，你何不開始對我說真話呢？」

裘蒂猶豫了一下。「如果我說真話……你不能將這部分寫進報導中。」

「好的，那就不寫上去。」

「不、不只是這樣而已。這件事完全不能流傳出去，無論如何都不行。」

瑪戈特仔細端詳著裘蒂的表情，她看上去既凶狠卻又有些害怕。瑪戈點了點頭。「我向你保證。」

「好的。」裘蒂顫抖著吸了一口氣。「我和克麗絲．雅各布斯是情侶關係。」

「等一下，什麼？」在這個女人可以對她坦白的所有事情之中，這是瑪戈特最不可能猜到的事情。

「我們已經在一起五年了。」

裘蒂繼續告訴瑪戈特更多細節：她和克麗絲在瓦卡魯薩一起長大，多年後他們又在南灣的一家酒吧相遇並保持聯繫，兩人一直在一起，但克麗絲太早去世了。「她沒有殺死賈諾莉，」裘蒂說完後說道。「我和克麗絲告訴對方所有的事，賈諾莉去世的那個晚上毀了她的一生。她深愛著自己的女兒，她**永遠**不可能殺害她。警方之所以會懷疑她——」

瑪戈特舉起她的手。「我已經知道克麗絲那天晚上做了什麼，我知道她並沒有殺害賈諾莉。」

「你知道了？」

「是傑斯告訴我的。關於他們通信的內容，以及這一切。但我不明白的是，如果你只是想告訴我克麗絲是無辜的，那為什麼要跟蹤我呢？為什麼不直接來找我呢？」

「我不能這麼做。」

「**為什麼？**」

「好吧……首先，我甚至不確定自己是否想要這麼做。我知道這鎮上所有人都會告訴你是克麗絲殺死了賈諾莉，而我需要看看你是否相信他們所言，又或是會深入挖掘真相。後來，我看到電視上那個娜塔莉．克拉克的記者會，而我聽見你發問了那個問題——你知道的，就是警方為何不調查娜塔莉及賈諾莉案件之間的關連性。當時，我想要主動聯繫你，但是呢，老實說，我那時不太信任你，那時還不信任。我也不能去警局，因為……」她搖了搖頭。「我仍然和我的丈夫在一起，我們有三個孩子。我知道，我如果去報警，幾天之內整個城鎮就會知道一切了。」

「娜塔莉．克拉克的事，與你、克麗絲有什麼關係？」然後，她像是忽然想到了什麼。「等一下。新聞記者會後的隔天早上，那則訊息就出現在雅各布斯的穀倉了。就是**你**寫的嗎？」

裘蒂猶豫了一下，皺起了眉頭。

「就是你做的，對吧？」

「我只是想要幫忙。殺害賈諾莉的凶手仍然逍遙法外，這代表無論凶手是誰，也可以將娜塔莉帶走。除了你之外，沒有人會想到這件事，而且，也沒有人將你說的話當一回事。我認為這能幫助你與警方建立關連。雖然，」她痛苦地補充了一句，「**他們**仍然堅信克麗絲有罪，就算噴漆留下兩英尺高的文字，他們眼裡也看不見線索。」

在瑪戈特的困惑下，她也覺得自己得到些許的平反。她說得沒錯，在穀倉上留下字句的人試圖串起賈諾莉與娜塔莉．克拉克死因的關連。這做法或許令人費解、引人誤會，但也引領瑪戈特走上這條路徑。然而，許多裘蒂所說的內容仍然難以合理解釋。「你剛說，你不能接近我是因為當時不**信任**我？為什麼？我只是一位外地記者。所有你顯然想要提出的疑問，我是唯一提出的人，也是唯一你認為判斷正確的人。」

裘蒂低頭看了看，猶豫著。「我不信任你是因為……我早就知道你是誰了。」

「你早就知道我——什麼？你這是什麼意思？」

「這和我一直試圖要保護你的原因是一樣的。我希望你寫下這則新聞報導，才能協助抓到殺害賈諾莉和娜塔莉的凶手。我希望你能為克麗絲洗清罪名。但為了做到這一點，你需要好好活下去。但你現在無法確保這件事。」她將目光轉向瑪戈特，凝視著她。「因為你和你叔叔住在一起。」

瑪戈特不動聲色。「我的叔叔？他和這件事有什麼關係？」

「這一切都與他有關。這就是我得要花上許多時間才能信任你的原因，因為你的姓氏。」裘蒂停頓了一下，當她接下來開口說話時，聲音變得輕柔，充滿同情。「瑪戈特，路克．戴維斯是個殺人犯。你和一個殺手住在一起。」

# 三十、瑪戈特，二〇一九年

聽聞裘蒂的指控之後，瑪戈特覺得自己無法動彈。自從她在那張照片中看見叔叔的臉之後，她內心的懷疑便一直揮之不去。不過，聽見一個陌生人直接說出這句話，就像是一把切肉刀切入她的身體。

**路克・戴維斯是個殺人犯。你和一個殺手住在一起。**

**不**，瑪戈特想要說。**不，你錯了。**

路克給了她一個家，一個遠離父母的庇護所。從未有人愛她的程度勝過他，而她之於他也是如此。**他不是一個殺手，他是我叔叔**，她想說。**艾略特・華萊士才是凶手。**但那些話卻說不出口。她只是低著頭，腦子裡轉個不停，盯著車內踏板上的某一處。

「我很抱歉，」片刻之後，裘蒂說。「但這是事實。他殺死了克麗——」

她的聲音戛然而止，瑪戈特的頭猛然抬了起來。她一直確信裘蒂會用賈諾莉的名字來結束這句話。瑪戈特張開了嘴，又閉上了，然後搖了搖頭。「你說什麼？」

「你叔叔殺了克麗絲。」

「不，」她嗤之以鼻。「克麗絲．雅各布斯自殺了。我叔叔根本就和她不熟。」瑪戈特知道這件事，是因為每當她問起賈諾莉的案件時，路克都是這麼說的。「他究竟為什麼要殺她呢？」

「你叔叔和克麗絲很熟，他是她孩子們的父親。」

瑪戈特愣了一下，裘蒂的話穿透了她的意識，慢慢地沉入其中。這個女人是不是有妄想症？情緒不穩定？她純粹在說謊嗎？然而，即使這些懷疑在瑪戈特的腦海中蔓延四散，但仍有一部分的她無法輕易否定裘蒂的說法。「你能不能……從頭說起？」

「是的，當然。裘蒂深吸一口氣，然後開口說。「我、克麗絲、比利，以及你的叔叔都在此長大。我想，大家現在都是叫他的本名路克，但我們會用來稱呼他的名字是戴夫。」

裘蒂解釋說，這個暱稱是他姓氏的縮寫，顯然他們有時會這樣稱呼，「例如，以「小祖」（Zoo）稱呼凱蒂．祖克（Katy Zook）。」接著，她繼續向瑪戈特描述十年前克麗絲告知她的所有事：高三結束後的那個夏天，路克、克麗絲和比利成了親密好友。克麗絲懷上這對雙胞胎，比利向她求婚，但親生父親是路克，而不是比利。為了保護她的祕密，不讓比利及其他鎮民發現，克麗絲和路克保持距離。然後，二十一年後的某一天，當她收到傑斯的一封信時，她決定告訴路克真相。二十四小時後，克麗絲就死了。

「所以，你明白了吧？」裘蒂說。「她告訴你叔叔真相，但在他看來，這已經太晚了。傑斯長大成人，也離開了，賈諾莉也死了。克麗絲不僅欺騙他長達二十多年，還剝奪了他唯一成為父親的機會。」瑪戈特的腦海中閃現叔叔家中嬰兒房的畫面，那個永遠空著的嬰兒房。「然後他就情緒失控了，」裘蒂說。「我警告過她，這會讓他失控的，但她信任他。」

瑪戈特突然意識到自己正在撫摸著臉頰，心不在焉地戳著那個冰箱門割傷她皮膚的敏感部位。她放下那隻手並安置於膝蓋。

「但那把槍被發現時正握在克麗絲手中，」她說。「那把槍屬於她，屬於他們雅各布斯家族。他們把它放在客廳的一個箱子之中。」

裘蒂點點頭。「就像我剛才說的，戴夫，又或是路克，他們彼此認識。孩子們出生之前，他時常去他們家。他絕對知道槍盒在哪裡，他也知道那把槍不會上鎖。」

瑪戈特搖了搖頭。「不。不，路克不會那樣做的。」

「我知道這難以置信，但是——」

「不，」她又說了一遍，這次她的聲音如此堅定。「事情不是這樣的，或者正是如此，但事情並不**只是**你說的那樣。當克麗絲向他揭露他是雙胞胎的生父時，路克不可能會殺害她，因為他早就發現了。他早就知道了。」

當裘蒂向瑪戈特訴說這些克麗絲的祕密時，瑪戈特就意識到這點了。因為就在那時，她在那二十四小時內發現關於叔叔的一切，突然變得合情合理了。這解釋了路克為什麼會去參加賈諾莉的舞蹈表演會，為什麼他會保留她每一次表演的表演節目單。如果傑斯有任何一項比賽活動，路克也會到場參與。她的叔叔對賈諾莉毫無不正常的迷戀。他愛她，也愛傑斯，就像一個父親一樣。

這甚至解釋了路克為什麼對瑪戈特說謊，說他不認識雅各布斯一家人。他也在守護著克麗絲的祕密，不是為了閃避流言蜚語，也不是為了不讓比利受到傷害，而是為了保護自己的妻子與侄女：蕾貝卡多年來一直試著要懷孕；而瑪戈特年紀還小，就已經覺得自己的父母不愛她了。萬一，她發現對街的小男孩和小女孩，實際上正是她視為父親之人的孩子，這會對她產生什麼影響，她不知道。

她如釋重負。當然，她叔叔早就發現自己是雙胞胎的生父，這件事肯定顯而易見。儘管克麗絲當時也曾和比利發生性關係，但如果她在那個夏天和路克上床，並且於九個月後分娩，路克就會知道這對雙胞胎有一半的機率是他的孩子。然而，現在瑪戈特仔細一想，她甚至看得出他們的相似之處。相像程度相對模糊一些，因為克麗絲的五官特徵更為顯著，但傑斯和賈諾莉的下巴上有一個不明顯的酒窩，他們栗色頭髮上有些微的捲曲，這些都讓瑪戈特想起了叔叔。

瑪戈特向裘蒂解釋了所有這一切，裘蒂聽著，眉頭緊皺著，眼神渙散。

「好吧……」一聽瑪戈特說完後，她這麼說。「但即使如此，克麗絲還是告訴你叔叔真相了，但她在幾個小時後就死了，這絕非巧合。**即使**他早已猜到自己是雙胞胎的生父了，我們也不清楚他和克麗絲之間的對話進行得是否平和順利。畢竟她欺騙他二十多年了，這是唯一合乎邏輯的解釋。」

但現在，對瑪戈特而言，這項指控早已沒有任何意義了。她確信路克並沒有因為克麗絲隱瞞真相而殺害她，因為他早就知道真相了。他也沒有殺死賈諾莉；他愛她。

**我很擔心她**，路克前一天晚上對瑪戈特說。**她最近問了許多關於賈諾莉的事情，我擔心她發現到底發生了什麼事**。瑪戈特現在意識到，她的叔叔只是想保護當初年幼的自己，而這之中完全沒有顯現罪行的預示跡象。這麼長一段時間以來，她生命之中所有的大人都是這麼告訴她：賈諾莉的死是一場意外。路克一直擔心六歲的瑪戈特，若她得知最親密的好友其實被謀殺了，她將如何面對。她的叔叔一直在照顧她，正如他這一輩子都在做的事。二十四小時以來，瑪戈特第一次感到自己的肩膀放鬆了。

「瑪戈特！」

她看著裘蒂，疑惑地揚起了眉毛。

「你聽見了嗎？我剛說了，這就是唯一的解釋。」

「裘蒂……我知道你相信自己所說的全是真相，但這一切只是基於巧合。這只是一個猜測，你沒有任何的證據，對吧？你什麼證據都沒有。」

「我不需要證據。我瞭解克麗絲，她不會自殺的。」

瑪戈特沒有回應。畢竟，對此她還能說什麼呢？她接著想到了一些事。「等一下，你在雅各布斯家族的穀倉寫下了文字訊息，是為了想辦法陷害我叔叔殺害賈諾莉嗎？只因為你認為他殺害了克麗絲嗎？」如果她確實是如此，那就也沒有多大的意義了，因為穀倉的文字訊息並未導向路克，但裘蒂如此絕望，絕望總是讓人們做出一些不合邏輯的事。

「什麼？」裘蒂搖了搖頭。「不。我告訴你了，我試著要幫你連結賈諾莉的死因和娜塔莉・克拉克的關連。對此，我沒有說謊。」

瑪戈特看著裘蒂的眼睛，片刻之後她決定相信她。「所以……你相信賈諾莉的凶手仍逍遙法外嗎？他只是個陌生人？」

裘蒂點點頭。「這是克麗絲的想法。當傑斯解釋了當晚發生的事之後，克麗絲開始相信，自己曾試著編造的那個故事，其實一直都是對的。但為了保護傑斯，她將犯罪現場搞得一團糟，以至於沒有人能夠證明這一點了。」

好長一段時間，瑪戈特一動不動地坐著。裘蒂所描述的這個人，當然就是艾略特・華萊士。也許，關於華萊士為何是賈諾莉死因的幕後黑手，除了皮特之外，這個女人似乎是全國唯一相信瑪戈特理論的人了。而且，裘蒂與克麗絲關係密切，她幾乎比任何人都更瞭解雅各布斯家族。最重要的是，她有動力去追捕那個毀了她伴侶一生的男人。

瑪戈特心裡慢慢下了一個決定。或許，相信這個女人太愚蠢了，尋求她的幫助也是。儘管裘蒂相信殺害賈諾莉的凶手仍逍遙法外，但她也認為瑪戈特的叔叔是凶手。基於多個原因，皮特本來可以作為她更理想的盟友，但裘蒂證明了，她一點也不介意違反各種規則，而這正是瑪戈特所需要的協助。

「我認為我可以洗清克麗絲的名聲，」瑪戈特說。「因為我知道是誰殺了賈諾莉，還有娜塔莉・克拉克，以及這位來自俄亥俄州，名叫波莉・利蒙的小女孩。他的名字叫艾略特・華萊士，而且我應該知道如何找到他。」

# 三十一、瑪戈特，二〇一九年

兩個小時後，瑪戈特和裘蒂把車停在路旁，就在沃特福德米爾斯的儲物倉庫外頭。才剛過午夜，這裡什麼也沒有，只有一盞照亮黑暗的破舊路燈。瑪戈特凝視著車窗外的這個小型機構，接著面向前排座位上的裘蒂。

「你確定你真的可以嗎？」

稍早時，瑪戈特坐在裘蒂車子的後座，將她所知道關於艾略特．華萊士的一切都告訴了這個女人，從三年前和他進行的採訪，一直到尋找儲物倉庫的調查。

「我想闖進他的倉庫，」她說。「他經常四處搬家，所以對他而言的合理做法，就是將他不想丟掉的物件存放在此。此外，如果他是為了保護自己免受搜查令的威脅，他會將足以讓他定罪的物件放在和他沒有直接連結的地方。唯一的問題是，我不知道如何解開這些大鎖。那種有U形金屬螺栓的密碼鎖。」

裘蒂閉上了眼睛，想要做出決定卻猶豫不決。

接著，她終於睜開了雙眼並且說：「我們車庫裡有斷線鉗，可以神奇地剪斷各種東西。」

於是他們便驅車前往裘蒂在南灣的家，裘蒂悄悄從前門溜了進去，幾分鐘後回來時一手拿著一把巨大的斷線鉗，另一手則拿著兩頂棒球帽。

「要擋攝影機的。」裘蒂說，遞給瑪戈特一頂帽子。

「好主意。」

在那之後，瑪戈特用手機找到了附近一家二十四小時營業的藥妝店，請裘蒂順路暫停一下。她戴了棒球帽進去，幾分鐘後帶著兩個小手電筒及一盒乳膠手套回來了。「不留下指紋。」當裘蒂以滿臉疑惑的目光看向盒子時，她說道。

「好主意。」

當然，誰也不能保證，如果進入了華萊士的倉庫，是否真能找到一些東西。即使他們**成功闖入**了，破門侵入仍然是違法的事，這代表著瑪戈特只能以匿名舉報的方式向警方通報調查結果。但她覺得，從多個層面來說，時間都已經不多了。她的叔叔病情越來越嚴重，她想將這一切都拋在腦後，這樣她就可以專注於他的健康狀態。她想和路克一同制定一個時間表，並努力堅持下去，提供他一個穩定的環境。她想再找到一份穩定的工作，有固定的上班時間與福利，她有想要足夠的錢負擔長期的看護費用。最重要的是，她想要伸張正義，讓艾略特．華萊士為自己的一切行為付出代價。她不會坐著空等警方打破那些繁文縟節，讓華萊士有足夠的時間脫罪——或者，更糟糕的是，給他更多時間去綁架且殺害另一個小女孩。

在車子裡，儲物倉庫外面，瑪戈特轉身看見裘蒂正仔細察看著手中的棒球帽。「裘蒂？」

當他們開車前往沃特福德米爾斯的整趟車程中，裘蒂一直表現得堅忍果斷。但現在，他們即將要做這件事的事實，顯然對她造成了衝擊。她用鼻子深吸了一口氣，然後慢慢地從嘴裡吐氣出來。

裘蒂瞥了一眼瑪戈特。「如果你明天就回電給那位經理如何？他都給你單位號碼了，他有可能會讓你進去吧。」

「他才不會隨意讓一個陌生人進入倉庫。我的身分證上甚至不是寫著我當初在電話裡所說的那個名字。」

「好吧……但我還是認為，如果我們去報警——」

「這個方法我已經試過了，我們沒有足夠的證據來取得搜查令。這是唯一的方法了。」

裘蒂皺了皺眉頭。

「聽著，」瑪戈特說。「你不必這樣做，你也可以在車上等待。我只是——我至少要有人開車載我回家。」確實如此，她沒有絕對需要同謀才能闖入倉庫，但如果裘蒂和她一起去，她可以幫忙留意攝影機。更重要的是，一旦他們進去了，若有另一個人同時查看華萊士的物件，搜索時間將能有效減半。

「他媽的，」裘蒂喘息著。「好吧。我們動手吧。」

「你確定嗎？」

裘蒂點點頭。「如果你說的事都是真的，這個男人殺了三個女孩，也毀了克麗絲的一生。如果我們能證明這一點的話……」她的聲音變得越來越小聲，她將棒球帽戴在頭上來為這句話劃上句點。

瑪戈特給了她一個淡淡的微笑。「謝謝你。」

她戴著自己的帽子，將手電筒和兩副乳膠手套塞進牛仔褲的口袋，一把抓起放在後座的斷線鉗，下了車，悄悄關上了身後的車門。裘蒂跟在後面，和另一頭的瑪戈特會合，兩人一起走到了鐵絲網的圍欄前方。

瑪戈特發現，此時自己對這個中西部小鎮的鄉下習氣心存感激，這可能是她人生中第一次，沃特福德米爾斯儲物倉庫看來毫無先進技術可言。圍欄雖然有兩百四十至兩百七十公分高，但上方並沒有帶刺的鐵絲網，所以可以攀越過去，她雖然看見有一個倉庫角落安裝了一個監視鏡頭，但她懷疑它根本就壞了。儘管如此，她仍舊感到緊張不安。如果她被抓到了，她不僅會失去華萊士這條線索，還會面臨刑事指控。她辛辛苦苦爭取到的一切，最終會從指縫中溜走。

瑪戈特透過柵欄注視著華萊士的單位。「那是他的倉庫。」她點了點下巴示意方向。「七十四，右邊數來第三個。」

裘蒂使勁地點了點頭。

「我先爬過去，」瑪戈特說著，一邊彎下腰，將兩隻手電筒穿過其中一個鐵絲網的菱形洞口。「接著把斷線鉗扔過去並跟上吧。」

裘蒂瞥了一眼柵欄的頂端。「我希望我做得到。」

「你會的。」裘蒂可能快五十歲了，但她的體型看來是經常慢跑、做皮拉提斯的人。

裘蒂看了她一眼。「你比我年輕太多了，瑪戈特。」

「你可以的。」

瑪戈特最後一次環顧四周，尋找任何人的蹤跡，但除了空曠的田野以外什麼也沒有，黑夜如此寂靜。她深吸了一口氣，然後手舉得高高地抓住柵欄，把腳伸了進去，然後將自己撐高了起來。

支撐她體重的柵欄開始劇烈搖晃，但瑪戈特抓緊了，片刻之後，它靜止不動。她高舉一隻手，再次抓住更高處。鐵絲網壓痛了她的皮膚，只以手指與鞋尖來支撐自己，遠比她預想的情境更加困難，但大約五分鐘後，她到達了頂端，將另一條腿甩至另一側，接著開始往下方攀爬。最後，她跳到了東禿一塊、西禿一塊的雜亂草地上，慶幸自己終於回到堅實的地表上。

她彎下腰抓起手電筒並塞回自己的口袋，就在此時，她聽見汽車駛近的聲音。隔著柵欄，她看見了裘蒂的目光，這女人驚恐地瞪大了雙眼。瑪戈特聽著那聲音，心怦怦直跳，雙腳就僵在原地。然後，她發現車子的聲音越來越小，直到它消失，她才呼出一口氣。

「好了，」她說。「把斷線鉗扔過來。」

「我的天啊，」裘蒂喃喃自語，搖了搖頭，然後將工具高高地投擲過去，開始爬上柵欄。她比瑪戈特花上更長的時間，但最終還是成功了。當瑪戈特拿起了斷線鉗時，裘蒂屏住了呼吸，兩人快速且安靜地走向七十四號單位。

「好吧，」當他們在這單位巨大的門外停下來時，瑪戈特低聲說。她環顧四周，小心地低著頭，萬一那攝影鏡頭真的管用的話。「你能不能注意一下？」

正如她幾個小時前查看設施時所發現的一樣，華萊士倉庫的門和其他單位一樣，都用掛鎖鎖上了。當她低頭看著它時，發現似乎不可能僅是靠著工具就能斷開它厚實的金屬環，但這是她唯一的機會了。

她把斷線鉗的刀口套在金屬上，然後又快又緊地捏緊了握柄。瑪戈特用盡了全力，但金屬很厚重，刀刃無法穿透。她持續用力壓，越來越用力，直到她的手臂開始顫抖為止。最後，當她再也無力繼續使勁時，她放棄了，將斷線鉗拉了出來。她發現斷線鉗似乎連金屬環的表面都傷不了，但當她仔細檢查時，呼吸變得急促，發現兩側有兩個非常小的凹痕。

「該死，」她說。「我認為這方法可能管用。」

她又試了一次。

「給我，」瑪戈特鬆開斷線鉗具時，裘蒂說。「我們輪流吧。」

瑪戈特遞給她，裘蒂調整刀口夾住金屬環的位置，用力將握柄握緊在一塊，用力到兩隻手臂都顫抖著。當她最終要放棄時，瑪戈特看得到那凹痕越來越深了。他們就這麼輪流進行著，每次都看得出進展，直到最後，當瑪戈特第五次試著壓緊握柄時，金屬環裂開了，掛鎖噹啷一聲掉到地面上。

她和裘蒂目光相交，女人的臉上慢慢綻放出燦爛的笑容。

「我們做到了。」裘蒂說。

瑪戈特發出了一聲苦笑。「希望這一切都是值得的。」

就在此時，遠處傳來另一輛車的引擎聲。

「該死，」瑪戈特發出不滿的噓聲。「快進去，快點。」

她急忙解開了門閂，用力拉開那道金屬門。鉸鏈吱嘎作響，嚇得瑪戈特畏縮了一下，同時聽見汽車的聲音越來越大聲。當開口的空間正好可以讓他們通過時，他們趕緊進去，瑪戈特在他們身後用力關上門，讓自己困在一片黑暗中，黑得連自己的身體都看不見。兩人站在原地，一動也不動，聽著遠處的汽車聲，瑪戈特耳邊響起他們急促的呼吸聲。最終，那輛汽車的引擎聲消失在黑夜中。瑪戈特呼出一口氣。是她太偏執多疑了，沒有人在現場監看攝影機的鏡頭，也沒有人知道他們在這裡。

她從後口袋掏出了手電筒，按了一下，照亮了他們眼前的儲物櫃。終於，他們看見了。她將其中一支手電筒遞給裘蒂，兩人同時凝視著這個空間。

瑪戈特不知道自己確切期待些什麼，但她對華萊士所擁有的平庸物件感到失望。有一個木製的梳妝檯、一張造型老舊的沙發、一盞檯燈，以及一堆又一堆沒有標籤的紙箱。篩選這一切需要花上好幾個小時。

「我們分頭進行吧，」她瞥了裘蒂一眼說。「我從這裡開始。」

「我就從那邊開始。」裘蒂朝著倉庫裡另一側的那一堆箱子點了點頭。

「喔，」瑪戈特補充道。「我差點忘了。」她從口袋裡掏出乳膠手套，遞出一對給裘蒂。兩人都戴上了手套，接著朝相反方向走去。

瑪戈特在一個老舊的格紋沙發前停了下來，沙發腳邊有一個小紙箱。她一隻手拿著手電筒，另一隻手打開紙箱的蓋子，露出一系列的舊書。看到這些舊書，她想起了三年前和華萊士進行的採訪，當時他說自己在研究經典作品。瑪戈特拿起上方一本平裝本，一本飽經風霜的《白鯨記》（*Moby-Dick*），接著以指尖翻閱著書頁。

她快速翻閱了其他書本，尋找可能藏在其中的物件，她沒有發現足以讓他定罪的東西，除了破舊不堪的《蘿莉塔》（*Lolita*），這讓她覺得反胃不適，但這卻不足以作為任何罪行的證據。

「你有什麼發現嗎？」裘蒂在另一側小聲地呼喚。

「沒有，只有一些書籍。你呢？」

「沒有，只有衣服。」

長達兩個小時之久，他們就這麼穿梭在華萊士的物件中，時不時地被遠處的聲音嚇到而僵直不動。每一次，兩人的視線都會越過一整個倉庫並交換眼神，動也不動地站著，同時等待著。瑪戈特會將雙手握成拳頭放在身體兩側，緊張到心快要跳出來了，想像著那道門突然打開，看見粗聲粗氣的經理、員警，或是艾略特．華萊士本人，卻都沒有人出現。

然後，正當瑪戈特開始認為這一切都徒勞無功時，她打開了最後一個紙箱，瞪大了雙眼。

「我的天，」她低聲說，低頭盯著紙箱裡的東西。好一段時間，她嚇到無法動彈。接著，她眨了眨眼，清了清喉嚨。但即使如此，當她隔著一整個倉庫喊叫時，她仍舊發出了嘶啞的聲音。「裘蒂！快過來。」

「你找到什麼了嗎？」瑪戈特聽見那個女人快步走近，小心翼翼地穿越這個堆滿物件的迷宮。「是什麼——」但當裘蒂側身走到瑪戈特身邊，往紙箱裡頭看時，她的問題被倒吸的一口氣取而代之。她用一隻手摀住嘴巴，因為開口說出的字句聽來低沉且虛弱。「**我的天啊**。」

# 三十二、瑪戈特，二〇一九年

瑪戈特和裘蒂兩人並肩站著，低頭凝視著他們之間那個巨大的紙箱，兩人一言不發、站著不動，直到最後，瑪戈特讓自己用力深吸了一口氣。

「你看看這些名字。」

「是啊。」從裘蒂哽咽的聲音中，瑪戈特聽得出她在哭泣。

盒子裡整齊地堆放著一系列同款的塑膠盒，大概有四、五層的深度，每個容器都是鞋盒般大小，蓋著白色蓋子，上頭有用黑字寫上的名字。最上頭的四個盒子分別寫著：娜塔莉、漢娜、米亞及波莉。

「天啊，」裘蒂說。「就是他。」

瑪戈特點了點頭，她的視線未曾從那些塑膠盒轉移開來。她現在仍不確定裡面裝了什麼，但光是看見他這麼寫下女孩們的名字，如此漫不經心，把自己當成獨占的物主，就讓她感到噁心、悲傷，同時又充滿了憤怒。她吞了一口口水。「你能將手電筒舉高嗎？我需要拍一張照片。」

快速拍完照片後，瑪戈特用顫抖的手伸入紙箱中，抓起標記著「娜塔莉」的塑膠盒，同時對乳膠手套心存感謝，瑪戈特不想讓自己的指紋出現在這些東西上頭。她將娜塔莉的盒子放在其他盒子上方，接著打開了蓋子。當她看見裡面的東西時，她的雙眼中充滿了淚水。

這太不公平了，將一個女孩的生命限縮歸納為一個小盒子裡的物件，用這些隨意組成的東西。裡頭有一把梳子，上頭的尖齒仍然纏繞著棕色的長髮，旁邊有一個紫色的水瓶，上面覆蓋著閃閃發光的蝴蝶貼紙，一個孩子的字跡在瓶身潦草地寫下「娜」。在這些東西的下方有些蝴蝶造型的髮夾，盒中一側塞有一疊整齊的照片。

瑪戈特把那疊照片拿了出來，看見的第一張照片是娜塔莉．克拉克，看起來如此熟悉，正是新聞中出現的照片。照片中，她穿著紫色的緊身褲與一件白色T恤，在兒童遊戲區的攀爬單槓上盪來盪去，雙腿跳動著，她的小臉因為專注而皺成了一團。瑪戈特的胸口隱隱作痛，然而，當她將照片翻面時，她的悲傷切換為一股憤怒。**娜塔莉．克拉克，五歲，二〇一九年**，字跡與蓋子上所寫的名字一樣工整。艾略特．華萊士幻想自己是一位收藏家——不僅收藏經典小說，也收藏這些小女孩。

「真他媽的混蛋。」裘蒂說。

「是呀。」這是瑪戈特唯一想得到的回應。

她翻到下一張照片，顯然是在同一個兒童遊戲區所拍下的。在這張照片中，娜塔莉身穿牛仔短褲及螢光綠色上衣，正要從溜滑梯上滑下來。背面一樣寫有她的名字、年齡及日期。

瑪戈特瀏覽了其他照片，她一張一張地看，印象全模糊在一起了。顯而易見地，華萊士花了不少時間跟蹤這個小女孩，不只偷偷拍下了照片，也偷偷地收集了她遺留在原地的物件。他做這些事的手法如此一絲不苟，讓瑪戈特不寒而慄。

當她瀏覽完這一小疊照片後，她放了回去，用手機拍下一張盒中物件的照片，接著蓋上了蓋子。

瑪戈點了點頭。

「這裡肯定有十幾個盒子，」裘蒂說。「也就是十幾個女孩。」

「你……你認為他們都死了嗎？」

「我不知道，我希望不是這樣。」

裘蒂拿著手電筒，瑪戈特仔細地檢查了其他有白色上蓋的盒子。她這麼做的同時，他們兩人意識到這些盒子是依照時間順序堆放，照片上的日期從近到遠。而且，當她回溯的時間越久遠時，其中的物品和照片就越少。這幾年來，華萊士似乎逐步地進化，對後續每一位受害者都變得更有耐心，更加注意細節。

每打開一個盒子，瑪戈特都會為裡頭的物件拍下一張照片，裘蒂則同時用手機搜索相應的名字。他們很快就發現，這些女孩遍及了整個中西部地區。莎莉・安德魯斯（Sally Andrews）來自北達科他州，米亞・韋伯斯特（Mia Webster）來自伊利諾斯州，漢娜・吉爾伯特（Hannah Gilbert）來自內布拉斯加州，這些都是安娜貝爾・華萊士曾提及艾略特居住過的地方。

「這個你不需要查了，」輪到了波莉的盒子時，瑪戈特這麼告訴裘蒂。「她的名字叫波莉・利蒙，來自俄亥俄州。他也殺害了她。」

根據裘蒂的搜尋結果，就像波莉和娜塔莉一樣，多數小女孩都被通報失蹤，在幾天後被發現時早已死亡。他們全死於窒息或鈍器撞擊的頭部外傷，所有人都有遭受性虐待的跡象。

然而，在其中某些谷歌上的搜尋結果中，並沒有包括令人不安的新聞報導以及令人心碎的訃告，而是一般會得到的結果，只有活生生的平凡女孩。來自威斯康辛州的莉亞・亨德森（Leah Henderson），目前是當地一所社區大學的二年級學生；來自南達科他州的貝卡・沃爾許（Becca Walsh）是高中的軍樂隊成員。顯然地，並非每個女孩都讓華萊士成功得手。

當他們到達倒數第二個盒子時，他們發現十四個盒子之中，有七個屬於已被謀殺的女孩。其餘的人都活下來了。

瑪戈特伸手去拿取標記著「露西」的盒子，但她感興趣的不是那個盒子。她想看看它下方盒子上的名字——儘管她早已知道上面會寫著什麼了。

果然，當她移開露西的盒子時，賈諾莉這個名字也回望著她。當瑪戈特低頭看著對街女孩的那個名字時，那個曾是她最親密的好友，如今她還得知她正是她表妹的女孩，她發現自己的臉頰濕了一片。歷經多年來的疑惑、執著，搜索著每一個走過她身旁男人們的面孔，她終於找到她一直在尋找的人了。最後，她終於擁有他所作所為的證據了。

# 三十三、瑪戈特，二〇一九年

第二天早上，瑪戈特被手機鈴聲給吵醒。她在摺疊沙發床上翻了個身，將手伸向小邊桌，手掌盲目地拍打著。當她的手指落在手機冰涼的塑膠外殼上時，她一把抓住了它，瞇著一隻眼睛盯著螢幕看。打來的人是亞德里安娜。

接聽電話時，瑪戈特試著讓自己語氣聽起來很清醒，但她肯定隱藏不了疲憊，因為她前任老闆說的第一句話是：「喔，抱歉。我把你給吵醒了嗎？」

「沒有。」她清了清嗓子。「只是有點累。」

亞德里安娜說：「我想也是。」她的聲音裡帶著笑意。

前一天晚上，在瑪戈特和裘蒂記錄了艾略特．華萊士那些有悖常理的收藏品之後，他們偷偷溜出倉庫，爬越柵欄，前往瓦卡魯薩。裘蒂開車時，瑪戈特查詢了印第安納州警方的匿名通報熱線，並告訴他們一切，關於沃特福德米爾斯倉庫的位置、華萊士的倉庫號碼，以及他們在裡頭所發現足以定罪的各項證據。

裘蒂將她送回了路克家，瑪戈特利用清晨剩餘的時間寫了一篇關於艾略特．華萊士的曝光報導，將他與中西部這二十五年內被綁架及殺害的八名女孩的關係串連在一起。當天早上六點左右，瑪戈特將她的草稿寄給了亞德里安娜，接著就倒在床上了。

「我讀完你的報導後，」亞德里安娜說，「查詢了一下華萊士這個人。警方剛才已逮捕他了，但我相信你已經知道了。」

「喔，我其實不知道，這太好了。」

一聽見這個消息，瑪戈特心裡湧起一股溫暖的正義感。她知道他倉庫中的證據，已足以讓任何地區的任何一位檢察官非常有把握地將華萊士帶到陪審團面前。這會花上一些時間，但他終究會因為自己的惡行入獄，而中西部的每個小女孩都將更安全一些。

「還有你的文章，」亞德里安娜繼續說道。「我的意思是，瑪戈特，你寫得太棒了，但我想你一定很清楚吧。」亞德里安娜的語氣中帶著一絲歉意，顯然她也意識到目前情況有多麼尷尬了。不過才幾天前，她因為瑪戈特試著要追查這則報導而解雇了她，但現在她顯然想要刊登這則新聞。

「謝謝。」

「真的。你這篇報導——好吧，這是我見過你所完成最好的一篇。你有條理地讓讀者相信華萊士的罪行，但從頭到尾都沒有直接點明。還有結構，你從娜塔莉·克拉克開始的方式，一路回溯過去，並展開其他女孩的故事，然後以針對賈諾莉事件的推測作為結束。這是——這真是一篇很棒的報導。」

「謝謝。」

亞德里安娜遲疑了一下。「好了。好吧，我想現在是我道歉的時候了。」

「那就太好了，」瑪戈特說，但她的語調中帶著揶揄。當然，她仍然對於被解雇的事感到難過，但過去這幾天，她也意識到，或許亞德里安娜讓她保住飯碗的時間夠久了，比她實際應得的時間更長。而瑪戈特不得不承認，如果她沒有被解雇的話，她就沒有時間調查賈諾莉的報導，也不可能發現華萊士的事。

「好吧，我很抱歉，」亞德里安娜說。「真的。你是一位了不起的記者，我應該更努力地多為你爭取才對。但我太幸運了，因為你仍為自己努力奮鬥了。我想，這就是你將文章寄給我，而不是其他報社的原因吧？因為你想要讓我們的報社刊登這篇報導吧？」

「我想要拿回我的工作。」

在撰寫這篇文章的四個小時之中，這個想法一直在瑪戈特的腦海深處縈繞不去。儘管她的自尊心受損，她仍相信《印州線上》是最適合刊登這篇報導的報社。華萊士的家鄉是印第安納波利斯，《印州線上》是該市規模最大、最有聲望的報社，甚至可能是全州最好的報社。雖然她一度幻想著，帶著自己的報導及履歷來到如《紐約時報》這種地方，但她也知道自己想和叔叔一起留在瓦卡魯薩，想在一家為她所在社群服務的報社工作。另外，排除近期發生的事件，她還是喜歡與亞德里安娜一起工作。她是一位優秀的編輯，她總可以讓瑪戈特變得更好。

「如果你回來工作，我會很開心的。」亞德里安娜說。

「而且我想要加薪。」瑪戈特告訴對方她理想的數字，一個有助於支付她和她叔叔各項開支的金額。

「我想我們可以來安排一下。」

「而且，我想在這裡工作，在瓦卡魯薩，並且有更多時間與自主權來撰寫我的報導。我後續想要報導華萊士逮捕及受審的情況。我想慢慢來，做好這件事。」

「遠端工作不會是問題。至於其他的事，我會和艾德格談談，我認為他應該會接受的。你已經證明了，當你有足夠時間做一件事時，你就有本事做好。」

「好的。那麼……太好了。」瑪戈特閉上雙眼，心跳沉穩了下來。雖然她心裡搖擺不定，很害怕爭取自己想要的東西。「再知會我關於艾德格的回覆吧。與此同時，我會試著去找一些人來引述他們的說法，好放在明天的文章中。」

瑪戈特也引用了她和安娜貝爾．華萊士、艾略特．華萊士的採訪內容，但她也想聯繫湯森警探、傑斯及比利，讓他們有機會針對最新進展發表看法。

「這聽起來很棒，」亞德里安娜說。「我也會寄我的修改建議給你。也就是說，」她有點尷尬地補充說道，「如果你想看看的話，畢竟這篇本來就寫得很好了，但我們還有一些時間，一定要讓這篇報導短時間內傳播出去。」

瑪戈特微笑著。「我很想看看你的修改建議。」

掛斷電話後，瑪戈特套上一條運動褲，走出她的房間。站在走廊上，她看見路克坐在廚房餐桌旁，也就是他早晨時固定的座位，手裡拿著一杯咖啡，面前放著填字遊戲。看到他，她頓時停了下來，突然感覺到喉嚨發緊。在與他疏遠了好幾天之後，瑪戈特終於找回了她的叔叔。儘管他像這個鎮上的其他人一樣，會說謊並保有自己祕密，但她現在明白他為什麼會這麼做了。他或許並不完美，但他已經很好了。

她曾經懷疑過這一點，她實際上曾一度懷疑他**犯下謀殺罪**，這讓瑪戈特充滿了愧疚。當然，她的叔叔沒有殺過任何人。賈諾莉是艾略特．華萊士的第一個受害者，雖然裘蒂可能不相信，但克麗絲確實結束了自己的生命，就如同大家一直以來認定的結果。就瑪戈特而言，她並不覺得這個可悲事實有那麼出乎意料。克麗絲先是失去了一個女兒，接著是丈夫和兒子。儘管他們並不是全被殺害了，但艾略特．華萊士已奪走了克麗絲一整個家庭了，而這種痛苦變得難以承受。

瑪戈特看著路克時，她腦海中迴盪著一百萬個問題。她想問他何時發現自己是傑斯與賈諾莉的父親，想要問他在遠處看著他們長大是什麼感受。她也想告訴他許多事，關於艾略特．華萊士，以及發生在賈諾莉身上的事。也許，有一天他們會談論這一切，但現在的她只想坐在他對面，好好喝一杯咖啡。

「早安，孩子。」當她走進廚房時，路克說。

「早安。」

「你很晚才睡，你還好嗎？」

她笑了。「是啊，剛好有工作的事要忙。」

「進展如何？」

「很好，相當順利。」她走到咖啡機旁邊。「嘿，路克叔叔，你今晚想要一起做些什麼事嗎？例如，去外面晃晃之類的？」

他微笑著。「再好不過了。」

「好的，太好了。」她給自己倒了杯咖啡，喝了一口。

「嘿，孩子？」

瑪戈特抬起頭來。

「我真的很高興你在這裡。」

她的喉嚨收緊。「是啊，我也是。」

這一天其餘的時間，瑪戈特全用來編輯文字並收集更多引述說法。她知道，等到明天一早報紙出來時，對華萊士被逮捕的消息，印第安那州的每個人都會有自己的一套看法。然而，沒有人能像她一樣，完成如此豐富廣博的內容，當她完成這篇文章時，她發覺自己不曾為寫下的文章如此驕傲。那天晚上六點左右，她將最終稿件寄給了亞德里安娜，然後她列印了一份，把它塞進後口袋，然後迅速地向路克道別，保證她很快就會帶著披薩回家，她接著溜了出去，走進日漸昏暗的黃昏之中。

五分鐘後，瑪戈特走到雅各布斯家族的屋子前，敲著比利的大門。

對瑪戈特來說，找到艾略特・華萊士，就像是她終將能在賈諾莉的案件畫下的那個句點，帶來一種平靜的感覺。但她知道，對於比利來說，這個關於華萊士的消息是更加複雜的感受。毫無疑問地，這雖然能讓他找到長期尋求的答案，卻也會讓他感受到另一種痛苦，得知唯一的女兒在她自己居住的城鎮中被跟蹤，並在家中被這個道德敗壞的男人給擄走。稍早時，當瑪戈特在電話中告知比利這個消息時，他早已崩潰了，她想送給他一份禮物，讓他私底下儘早瞭解細節。

片刻之後，她聽到腳步聲接近，然後前門嘎吱作響地打開。在門與門框之間的縫隙中，瑪戈特看到比利的藍色眼睛正往外張望。他看到她時，便將大門打開，臉上露出燦爛的笑容。

「瑪戈特。」

她也以微笑回應他。「你好，比利。很抱歉打擾你。我會來訪是因為我想把這個拿給你。」她掏出口袋裡那篇文章的紙本，遞給了他。「這是明天報紙會刊登的新聞報導。」

「喔。」當他接過那幾頁紙張時，他的面孔顫動著，緊緊抿著嘴唇。

「謝謝你前幾天接受我訪談，」瑪戈特說，讓他有時間沉靜一下心情。「還有你提供的引述文字。」

她不會指明，他在第一次訪談時如何粉飾關於家人們的真相，因為他一直努力保護著克麗絲，而克麗絲則一直努力保護著傑斯。儘管多年前，他們兩人可能無意中破壞了警方循線追查華萊士的線索，但瑪戈特很明白這種想要保護家人的直覺。

原先看著紙本的比利抬起頭來，雙眼猛烈地眨著。「我才要謝謝你。」他搖了搖頭。「謝謝你，做了這一切。」

她點了點頭。這一刻感覺既有紀念性意義，又似乎毫無意義。

「你，嗯，」他清了清嗓子，「要不要喝一杯咖啡？我知道現在快到晚餐時間了，但是……」

他聳了聳肩，顯得有些尷尬。

「有咖啡就太棒了。」

瑪戈特跨過門檻，走進那座熟悉的老房子，跟隨著比利穿過掛滿家庭照片的走廊。作為一位記者，她一直深信著，世上最重要的事之一就是瞭解真相，但當她的視線掠過他孩子們的照片時，她知道他並非孩子的親生父親，掠過他妻子時，她知道她愛著另一個人，瑪戈特不禁懷疑，有時相信謊言是否更好。對於比利而言，瞭解他家人的真相終究沒有意義，那只會讓他心碎不已。

他們走進廚房，他正在煮一壺咖啡。他從架子上拿下一個舊陶瓷杯，倒滿了咖啡，然後又為自己倒滿了一杯咖啡。「要牛奶或糖嗎？」

「牛奶，麻煩你。」

他們一起坐在廚房的餐桌旁，瑪戈特的目光忍不住飄移，看向多年前寫下那些可怕文字的白色牆壁。諷刺的是，她知道那些文字是基於愛，而非因恨意所寫下。

坐在她對面的比利清了清嗓子。「我簡直不敢相信你破解真相了，畢竟這過了這麼久了。你以前也只是一個住在對街的小女孩，我就在這裡，但我竟然什麼都看不見。」他因為突如而來的情緒而閃現激動的表情。「我早該看見了。」

瑪戈特仔細打量著他。雖然在過去三十六個小時內她才睡了四個小時，但比利看起來比她感覺更為疲憊。「你知道的……」她說，特意讓聲音保持溫和。「當華萊士跟蹤那些女孩時，他保持著距離。特別是賈諾莉。這是他第一次這麼做，他很謹慎。」

所有塑膠盒中，寫有賈諾莉名字的是物件最稀少的一個。華萊士保存了一些她的表演節目單，這與路克的相似之處讓瑪戈特脊背發涼，但除此之外，他沒有收集任何屬於她的東西。她盒中只有薄薄的一疊照片。雖然他可能有二十幾張娜塔莉．克拉克的照片，但他只有五張賈諾莉的照片，而且都是從遠處拍攝。儘管他與賈諾莉之間已有了不少接觸，她才會告知傑斯他的名字，但瑪戈特很清楚，當他跟蹤她時，他還沒想清楚該如何成為一個純熟的尾隨作案者。因此，這正是賈諾莉的謀殺案不同於其他七起謀殺案的原因。

瑪戈特已經從頭到尾想了上百遍了，拼湊出那天晚上發生的事情，她得出的結論是華萊士走進沒有上鎖的門，打算直接帶著賈諾莉一起從後門離開。但是，過程中可能出了點問題。或許，正如克麗絲一直以來所聲稱的，賈諾莉確實也反擊了，甚至大喊大叫，而這讓華萊士驚慌失措。他不是用自己隨身攜帶的武器猛擊了她的頭部，然後將她的屍體留在地下室樓梯的底部，要不就是在廚房裡扭打了起來，接著他將她扔到了樓梯底部，而她就在水泥地面上撞破了頭。

因此，賈諾莉是他唯一在死前未遭受性虐待的受害者。這因此讓華萊士改變了作案手法。在賈諾莉之後，他開始帶走在兒童遊戲區與停車場的女孩，如果計畫行不通的話，他也更容易中斷計畫。

「我認為，」瑪戈特說，「尤其是賈諾莉的案件，很難發現有什麼事情不對勁，直到它發生為止。」她可能過度膨脹了這一點，但她為這位坐在她對面的男人感到難過，畢竟，華萊士曾接觸過賈諾莉，可能還不少次。他的一切都被奪走了，而她想給予他一些什麼，以消除他過去二十五年所承受的罪惡感。

「瑪戈特，你有孩子嗎？」他問道。

她搖了搖頭。

「好吧。如果你有孩子的話，就會明白了。作為父母，你的工作是保護他們，然後……我未能做到這件事。我失敗了」。他發出斷斷續續的抽泣聲。他一手握成拳頭，另一隻手包覆著拳頭，然後將兩隻手按在唇邊，彷彿要將情緒給壓回去。

「我無法想像這一切有多麼艱難。我很抱歉將這一切挖了出來。」

比利搖了搖頭。「在這個世上，我所剩下的也不多了，但你給了我答案，你將這個混蛋繩之以法，你還洗清了克麗絲的罪名。我非常感謝你。」

瑪戈特覺得喉嚨發緊。她很高興能抓到華萊士，也解開了賈諾莉的死亡之謎，但對於其他一切，她仍有許多想要知道的事情。她想要問比利，他是否曾看著這對雙胞胎，卻看見另一個男人的面孔。她想要問他，是否曾覺得自己對克麗絲的愛未能得到回報，不論是她也和路克上床的那個夏天，或是後來她與裘蒂在一起的那幾年。但是，當然，這些事她都不能開口提問。因此，她反倒是說：「我很感謝你這杯咖啡，我有好幾天沒睡覺了。」

比利咯咯地笑了起來。

「總之，我應該離開了，我要去拿我和我叔叔的外帶晚餐。」她停頓了一下。「如果你願意的話，你可以找個時間過來拜訪。我知道你們兩個是認識很久的朋友。」平白浪費這樣的友誼似乎太可惜了，尤其是現在比利在世上已沒有其他能倚靠的人，而路克的意識正逐漸地流逝丟失。

但當她這麼說的時候，比利的眼裡閃過一絲陰暗。「也許吧，」他帶著緊繃的笑容說道。「總之，瑪戈特，感謝你來拜訪。」她仔細端詳他的臉，那一絲陰暗早已消失，瑪戈特懷疑自己剛才是否真的看到了。

他們原路返回，穿越這棟房子，他們腳下的舊地板吱吱作響，當他們穿過掛滿照片的走廊時，瑪戈特注意到一張賈諾莉的側拍照片。在照片中，賈諾莉看起來大約五、六歲，或許是她去世的幾個月前。瑪格特認得出來，她正坐在雅各布斯家後院的輪胎鞦韆上，她的雙眼因笑意而瞇了起來，她的小嘴漾著大大的笑容。但是，瑪格特注意到的是她手上的東西：她的手指和繩子之間夾著一塊淺藍色的織布，上面有白色的雪花。

瑪戈特的腦海裡閃現了很久以前的記憶，當時她害怕地蹲在一棵樹旁。賈諾莉悄悄走到她身邊，將一塊淺藍色織布塞到她手中，上頭有雪花，邊緣參差不齊，像是撕破了一樣。賈諾莉當時曾說過，**當我害怕的時候，我會捏著它，它會讓我變得勇敢**。當瑪戈特看著那張照片時，她將手握成了拳頭，指尖輕撫著手掌上半月形的疤痕。

比利剛走到前門，轉身面對著她。

「這是什麼東西？」她指著照片問道。

他眯起眼睛。「喔，她手裡的那個東西？那是她的嬰兒毛毯。或者是說，毛毯仍剩餘的一小塊。每當她感到害怕時，我都會拿給她，並告訴她如果捏了一下，就會讓她變得勇敢。我記得，我曾告訴過她，它有一些強大的魔力。」他咯咯笑了起來，目光隨著回憶湧現而變得柔和。「這是我們的小祕密，只有我們兩人知道。」

瑪戈特笑了，但有些什麼東西，像是一些記憶，在她的腦海中一閃而過。接著，她突然想起了傑斯的話：我記得她看起來如此平靜，他說的是死在地下室樓梯底部的賈諾莉。**我當時還以為她只是在睡覺。而她手中拿著她嬰兒毛毯的一小塊**。

「就像她死去的那天晚上一樣，」瑪戈特說，這句話不假思索地從她嘴裡脫口而出。

當那些話說出口的那一刻，她意識到了自己的錯誤。

賈諾莉死於鈍器敲擊的頭部外傷；無論用來殺害她的器具是什麼，她都不可能抓著自己的嬰兒毛毯，這代表著，在她死後，在傑斯和克莉絲找到她之前，有人將它放在她的手中。

瑪戈特僵住了，她的心砰砰直跳。

她心中湧現一絲懷疑，凝聚成某種猛力而堅實的東西。她腦中的思緒飛速運轉，而賈諾莉謀殺案的一切片段開始豁然開朗了。她是唯一沒有遭受性虐待的小女孩；她是唯一在自己家中遇害的人。瑪戈特認為，所有這一切都意味著艾略特．華萊士逐漸進化成了一個殺人犯，但如果賈諾莉只是他跟蹤卻未曾殺害的女孩之一呢？在她死後，在傑斯找到她之前，有人將她的嬰兒毛毯塞進了她的手中——這不是戀童癖者的變態行為，而是一種基於愛的表現。

瑪戈特想起了當她提及路克時比利臉上閃現的陰沉表情。這一切轉瞬即逝，她以為也許是自己編造的，但事實並非如此。她現在明白了，那眼神充滿了仇恨。比利痛恨她的叔叔。瑪戈特很清楚原因為何，他知道路克和克麗絲的性關係，也知道路克是雙胞胎的生父。

難道這一切都是她搞錯了？她是否像許多人對她的指控一樣，一昧堅信著賈諾莉的死與娜塔莉和波莉的案件有關，以至於忽略了案件之間的明顯差異？

多年前殺死賈諾莉的凶手，難道並非艾略特・華萊士，而是比利？但是——**為什麼**？

不過，現在原因是什麼已經不重要了。她剛剛透露了她知道，但她不應該知道的事實。比利聽見了嗎？他聽懂了嗎？

她的腦子裡充滿了自我保護的念頭。**演一下戲吧。不要讓他看見你有所質疑。快點離開**。當她的視線從照片轉向站在敞開大門旁的比利時，她強顏歡笑，他的手正放在門把上。

「真可愛。」瑪戈特說，向前邁出了一步。

但是比利正看著她，臉上帶著一種奇怪的表情。「你剛才說了什麼？」

瑪戈特朝敞開的門又邁了一步，距離只有幾英尺遠了。她打算淡定地穿過大門，一離開他的視線之後就直奔警局。「喔，我只是說她看起來很可愛。」瑪戈特笑了，但她的聲音聽起來有些緊繃。「再次謝謝你的咖啡。」

但就在她走到門口之前，比利關上門嘆了一口氣。「你剛才說的可不是這個。」

瑪戈特刻意顯現不解的笑容。「呃。我很抱歉，但我真的該離開了。」

他搖了搖頭，沒有完全正視她的眼睛。他的臉垮了下來。瑪戈特盯著他厚實的肩膀與粗壯的前臂，都是在農場幹活幾十年的結實肌肉。她希望他把門給打開。「我想，你知道自己說了些什麼。而我……」他猶豫了一下，一隻手撫過自己的頭髮，另一隻手仍然堅定地放在門把上。「而且，我想你明白這意味著什麼。我看得出你再清楚不過了。」

瑪戈特搖了搖頭。「很抱歉，我不知道你在說些什麼。」

「我愛過她，你知道的。」他的臉皺成了一團。「那只是一場意外。」

瑪戈特一時萬念俱灰。那道門被關上了，而他招供了。他現在不打算讓她離開了。彷彿是要確認這件事一樣，他又說：「對不起。我不能讓你離開。」他接著將嵌鎖固定到底。

恐慌在瑪戈特全身蔓延開來。她站著，渾身發抖，思緒在飛速運轉。她需要離開那裡。但該怎麼做呢？比利擋住了前門。她可以跑向廚房的後門，但他離她太近了，她現在無法那樣做。如果她嘗試這麼做，他就會跑得比她快並制服她。她向後退了一步。她需要時間來拉開他們之間的距離，然後她就要逃離此處。

「真的，」她說，她的聲音很虛弱。「我不明白你在說什麼。」

「你可以不用演戲了。從你看我的眼神裡，我就明顯看出你知情。克麗絲發現時，也有一模一樣的表情。」

瑪戈特愣住了。儘管她感到強烈的恐懼，但她仍短暫地被轉移了注意力。克麗絲也發現了凶手是比利嗎？克麗絲的頭部被比利的槍支擊中。克麗絲的屍體是被比利發現，不是在什麼私密的地方，就在他們家門前的玄關。裘蒂曾說過，**我瞭解克麗絲，她不會自殺的**。「你是不是……」

瑪戈特吞了口水，「你也殺了她嗎？」

「我必須這麼做，」比利說。「她發現了我做的事，而我看得出來，她不會輕易放過我。她打算告訴傑斯——我在她的包包裡找到一封信，信裡就是這麼說的。」

瑪戈特逐步往後退，這時他的話在她腦海裡迴盪著。一封信？在克麗絲寄給傑斯的所有信件中，她沒有任何一封信提及比利。她寫給兒子的最後一封信是——「她的遺書。但那封信主要是向傑斯道歉，沒有提及你的任何事。」

「最前面的部分是道歉，但後面還有更多事要說。她要告訴他，她發現了一些關於我的事情。」

瑪戈特的雙眼掃視著走廊，思考著當初發生了什麼事。在她去世的那一天，當克麗絲與路克見面並告知他正是雙胞胎生父時，路克一定也告訴她關於賈諾莉去世的事。瑪戈特無法想像那是什麼，但無論那是什麼，顯然讓克麗絲瞭解了一些關於她丈夫的真相。她將那件事寫在給傑斯的一封信件中，當比利發現時，他撕掉了下半部關於他的有罪證據，留下了看起來像是一封遺書的上半部分。

「當然，我不能讓她告訴任何人我的所作所為，」比利說。「而我——」

但是，瑪戈特已經聽夠了。她不知道他究竟對賈諾莉做了什麼，但更不明白他為何要開槍射殺自己的妻子。瑪戈特得離開那裡。心在胸口砰砰直跳，她又向後退了一步，一轉身就跑。正當她這麼做的同時，比利向她猛撲了過去，他的腳步又快又猛。瑪戈特衝進廚房並朝著後門走去，但當她用手握住門把時，門把手徒勞地發出嘎嘎聲。

「不，」她一邊摸索著門鎖，一邊喘著氣說，比利的腳步聲在她身後飛快地響起。她的身體因迫切想要逃跑而感到激動，但門鎖似乎失靈了。然後，終於，她成功扭轉了門鎖，用力將門打開了。但正在這時候，一隻巨大的手越過她的頭部，砰的一聲關上了門。

比利的身體撞到她身上，瑪戈特側身飛跌出去，重重地撞在廚房地板上。她的肩膀和頭部疼痛難耐。她試著起身爬起來，但比利很快就抓住她了。他伸出手，一把揪住她的頭髮。淚水湧上她的眼眶。

然後，他拖著她，她又踢又打的，拍打他的手臂，但他緊抓的力道猛烈，很快在一扇關閉的門前停了下來。比利把門打開，屋內的地下室出現在他們面前，就像一張尖叫的大嘴。突然間，儘管她的思緒大多在掙扎、猛抓及尖叫，但腦海中某個暗黑的部分閃現了多年前的賈諾莉，她就死在這樓梯的底部，正是被這個男人殺害。

瑪戈特想到了克麗絲、娜塔莉、波莉，也想到了艾略特．華萊士倉庫裡那些盒子裡裝有的女孩們，以及世界上所有被困在房間裡的女孩，她們被那些像他這樣的男人、像比利這樣的男人，被這些男人們以某種方式給丟棄了。對許多人而言，這些女孩無名無姓，只是一張陌生面孔，只是一個被加上去的數字，放入那不斷增加又令人悲痛的名單上頭。當比利將她拖到地下室門口時，瑪戈特想著，她願意做任何事來擺脫這一切，好讓她不會變成其中一人，另一個被增加於名單上並被世人所遺忘的女孩。

# 三十四、比利，一九九四年

這一切都從一通電話開始。

也許，這一切早在幾年前就開始了，回到了一九八七年的夏天，當時他第一次和克麗絲・溫特斯、路克・戴維斯一起出去玩，不過，當比利回顧他這一生的歷程時，他會想要改變的就是那通電話。

在戴夫接聽之前，電話已響了兩聲。「雅各布斯？」在比利說明自己是誰之後，戴夫說。「怎麼了？一切都還好嗎？」

比利將話筒從耳邊拿了下來，滿臉困惑。通常，每當戴夫碰到比利打電話來時，他都會找個藉口速速掛斷電話。但是，今晚戴夫的聲音有點不一樣，聽起來口齒不清且軟弱。

「一切都很好，正在看電視。」比利猶豫了一下。那麼長一段時間沒有和朋友來往，他感覺對話已變得生疏了。「我最近想起了那個晚上，在足球場上的那個夜晚，有除草劑的那次。」他笑了起來。「還記得嗎？」

「我怎麼會忘記呢？天啊，當時的我們真是太愚蠢了。」

「是呀，」比利附和了，儘管他其實並非這麼想。他愛克麗絲和孩子們，他當然愛他們，但婚姻及人父身分和他所想像的全然不同。對他而言，那個夏天是他一生中最美好的時光。「好吧，總之，我只是想打給你聊聊。好一陣子沒說話了。」

「是啊。」

比利站在固定電話旁，目光掃視著廚房。也許聯絡戴夫是個錯誤，或許他應該在情況變得更加尷尬之前掛斷電話。但正當他要開口之前，戴夫說，「嘿，你想開車去兜風嗎？重溫以前的美好時光吧？我有一手啤酒，我可以帶著。」

比利再次用難以置信的表情看著話筒。他和戴夫已經好幾年沒有一起出去玩了，這是一個不尋常的邀約，更何況時間已接近午夜。不過，他不在乎。克麗絲和孩子們早就上床睡覺了，他值得享受一點樂趣。他臉上慢慢綻開了笑容。「聽起來很不錯。」

十分鐘後，他和戴夫開車出城，經過綿延數英里的玉米田。馬路上的路燈不多且相距甚遠，唯一的光線是來自彎彎的月光。戴夫異常地安靜。每當比利試著要對話時──「你還記得我們那位老師，雅庫比安先生嗎？天呀，我好討厭他。」或者，「你還記得羅比．奧尼爾和凱勒布．施羅耶（Caleb Shroyer）在玉米田裡打了一場架的那場派對嗎？」──戴夫只是含糊地點頭作為回應。

但當他轉彎，開上隔開的一側為玉米田、一側為樹林的泥土路時，戴夫說：「孩子們好嗎？」比利喝了一口他的啤酒。「喔，他們很好。」此時戴夫已將車子停在停車位中，並且對著他傾斜著身體，顯然在等他繼續說下去。「呃，」比利繼續說道。「賈諾莉舞蹈學得很順利。她總在家裡四處跑來跑去，不斷擺上各種動作。」

戴夫笑了，但他的視線看向遠方，特別悲傷。「我有時會聽到瑪戈特說她的事。他們似乎越來越親近了。」

「誰？」

「我的侄女瑪戈特。」他停頓了一下。「兄弟，她就住在你家對面。」

「沒錯、沒錯。」住在對街的亞當．戴維斯與他的老朋友截然不同，有時比利甚至會忘記他們是家人，但他確實認識戴夫的侄女。她總會和賈諾莉一起在農場四周跑來跑去。「我需要再來一瓶啤酒，」他一邊說著，一邊彎下腰從那一手啤酒中拿出一罐。「你要來一罐嗎？」

「當然，為何不呢。」但他的聲音裡有一絲尖銳。戴夫接過比利遞來的啤酒就立即打開。「那傑斯呢？」

「什麼？」

「傑斯最近怎麼樣？」他清楚說出比利兒子的名字，好像比利不認識一樣。

「呃，是的，他很好。兩個孩子都很好。」他喝了一大口啤酒，凝視著身旁車窗外遠處的玉米田。「一到了晚上，農作物看起來不過是一片漆黑。他不想談論自己根本不瞭解的兒子，甚至不想談論賈諾莉。他只想像以前一樣，和朋友一起喝酒、開玩笑。「但你呢？最近你有發生什麼有趣的事嗎？」

有那麼一會兒，戴夫保持沉默。然後，比利聽到駕駛座上傳來一聲窒息的聲音，他立即轉頭察看，睜大了雙眼。比利從來沒看過戴夫哭泣，他正緊閉著雙眼，用拳頭摀住自己的嘴巴。他的胸口劇烈起伏著，喉嚨裡發出輕微的抽泣聲。

「哇，兄弟，」比利說。「你沒事吧？」

但戴夫無法開口說話。他仍閉著眼睛，用拳頭摀住嘴巴。然後，他的呼吸最終緩和了下來，睜開了雙眼，幸好眼睛仍是乾的。他直視著前方，說：「蕾貝卡流產了。」

比利吞了吞口水。他不知道該怎麼回應這件事。**流產**這個字詞讓他的身體感覺到一陣不適。他簡直不敢相信，戴夫剛才竟透露了如此私密的事情。「哇，兄弟。我，呃，我真的感到很遺憾。」

「幾個小時前才發生這件事。寶寶還沒有很大，但是……」他搖了搖頭。「狀況很不好。」

聽著戴夫說的話，比利慢慢理解一些事而皺起了眉頭。蕾貝卡流產是那天晚上發生的事？比利原先以為那應該是幾天前的事了，但現在一切都說得通了。這就是戴夫和比利在電話上交談的原因，這就是他提議開車去兜風的原因，並不是因為他想見比利，而是因為他該死的需要一個能靠著哭泣的肩膀。然而，在過去的六年裡，每當比利需要朋友時，戴夫都不在身邊。當他和克麗絲帶著發三十九度高燒的賈諾莉去醫院的那個晚上，如果能出去兜風就好了。當傑斯因為不想和他一起坐上拖拉機而大發脾氣之後，如果能和朋友一起喝個啤酒有多好。但自始至終，戴夫都不見蹤影。比利感受到胸中所有同情心瞬間凝結。

他喝了一口啤酒。「哇，太糟糕了。」

在他身旁的戴夫僵住了。他緩緩抬起頭來。「**太糟糕了**？我老婆流產了，而你只能說**太糟糕了**？」

比利感覺到憤怒像火焰般蔓延他全身。他才是有權發怒的人，而不是戴夫。「兄弟，生養小孩太困難了。或許這是因禍得福，你們這就多了一些時間做好準備了。」

戴夫一動也不動地坐著，雙眼盯著比利看。接著，讓比利出乎意料的是，戴夫仰頭大笑了起來。但這不是他高中時的那種笑聲，充滿歡樂及調皮的笑聲。這一個是猛烈且苦澀的笑聲。「哇。雅各布斯，你真是令人難以置信。我知道你有時就像個白癡，但我還真不知道你是個混蛋。」他搖了搖頭。「**因禍得福**？你他媽的是世上最幸運的人了，但你根本不**在乎**。」

「是呀，」比利怒氣沖沖地說。他有一份差事從未中斷的工作。他有一個焦躁不安、心生不滿的妻子，還有似乎討厭他的兒子。賈諾莉是唯一真正能讓他幸福的人，但他已經看得見她逐漸成形的少女樣貌。幾年後，當他走進家門時，她再也不會再跑向他了。「我還真是世上最幸運的人了。」

「天呀，」戴夫嘲笑道。「你他媽的真不知道，對吧？」

比利靜止不動。「你在說什麼？」

戴夫盯著他看好一會兒，接著又搖了搖頭。「算了。」

「不。你這是什麼意思？」

「我說算了。」

但是，比利的腦海深處浮現陰暗卻模糊的一絲懷疑。「不。」他的聲音如此堅定。「你他媽的告訴我你到底是什麼意思。」

「沒什麼，比利。」戴夫轉動了方向盤，轉動了鑰匙。「今晚就到此為止吧。」

「戴夫，如果你知道一些關於我家的事情，我他媽的有權利知道。懂嗎？」

戴夫嘆了一口氣。「也許你說的沒錯，也許是時候了。」他閉上眼睛許久。當他再次睜開雙眼時，他轉向比利。「你是否注意到了，雙胞胎出生後，克麗絲是怎麼把我給推得遠遠的？你是否曾停下來想想為什麼？」他看著比利，想知道他會有什麼反應，但比利保持沉默。「那對雙胞胎，」戴夫說。「你有沒有注意到，這對雙胞胎長得和我很像？」

五分鐘後，比利一言不發地從戴夫的車裡下來，砰的一聲關上了身後的車門。輪胎開在礫石上的聲音逐漸消失，但他動也不動。他站在家門前，凝視著臥室外那扇漆黑的窗戶，七年來，他同床共枕的人是克麗絲，他那個滿口謊言又不忠的妻子。怒火在他的全身蔓延開來。

他現在回想起好久以前的那個夜晚，當時他單膝跪地，掏出他祖母的戒指。當時他帶著滿懷的希望，期待自己即將成為一位父親，以及該死的克麗絲．溫特斯的未婚夫。但他現在明白了，她之所以接受他的求婚，不過是個謊言。他當時以為她愛他，但實際上，她也和他最好的朋友上床了。他當時以為她愛他，但她只是利用了他。

比利慢慢走上門廊的臺階，進了前門，他的雙手在身體兩側彎曲著。進到屋內，他環顧四周漆黑安靜的屋子、擺滿了家人的照片的走廊，這一切全是謊言。他們這一整個家都是謊言，甚至是他們的這一生。這全都是因為她——那個婊子、蕩婦，妓女。

比利一路走進了廚房，然後愣住了。他聽到了一些聲響，是輕柔且遙遠的腳步聲。他環顧四周，目光落在通往地下室的門前。那道對著廚房的門完全敞開著，這很不尋常，他們從來不會開著地下室的門。然後他又聽到了：屋子深處傳來一陣腳步聲，接著是烘乾機門發出的尖銳聲響。又有一陣怒火在他體內瞬間爆發。顯然地，那是克麗絲。他那個不道德的妻子根本還醒著，一陣突如其來的幻想開始在比利的腦海中盤旋成形。

如果克麗絲從地下室樓梯上摔了下來呢？如果她頭部落在冰冷的水泥地板上而撞破了頭呢？如果她在地下室流血了，痛苦地呻吟了，但由於他和孩子們在兩層樓之上熟睡著，而沒有人聽見她的呼喊聲呢？她有可能服用了安眠藥，也喝了酒，以至於不會懷疑其他可能性，除了她在黑暗中錯踏了一步之外。

他閉上雙眼，沉湎於這場幻想之中。他所需要做的事，就是貼在廚房的牆面旁，躲在通往地下室那道敞開的門後方，一等她走上樓梯，就將那道門甩在她臉上。比利將能聽見她的身體從臺階上翻滾下樓的聲音，能夠在她將死之際蹲在她身邊，在她意識到他做了什麼、又為什麼這麼做時，直盯著她的眼睛。**你不應該對我撒謊**，他會這麼說。**你也不應該利用我。你不應該像個妓女一樣的。**

在一片黑暗的廚房之中，比利甩開腦海中的畫面。他無法這麼做，這太荒謬了。但說真的，他真的想讓克麗絲死去嗎？或者，他不過是想要教訓她一下、嚇唬她一下？他想，只要她乖乖聽話、感到害怕，她就再也不會背叛他了。甚至，她或許不會再抱怨他們的生活了。也許她真的會對他有滿懷的感激——感謝他為他們提供了這種生活、房子，以及用來買她所有衣服、藥物及酒的費用。也許她真的會下更多的功夫料理晚餐，或者化一點妝，甚至在他晚上回家時親吻他的嘴唇。

比利聽到乾衣機的門又再次發出嘎吱的運轉聲，然後，他完全不必命令自己的雙腿移動，就悄悄走過地板，匆忙溜進牆壁及敞開的地下室門之間的空間。當他妻子的腳步聲開始踏上樓梯時，他側耳傾聽。然後，她就在那裡了，正要踏上樓梯臺階的最高處。

比利腦海中浮現出克麗絲的畫面（她很抱歉，乞求著他的原諒，承諾會成為一位更好的妻子），用整個手掌包覆著門把並用力將門打開。當門撞在她身上時，發出**砰的一聲**巨響，就像錘子敲擊著木頭一樣。他聽到她從樓梯上滾了下去，落地時底部發出**劈啪**的一聲，隨後卻安靜得令人震耳欲聾。

比利駐立在黑暗之中，手仍然放在門把上，整個人動彈不得。他簡直不敢相信自己做了這件事。恐慌開始在他的腹部沸騰。他打開門，小心翼翼地繞過那道門。但有些事不太對勁，樓梯底下的那個身體實在太小了。他低頭看著，他的大腦慢動作地運轉著。克麗絲不會穿那件睡衣，她的髮色也沒有那麼淺。當他終於會意過來時，他嚇到緊縮了一下，胃一陣一陣地抽痛。那是賈諾莉，是他的寶貝女兒。

「不。」

當他走下樓走向她時，恐慌模糊了他的視線。他試著快速移動，但他感覺自己好像走在水中，周圍的空氣變得黏稠。賈諾莉的身體看起來極度不對勁，她的四肢有如銳角般彎曲，臉部鬆垮垮的。他伸出一隻手，輕輕地撫摸她的臉頰。

「賈諾莉？」他的聲音帶著些試探。

她一動也不動。

「賈諾莉？」

依然不動。

「不，」他吸了口氣，用手摀住嘴巴。膽汁在喉嚨裡逆流上來。「不、不、不。」

他全身顫抖，伸手將她的身體攬入懷中，將她像嬰兒般輕輕抱著。「賈諾莉，醒來吧。對不起，爸爸犯了一個錯誤，對不起。」

可她的身體仍舊軟綿綿的，臉上毫無任何表情。如果不是她的脖子角度看來如此不尋常，可能會以為她只是睡著了。「賈諾莉。」現在他的聲音有如嚴厲的命令。「醒來！」他的手臂緊緊環抱著她，搖晃著她的身體，試圖讓她睜開雙眼。

然後，他看見了——她的眼皮仍在顫動著。他的心在胸膛裡猛烈狂跳著。他抽泣了一聲。她還活著。她還活著、她還活著、她還活著。在他的懷裡，女兒發出輕微的呻吟聲，在他懷裡微微地側著頭。

「乖女孩，」比利說，聲音顫抖著。「乖女孩。」

他往地下室的樓梯掃視了一眼。他得去廚房打電話叫救護車，但他不確定是否該移動她的身體。那會讓情況惡化嗎？他看著賈諾莉的臉龐。這時，她眨了眨眼並睜開雙眼，抬頭凝視著他，一臉疑惑。「爸……爸爸？」

「噓，小寶貝。不要說話，你在這裡等我一下下，好嗎？你不會有事的，我會幫你的。」比利的動作比以往更加小心，將她的身體輕輕放下，伸直了她的手臂和雙腿。

他起身準備離開，但就在他轉身上樓時，賈諾莉用微弱的聲音說道：「爸爸，你傷害了我。」

比利愣住了。一股寒意從他的頭頂流竄至全身。她知道了，她知道他幹了什麼事。很長一段時間，他一動也不動地站著，最終，他轉身跪了下來。

「不、不，賈諾莉。我沒有。」他緩緩地說。「不要這麼說。」

賈諾莉開始啜泣，看起來很害怕。「你有。」

「我**沒有**，所以不要這麼說。」

她因為恐懼而睜大了雙眼。「媽媽在哪裡？」

「噓，」比利發噓聲。「安靜。」

但她開始哭泣，聲音越來越大。「我想要媽咪！」

比利雙手抓住賈諾莉的臉頰，手指因用力而發白。「閉嘴。」

她開始尖叫，「媽——」但比利用手摀住了她的嘴巴。

正當他這麼做時，她的頭部輕微地轉動了一下，比利突然在女兒的臉上看見了克麗絲的眼形，戴夫下巴的角度，比利突然想起來，賈諾莉根本不是自己的女兒，根本不是。然後，他的腦海裡一片空白。他聽見自己說著，「閉嘴、閉嘴、閉嘴」，那彷彿是從遠處傳來的聲音。他冷漠地注視著，雙手緊緊抱住賈諾莉的頭部，用拇指闔上了她的雙眼，緊緊地閉上後，她就再也看不見他了，而他也不會再看見克麗絲的影子了。然後，他將目光移向他處，抬起她的頭部並重擊於地板上。就那麼一下，她就動也不動了。

比利一動也不動地蹲在她的身旁，呼吸急促。他聽到哭泣聲，從遙遠的地方傳來，又像是在水下或透過層層的玻璃，接著，他隱約感覺到臉頰上的淚水，粘稠地停留在他的下巴。

「天啊。」

他到底做了什麼？他低頭凝視著賈諾莉，他的胃翻騰了起來。他對他心愛的小女孩做了什麼？然後，他慢慢起身站了起來，腦海中浮現出一個新的問題：他現在該怎麼做？

他環顧四周漆黑的地下室，覺得自己彷彿置身在一個怪物的嘴巴中。他不想把賈諾莉留在這張血盆大口之中，但他意識到自己別無選擇。他現在無法叫救護車，也不能打電話報警了。在半夜時分，他在賈諾莉死後不久就發現了她，這聽起來太可疑了。他要讓自己和她的屍體之間拉開一些距離。他要讓賈諾莉的死亡看起來像是一場意外：第二天早上醒來時，他和克麗絲發現賈諾莉死在樓梯底下，而唯一合乎邏輯的假設是她夢遊並失足身亡。這聽起來如此可怕卻也相當可信。

當他轉身走向樓梯時，他看也不看她一眼。他邁出一步，接著邁開下一步，就在此時，他看到了：地下室樓梯上的那塊嬰兒毛毯。所以這就是為何賈諾莉那天晚上出現在此的原因。她沒有嬰兒毛毯就不去睡覺，但克麗絲稍早時將它扔進洗衣機裡了。他之所以記得這件事，是因為賈諾莉在晚餐時因此發了脾氣，她肯定是在半夜時醒來，要去拿她的毛毯。

悄悄地，比利走上樓梯拿了毛毯，接著走回賈諾莉的身旁。他不能就這樣扔下她，讓她又寒冷又孤單。他在她出生的那一天將毛毯給了她。他總是告訴她，如果她將毛毯捏得夠緊的話，它就會讓她變得更加勇敢。這是他們兩人之間的事——屬於他們的小祕密。他傾身將那塊有雪花圖案的布塊塞進那隻柔軟無力的小手之中。他明白這麼做愚蠢且毫無意義，也知道現在的她無論身在何處都不需要了。但是——誰知道呢？——也許，只是也許，這能給她帶來些許安寧。

比利離開賈諾莉身旁，轉身走上樓梯，他的腦子裡已經開始想著第二天會發生什麼事，即將為他這一輩子的表演進行準備。

全書完

New Black 026

# 這裡全是好人

## All Good People Here

作者　艾希莉・佛蘿沃斯（Ashley Flowers）
譯者　陳柚均

---

堡壘文化有限公司
總編輯　　簡欣彥
副總編輯　簡伯儒
責任編輯　簡欣彥
行銷企劃　游佳霓
封面設計　IAT-HUÂN TIUNN
內頁構成　李秀菊

---

出版　堡壘文化有限公司
發行　遠足文化事業股份有限公司（讀書共和國出版集團）
地址　231新北市新店區民權路108-3號8樓
電話　02-22181417
傳真　02-22188057
Email　service@bookrep.com.tw
郵撥帳號　19504465遠足文化事業股份有限公司
客服專線　0800-221-029
網址　http://www.bookrep.com.tw
法律顧問　華洋法律事務所　蘇文生律師
印製　呈靖彩藝有限公司
初版1刷　2024年2月
定價　新臺幣520元
ISBN　978-626-7375-53-2
978-626-7375-52-5 (EPUB)
978-626-7375-51-8 (PDF)



國家圖書館出版品預行編目（CIP）資料

這裡全是好人／艾希莉・佛蘿沃斯（Ashley Flowers）著；陳柚均譯. -- 初版.
-- 新北市：堡壘文化有限公司, 遠足文化事業股份有限公司, 2024.02
面；　公分. -- (New black ; 26)
譯自：All good people here.
ISBN 978-626-7375-53-2（平裝）
874.57　　112022247